「勝鬨をあげろ!」
「ウォオオオオ——!!」
「おー……ワギャ——!!」
王国へ続く道 8
昂ぶった気持ちを抑えられずに
ついセリアの深くまで指を入れてしまった。

「エイギルさんどこか行くたびに
女を増やすからね。
さすがに慣れちゃいますよ」
メリッサは大きな乳房を隠すことなく
見せ付けながら微笑む。
そしてマリアはプンスカ怒りながら
ミティに手伝ってもらって体を流している。

「うぅ、セリア……様、邪魔しないで下さいよ」
情けない声を出すレアを
セリアはフーっと威嚇した。
「エイギル様の朝の処理は
私の仕事なのです！」

王国へ続く道 ⑧

湯水 快×日陰影次

Illustration

口絵・本文イラスト　日陰影次

王国へ続く道⑧

第一章　トリエア王国の最期

トリエアが誇《ほこ》る城砦《じょうさい》群、マジノ要塞《ようさい》に南側から三台の馬車と数十の騎兵隊《きへいたい》が接近していく。

城兵がそれらに矢を射掛《か》けるよりも早く、馬車から馬が切り離《はな》され、松明《たいまつ》が投《な》げ込《こ》まれた。

あらかじめ油が撒《ま》かれていた馬車は瞬《またた》く間《ま》に燃え上がって大きな炎《ほのお》の塊《かたまり》となり、特殊《とくしゅ》な染料《せんりょう》が積まれていたのか、毒々しい赤煙がもくもく立ち上る。

それを見届けて騎兵《きへい》は南に走り去り、延々と燃え続ける馬車が残された。

城から飛び出した兵士が消火に走るも、丸ごと巨大《きょだい》な松明と化した馬車は桶《おけ》で水をかけた程度ではどうにもならない。

赤煙は遥《はる》か遠くからも視認《しにん》出来るほど高く高く上がっていった。

同時刻　ゴルドニア中央軍陣地《ぐんじんち》

犠牲《ぎせい》だけが積み上がり進展しないマジノ攻城《こうじょう》戦の中、重い雰囲気《ふんいき》で軍議が続いていた。

「ですから小官と致《いた》しましては――」

「そのような突飛《とっぴ》な戦術が機能するとでも――」

時折、武官達《たち》の怒号《どごう》が響《ひび》くが結論には至れない。そんな不毛とも言える論議を打ち切ったのは立ち上る赤煙だった。

赤い狼煙《のろし》の報告を聞き、真っ先に天幕を飛び出したのは軍団長のエイリヒだ。見間違《みまちが》いでないと二度見直して強く目を閉じる。

「諸君。不毛な議論の意味はなくなったぞ」

全員の視線がエイリヒに集中する。

「ハードレット卿《きょう》が東方よりマジノ要塞の迂回《うかい》に成功した。要塞は孤立《こりつ》し、後方との補給線は断《た》たれた」

おぉっと声が上がる。

一部の武官は非現実的なほどの大迂回を信じ切れていない様子だが、合図の狼煙はどう見ても要塞の南側から上がっている。いかに理屈《りくつ》をつけようとハードレット軍が要塞の南側に回り込んだことは認めなくてはならない。

「諸君。五回目の総攻撃《そうこうげき》だ。我々からの狼煙は要塞を燃やして上げようではないか！」

指揮官達は兵士達に迂回に成功したことを喧伝《けんでん》し、一向に進展しない攻城戦で落ち込みつつあった士気が復活していく。

◇◇◇◇◇◇◇◇◇◇◇◇◇◇◇◇◇◇◇◇◇◇◇◇◇◇◇◇◇◇

同時刻　マジノ要塞　中央城郭《じょうかく》
「司令官。南からその……正体不明の騎兵が接近し馬車を燃やして退却《たいきゃく》したそうです」

老将は俯《うつむ》いたまま訂正《ていせい》する。

「ゴルドニアの別働隊が狼煙を上げたのだ。この天候だ……正面の敵主軍にもしっかりと見えただろう。すぐに総攻撃が来るだろう……準備したまえ」

ここまで四度の攻撃《こうげき》を弾《はじ》き返したはずの司令部内は異様に暗い。

無理もない。後方に回り込まれた以上、要塞は完全に孤立してしまった。後方の敵を撃退《げきたい》しない限り補給も援軍《えんぐん》も来ない。いかに頑強《がんきょう》な要塞でも矢が尽《つ》きれば戦えないし、食料がなくなれば兵は逃《に》げ散るだろう。

「後方からの補給を前提に備蓄《びちく》を絞《しぼ》っておりましたので……」

マジノ要塞には四万の兵が集結している。

トリエアに余剰《よじょう》食糧《しょくりょう》は少なく、四万人が何ヶ月も食えるだけの量を一気に集めることは出来なかったのだ。よって最小限のみ要塞内に備蓄し、後方から物資を随時《ずいじ》補給する計画であったのだが、それらは全《すべ》て破綻《はたん》した。

当初、老将に微笑《ほほえ》んでいた時の女神《めがみ》は今やゴルドニアに寝取《ねと》られた。

最強の要塞は敵が何もしなくとも刻一刻と追い詰《つ》められていく。

「司令官。敵はそれほど多数ではありません。こちらから打って出て追い払《はら》えば補給は繋《つな》がります」

若手将官の勇敢《ゆうかん》な提案にもマジノ伯《はく》は小さく首を振《ふ》った。

「それも考えたよ。だが農民に毛の生えたような徴集兵《ちょうしゅうへい》が一丁前に戦えているのは城砦に守られているからだ。迂回してきたのは先の紛争《ふんそう》で暴れまわったハードレット卿の軍だ。精強な奴《やつ》らの騎兵と野戦でぶつかればどうなるか……」

「ですがこのままでは陥落《かんらく》は時間の問題です！」

若い士官が身を乗り出して声を荒《あら》らげ、それを中年の将軍が怒鳴《どな》り返す。

「斥候《せっこう》によれば彼《かれ》らは一万、その半数以上が騎兵なのだぞ！　野戦でまともに戦うならこちらは二万いる。それだけの数を差し向ければ正面の敵を支えられん。打って出ればその場で負けると何故《なぜ》わからん！」

二人の言い合いを聞きながら老将は俯いて目を閉じる。

士気に関《かか》わるので口には出さなかったが老将は自分の指揮能力に疑問を持っていたのだ。城砦を守り敵の攻撃を阻止《そし》する守備的な戦闘《せんとう》には自信があったが野戦となれば話は違《ちが》う。一瞬《いっしゅん》のうちに戦況《せんきょう》は変わり、僅《わず》かな躊躇《ちゅうちょ》が敗戦を招く。

若かりし頃《ころ》、対アークランドの戦争に指揮官として従軍した彼は幾《いく》たびか野戦も経験したが結果は酷《ひど》いものだった。

ハードレット卿は野戦を得意とする猛将《もうしょう》として知られている。そんな敵と要塞の加護なく戦って勝てるとは思えなかったのだ。

「だが希望はある」

「王都からの援軍……ですか？」

若い士官は懐疑《かいぎ》的《てき》な声を出した。

確かに篭城戦《ろうじょう》での絶望的不利を覆《くつがえ》す要素は援軍しかない。

だが王都に残る兵力は三千ほどしかなく、これは王都を城砦都市としての機能させるのに最低限の数だから動かせないだろう。

そうなればエルグ森の南から必死に戻《もど》ってきている近衛軍だけが頼《たよ》りだが、彼らも数としては五千程度。練度装備がいいとは言え一万のゴルドニア別働隊を追い払えるかどうかは極《きわ》めて怪《あや》しい。

「それだけではないのだよ。トリエアの軍人としては本当に恥《は》ずかしいことだがね」

老将は無理に笑って見せた。

同時刻　トリエア王国　王都トリスニア
「なんとかマジノ要塞を孤立から救わねば！」

「しかし、そんな兵力がどこに？」

「近衛軍がもうすぐ帰って来る！　数で不利とは言え死力を尽くさば――」

「気持ちだけでどうにかなるかバカ！」

「要塞には四万も兵力がいるのだぞ。自分の後ろに一万や二万ぐらい出して自力でロレイルを奪還《だっかん》するべきではないのか！」

「そんなことをして要塞本体が抜《ぬ》かれれば十万近いゴルドニアの本軍が雪崩《なだ》れ込んでくる！　それこそおしまいだ」

「そこをなんとかするのが要塞司令官の力量であろうに！　そもそもマジノ伯の力量を過大評価したのは――」

紛糾《ふんきゆう》する議論が責任論にすり替《か》わって行く前に宰相《さいしよう》は王の前に進み出る。

「偉大《いだい》なる王よ。我《わ》が軍と要塞は苦境に立っております」

王は威厳《いげん》を保ちながら冷静に宰相を見据《みす》え頷《うなず》くも、その目は落ち着きなく泳いでいる。

「エルグ森を抜けるとはな……。ハードレットとは狼《おおかみ》の化身《けしん》であると聞いたがまさか本当に魔物《まもの》の類ではないのか？」

宰相は王の御伽噺《おとぎばなし》に付き合っている暇《ひま》はなく無視して言を続ける。

「このままではマジノ要塞は矢も兵糧《ひようろう》も尽きて敵の手に落ちましょう。そうなる前にロレイルを占領《せんりよう》する敵を撃破《げきは》せねばなりませぬ」

だが王は是《ぜ》とは言わなかった。その目と態度には露骨《ろこつ》な弱気が滲《にじ》み出ている。

「ゴルドニアとの講和はならぬのか？　こうなったからには少しぐらい領土を譲《ゆず》っても良いのだ」

『ありえない』と宰相は心の中で吐《は》き捨てる。今考えるとアークランド戦争以後のゴルドニアの行動原理がわかってきていた。全てはトリエアそのものを飲《の》み込むつもりであり、トリエアがこのままの形でいられる講和など結ぶはずがないと確信していた。

「私が放った密偵《みつてい》によるとゴルドニアは占領した土地でアークランドの不貞《ふてい》分子と手を組み、トリエア人を見つけ次第《しだい》、皆殺《みなごろ》しにしております」

「そ、そうなのか……ならば講和など出来ぬな」

もちろん事実ではない。王に和平だ講和だと騒《さわ》がれると厄介《やっかい》なことになると考えた宰相の虚《きょ》言《げん》だ。

「しかし手持ちの兵が足りぬのも事実。周辺国は『収獲《しゅうかく》の時期近し』『双方《そうほう》の言い分に甲乙《こうおつ》付け難し』として参戦を見合わせております」

絶望的な状況《じょうきょう》に全員の表情が曇《くも》る。

「しかし私が幾度《いくど》も交渉《こうしょう》を重ねた結果、マグラード公国から援軍を引き出すことに成功致しました」

おおっと会議室が活気付き、王も椅子《いす》から身を乗り出した。

「なんと！　援軍が来てくれるのか⁉　して数は？　時期は⁇」

「数は一万、近衛軍と合わせれば十分に戦えましょう。そして増援《ぞうえん》の時期なのですが」

ごくりと全員が唾《つば》を飲み込む。

ここで二ヶ月とでも言われれば絶望的状況は変わらない。今のトリエアがそれだけ持ち堪《こた》えられる可能性はもうない。

「開戦初頭よりストゥーラを経由してこちらに向かい、既《すで》に王都の南部に船で到着《とうちゃく》しております」

途端《とたん》にどよめきが怒号に変わる。

「なっ！」「馬鹿《ばか》な！」「王の許可なく、他国の軍を国土に入れたのか」

互《たが》いに言い争っていた貴族達が宰相を取り囲む。

「宰相よ。それがどういうことかわかっておるのか？」

「外患《がいかん》の誘致《ゆうち》ではないか！　一族まとめての死罪に値するぞ」

「直ちに処刑《しょけい》してくれる！」

激昂《げきこう》する貴族と静かながら大きな怒《いか》りを表す王を相手に宰相はひるまない。

「今は国家存亡の危機でありますぞ。私を処刑なさればマグラードの援軍は動けず、我が国《くに》はゴルドニアに飲み込まれるでしょう」

静かだが、覚悟《かくご》を持って放たれた宰相の言葉に詰め寄っていた貴族達が後ずさる。

王もにわかに言い淀《よど》んだが、そこは一国をまとめる君主、一つ咳払《せきばら》いして宰相を睨《にら》みつけた。

「宰相よ。もしマグラードの援軍によってマジノ要塞を救うことが出来たなら救国の英雄《えいゆう》とし、外患誘致《がいかんゆうち》の罪と相殺《そうさい》する。されど破れることあらば一族全て本来の刑《けい》にて処することになるぞ」

「しかと心得ております」

なんとも言えない緊張《きんちょう》した雰囲気が漂《ただよ》う中、御前《ごぜん》会議は終了《しゅうりょう》。宰相は王命にて運命の決戦を見届けるべくマグラード援軍の元に向かっていくのだった。

◇◇◇◇◇◇◇◇◇◇◇◇◇◇◇◇◇◇◇◇◇◇◇◇◇◇◇◇

同時刻　ロレイル
「あぁぁぁ！　死ぬっ！　死ぬぅ!!」

「肉棒で女が死ぬわけないだろうが。そーら、ここはどうだ？」

「ひぃぃぃぃーーー!!　太いのでいいとこ削《けず》られる！　気持ち良すぎてイキ死ぬ！」

「ははは、すごい反応だな。そろそろ止めをさしてやるぞ！」

俺《おれ》は胡坐《あぐら》の上に座《すわ》らせた女の一番奥《おく》を肉棒でズドンと叩《たた》いて勢いよく精を放つ。

女は両手で顔を覆《おお》いながら、ほぼ絶叫《ぜっきょう》に近い喘《あえ》ぎを上げて仰《の》け反《ぞ》った。やたら敏感《びんかん》な娼婦《しょうふ》だな。

女は口を全開にして長く大きな悲鳴を上げ続けながら、首が折れるかと思うほど後ろに仰け反り、最後は白目を剥《む》いて失神してしまった。

「おーい。まさか本当に死んでないよな。ふむ、ちゃんと息してるな」

この娼婦はやたらヘコヘコしてくる三人貴族のうちの一人が機嫌《きげん》取りに連れて来た。女自身も乗り気だったので抱《だ》かせてもらったのだが、とんでもなく感じやすい体質だったらしい。

「しかし本当にすごいな。軽く下っ腹を撫《な》でるだけで腰《こし》が跳《は》ね上がるぞ」

全身を痙攣《けいれん》させながら絶え間なく潮を撒き散らし続ける女が脱水《だっすい》してしまわないように口移しで水を飲ませていると扉《とびら》がノックされる。

「エイギル様……終わりましたか？」

セリアが入室し、えびぞりになっている女を軽く睨む。

「ああ、とんでもなく敏感だが可愛《かわい》い女だったよ。――さてそろそろ狼煙が上がっている頃か」

俺が女から体を離すと萎《な》えた肉棒がズルリと音を立てて抜け落ち、女の足が大きく伸《の》びる。

もう一戦したいがセリアの前で始めたらむくれるから自重しよう。

「はい。確認《かくにん》出来れば中央軍も一気に攻勢《こうせい》をかけるはずです」

この数日、俺と全部隊はロレイルに留《とど》まりつつ体力の回復に努めている。何しろ山の民の領域から延々と行軍を続けていたのだから兵の疲労《ひろう》もかなりのものだった。幸いにしてロレイルの町には要塞向けであった食料や物資が溢《あふ》れており、一万の軍勢を存分に養えた。

「我々がここにいる限りトリエア本国から要塞への補給は続かん。ただ居座《いすわ》っているだけでいいのだから大半の兵は休めるはずだ」

もちろんトリエア王国側も王都からマジノへなんとか補給を続けようと散発的に荷馬車隊を出している。しかし、こちらの騎兵による哨戒網《しょうかいもう》にひっかかり次々と血祭りに上げられ、ただ俺の兵士にボーナスを与《あた》え続ける結果となっている。

ロレイルという拠点《きょてん》なしにあの大要塞をまともに維持《いじ》するだけの物資を輸送することなど不可能なのだ。

「向こうは手詰《てづ》まりだろうな」

倒《たお》れた女の胸をゆっくりと揉《も》み解《ほぐ》す。意識はないはずだが心地《ここち》よさげな声が出た。

「はい、逆にこちらも今はこれ以上出来ることはありません。多少の攻城兵器があるとは言え、王都トリスニアの防備を破るには全く足りませんから」

「要塞を後ろから突《つ》いて見るのも面白《おもしろ》いが……」

下手に動いた隙《すき》にロレイルを奪還でもされたら元も子もない。今はどっしりと居座っているのが最も効果的な攻撃だ。ここは女でも抱いて待つのが最善だろう。

「それにしても敵要塞の司令官は随分《ずいぶん》と消極的ですね。このままではジリ貧なのはわかっているはず。兵力を割《さ》いて私達に当たって来ると思いましたが」

「さてどうだろうな。正面にいるエイリヒを警戒《けいかい》して兵力を抜けないのか……どこまでも冒険《ぼうけん》はせず、危険を犯《おか》さないことを第一に考える奴もいる」

もしくはまだ完全に追い込まれていないか。何か希望を持てるものが残っているのかもしれない。

「それが俺達《おれたち》の知らない援軍なら面白くなる」

俺は最後に女の乳房《ちぶさ》を強く吸い、それっきり体を離して服を着る。

悪いが今日限りだ。いい男を見つけるんだぞ。


扉を開いて部屋を出るなり、小綺麗《こぎれい》な恰好《かっこう》をした小男と衝突《しょうとつ》しかける。

「これはこれはハードレット様！　女の味はいかがでございましたか？　奴はこの街最高の娼婦でございまして……」

こいつは確か俺に女を差し出した三人貴族のうちの一人だ。それにしても見たことないほどの高速で手もみしている。どうやるんだそれ……。

「ボッケー男爵《だんしゃく》だったな。良い女だったぞ。褒美《ほうび》を渡《わた》して丁重《ていちょう》に帰してやれ」

「バッカーにございます。ではでは、何卒《なにとぞ》我らの今後の安寧《あんねい》もお約束を……」

俺は強めに息を吐き、あえて避《さ》けずに前に出てバッカーを飛び退《の》かせた。

「反抗《はんこう》せん限り危害は加えん。それ以外は戦時だ、何も決まっていない」

バカ男爵は不満げな顔を浮《う》かべるが気にする必要もない。

ロレイル領主フェイエルティン伯爵《はくしゃく》を討《う》ち取った後、俺はこいつを含《ふく》め三人の取り巻きに「お前らは抵抗《ていこう》するか？」と剣《けん》を向けたのだ。

一人は母親の名を呼んで泣き出し、もう一人は床《ゆか》に突っ伏《ぷ》して大量に失禁し、こいつは音を立てて脱糞《だっぷん》したのだ。こんな筋金入りの腰抜《こしぬ》け共に何かする度胸はないので警戒は不要、蜂起《ほうき》を煽《あお》ったとしても捕虜《ほりょ》も民もついては行くまい。

周りの者に聞いた限りでは三人の特技はそれぞれ、女、酒、大道芸人を手配することらしかった。

神がいるなら生まれの差配を間違《まちが》えたようだ。貴族の家に生まれず、太鼓《たいこ》持ちにでもなっていればその才をもっと活《い》かせただろうに。

「せ、せめて『貴族のままでいていいぞー』と軽い感じの一言でも……」

「うるさい。どけ！」

セリアに怒鳴られて男は尻餅《しりもち》をつき、廊下《ろうか》の端《はし》に転がっていく。

大の男が十七の女に脅《おび》えるなよ。

俺がセリアを伴《ともな》って会議室として使われている領主の館《やかた》の食堂に入ると、中には既にレオポルト達が揃《そろ》っていた。

「ハードレット卿、狼煙は無事上がりました。これでマジノ要塞はこちらに兵力を向けることは出来なくなりましたな」

「ああ、ここまで万事《ばんじ》予定通りだな。他に考えるべきことはあるか？」

レオポルトはテーブルに広げられた大きな地図に兵士をかたどった駒《こま》を置いて行く。

あぁ、それ戦略考える系の道具だったんだな……その歳《とし》になって兵士の玩具《おもちゃ》で遊んでいるのかと思ってバカにしていた。

俺の複雑な視線を完全無視してレオポルトは話し始める。

「まずマジノ要塞は正面の中央軍と当たっています。王都との連絡《れんらく》も我らが遮断《しゃだん》しているのでこちらに兵を向けることは出来ません。少なくとも統率《とうそつ》の取れた形では」

ふむふむそれはわかるぞ。

「次にエルグ森の南から王都に向かっている近衛《このえ》軍がおります。数は五千、王都へ向けて進んでいる所を斥候が発見しています」

「五千か……初見の時に叩いてしまった方が良かったか」

レオポルトは言葉を被《かぶ》せるように否定する。

「いえ、それでは貴重な時間を失いました。あの時点では何をおいても要塞の迂回を目指すべきでした。……話を戻します。近衛軍の方も数からして積極的に仕掛《しか》けて来るとは考えられません」

まぁそうだろうな。奴らは防衛陣地《じんち》に篭《こも》ることを前提とした兵力だ。二倍の敵を相手に攻《せ》めて町を奪還出来るだけの能力も装備もない。

「そしてこれです」

レオポルトはトリスニアの南にある小さな港街に駒を置く。

俺は思わず目を細めて地図に顔を近づける。

レオポルトが駒を置いた街は、要塞やロレイルにエルグ森と今まで注目して来た場所から遠く離れていたからだ。

「そんな所に兵力が？」

セリアも思わず口を挟《はさ》む。

主戦場から離れた小さな港街に兵を配置しているのは全く無駄《むだ》でおかしな話だ。

「広範囲《こうはんい》に散らした斥候が見つけました。詳細《しょうさい》は不明ですが数も千や二千ではありません」

「とすると、トリエアの軍ではないな」

俺は地図から顔を離し、兵隊の駒を指で弾《はじ》いて倒す。

「はい。可能性としてはストゥーラかマグラードですが、恐《おそ》らくは」

「ストゥーラはない」

ストゥーラは自国軍を持たず、戦力が必要な時はその豊富な財力で集めた傭兵《ようへい》で賄《まかな》っている。大規模に募集《ぼしゅう》や移動を行えば隠《かく》しようがないのだ。

更《さら》にクレアとは親しい仲だがストゥーラが大規模な募集をかけたという情報はない。何事も

商人主体のあの国で商人が知らぬことなどない。だから違う。

「でしょうな。マグラードは他の周辺国と違い、我が国をかなり警戒しておりました。トリエアが勝利し少しでもゴルドニアの国力が落ちることを望むことでしょう」

「となればその援軍と戦闘になるか」

敵が増えるのはゴルドニアとエイリヒにとっては喜ばしいことではないだろう。だが俺個人としては少し面白くなってきたぞ。

「恐らくは。ただこの状況、マグラードの援軍も困惑《こんわく》しているでしょうな」

はて、どういうことだ。

わからないからとりあえず俺と同じように首を傾《かし》げるイリジナのでかい尻《しり》を撫で回しておこう。

◇◇◇◇◇◇◇◇◇◇◇◇◇◇◇◇◇◇◇◇◇◇◇◇◇◇◇◇◇◇◇

数日後　トリスニア南　マグラード公国軍陣地
「予備兵力がないですと!?」

叫《さけ》び声を上げたのはマグラード公国伯爵にして遠征軍《えんせいぐん》の最高司令官ラドガルフ軍団長だった。

「要塞線には敵の主力が押《お》し寄せて来ておりますので兵力を遊ばせる余裕《よゆう》はなく……」

迫力《はくりょく》に押され歯切れ悪く応《こた》えるのは今さっき到着したデュノア宰相だった。

「兵を遊ばせるのと予備兵力を置くことは違います。予備が無くては突破《とっぱ》・迂回されれば即座《そくざ》に戦線全体が崩壊《ほうかい》してしまうではありませんか！　敵の戦術的な奇策《きさく》はあれ、予備兵力があればなんなりと手はあったというのに……」

「い、いま近衛の兵五千がこちらに向かっておりますのでそちらと合流することは可能かと……」

ラドガルフはデュノアの言葉に首を振る。

「強行軍で戻った兵をそのまま戦いに出してもまともには戦えません。兵は道具とは違いますぞ」

宰相が俯いたのを見てラドガルフは密《ひそ》かに溜息《ためいき》をついた。

戦前、援軍の算段について密談を重ねていた時は優秀《ゆうしゅう》な人物に思えたが、いざ戦争となるとその素人《しろうと》ぶりが目立つ。

軍人の家系に生まれ、十を過ぎた頃から軍と共にあった彼にとってはまるで信じられないことばかりだったのだ。

当初の計画では要塞が敵を食いとめる中で援軍として介入《かいにゅう》し、戦況が有利ならば敵が疲弊《ひへい》した所で急襲《きゅうしゅう》をしかけ、不利ならば要塞の援護《えんご》に入る予定だった。

敵の要塞《ようさい》迂回《かい》があきらかになってその計画は潰《つぶ》れたが、それでも敵が一万程度であればトリエア軍の予備兵力と共同で当たれば十分撃破できる。そこから、再度持久戦に持ち込めると踏《ふ》んでいたのだ。

だが予備兵力無しとなれば話は難しい。

駆《か》け戻って疲弊した近衛兵五千はまともな戦力として期待できない。

となれば敵味方一万の同数で仕掛けなければならなかった。

「何卒どうか……この戦いに敗れれば我が国の命運は尽きます」

宰相が爵位《しゃくい》、役職共に低いラドガルフに深く頭を垂れる。

いかなる理由があってもトリエアがゴルドニアに吸収されれば本国の意志に反する。

トリエアを併呑《へいどん》したゴルドニアの国土は広大となり、マグラードが到底太刀《とうていたち》打ち出来ない相手になるだろう。

「決戦しかないか……」

ラドガルフは今まで幾度も死線を抜けてきた。その一度としてしくじっていればここに立っていなかっただろう。

今回はあくまで同数、必ず勝てるとは言えないが敗色が濃《こ》いわけでもない。賭《か》けるべきところだった。

「やむを得ません。私の現有兵力のみでいきましょう。近衛は一応追随《ついずい》させて下さい」

「要塞にも挟み撃《う》ちにすべく兵を出せと使者を出しましょう」

ラドガルフは黙《だま》って頷いた。要塞とはまともな連絡も取れていない。恐らくは時期を逃《のが》すだろう増援に頼る思いはなかったが要請《ようせい》しておいて困るものではない。

「漆黒《しっこく》の旗を掲《かか》げるハードレット……魔狼《まろう》の軍か、相手にとって不足はあるまい」

「頼《たの》みますぞ！　この戦いには我が一族の未来が……」

宰相の言葉を受け流し、自分の兵達に向かって剣を掲げる。

「諸君出撃《しゅつげき》だ。敵はアークランド戦争で名を馳《は》せた猛将ハードレット卿率いる軍だ」

兵達は微塵《みじん》も揺《ゆ》るがない。そう訓練されていた。

「これを撃破し諸君の武名を飾《かざ》れ。行くぞ！」

『おう』と短い掛け声が上がり、マグラード公国トリエア派遣軍《はけんぐん》一万名は行進を開始する。

この動きはすぐにゴルドニアの斥候にも発見され両者の衝突は時間の問題となった。

◇◇◇◇◇◇◇◇◇◇◇◇◇◇◇◇◇◇◇◇◇◇◇◇◇◇◇◇◇◇◇◇◇◇◇◇◇

ハードレット軍　隷下《れいか》部隊一万一千二百
歩兵二千七百　騎兵一千五百　弓兵八百　工兵二百　弓騎兵六千
レオポルト（参謀兼《さんぼうけん》副総司令官）セリア（副官・護衛隊長）イリジナ（指揮官）
ルナ（弓騎兵指揮官）ピピ（マスコット）
現在地点　ロレイル
戦果　トリエア軍東方守備隊壊滅《かいめつ》（降伏《こうふく》）・ロレイル奪取《だっしゅ》

◇◇◇◇◇◇◇◇◇◇◇◇◇◇◇◇◇◇◇◇◇◇◇◇◇◇◇◇◇◇◇◇◇◇◇◇◇

目の前にはさらさらと流れる小川、そして所々で緩《ゆる》やかに盛り上がった小さな丘《おか》の他に特に遮《さえぎ》るもののない草原が広がる。

その良好な視線の先に、沢山《たくさん》の旗を掲げ、鋼鉄に身を包んだ軍隊が見えた。

「敵はやはりマグラードでした。彼らの旗が見えます」

「そうだな。だがもうどうでもいいだろう？」

俺は革袋《かわぶくろ》の水を軽く口に含んで笑った。

「そうですな。最早《もはや》ここに至っては敵を叩くのみです」

ロレイルから僅かに南の草原、大河ノーステリエスに注ぐ小川を挟んで俺の軍とマグラードの援軍の睨み合いが続く。

川と名はつくが雨が降っていない今、水深はせいぜい太ももまでで流れも穏《おだ》やか、周りより少し低くなっていることと砂利道《じゃりみち》でやや走りにくいこと以外、両軍にとってさしたる障害にはなっていなかった。

人も馬も越えるのは容易《たやす》い小川を挟んで睨み合っているのは何もない草原での心理的な境界線になっているからだ。

「レオポルト、敵は川に細工をしたりしていないだろうな？」

念《ねん》の為《ため》に聞いて見る。俺達が山の民にやったようなことをされたらたまらない。

「地形的に無理ですな」

ならば安心しておくとしようか。

「敵数はマグラード軍と見られる軍勢約一万、トリエアの近衛軍が五千。計一万五千です！」

セリアが告げる。計算が出来たな偉《えら》いぞ。

兜《かぶと》の上から頭をグシャグシャに撫でたがセリアは強張《こわば》った顔のままだ。そんなに緊張することもなかろうに。

「さて行こうか」

「はっ」

レオポルトの指示で弓騎兵が三つの大集団に分かれ、歩兵と槍騎《やりき》兵《へい》、重装騎兵が隊列を組む。

「前進開始！」

突撃《とつげき》ではない。全体が同じ速度でゆっくりと敵との距離《きょり》を詰めて行くのだ。

「今回は単身突撃しないで下さいね」

「最初から突っ込んだりしないよ」

セリアに釘《くぎ》を刺《さ》されて俺は笑う。

敵は隊列見事に整ったままこちらに合わせるように前進してくる。

あの堅そうな陣《じん》に向かって一騎《いっき》駆《が》けすれば一瞬でお陀仏《だぶつ》だな。

「敵は戦闘正面を広く取るようですね」

セリアの言う通り、相手は横に広く隊列を組んでいる。

左翼《さよく》と中央は旗から見てマグラードの援軍部隊だ。そして右翼《うよく》にトリエア近衛兵が並ぶ布陣《ふじん》だった。

「横に広くとれば突破は容易になりますが、半面迂回して後方を突くことは難しくなります。敵は騎兵の突撃を阻止する自信があるのでしょう」

レオポルトが能面のような顔のままで言う。

そういえばトリエアの東方守備隊はとんでもなく長い槍《やり》を使っていたな。試《ため》しに当ててみるか。

「ルナに伝えろ、弓騎兵一番隊を率いて右翼のトリエア近衛軍に当たれ」

使者が走り、弓騎兵二千は瞬く間に進路を変えて速度も上げて行く。

ルナの隊は近衛兵の正面で少しだけ停止して隊列を整え、次の瞬間《しゅんかん》叫《さけ》び声を上げて突撃を開始した。

「弓騎兵一番隊、突撃開始」

「敵が弓兵を前に出します」

敵の隊列から弓兵が出て一斉射撃《いっせいしゃげき》、弓騎兵が矢を受けてバタバタと落馬するがそれほどの数ではない。

返礼にと味方も突撃しながら射撃《しゃげき》し、同程度の……さして多くない敵が倒れる。さすがに全力疾走《しっそう》のままの射撃では精度が落ちるようだ。

互いに軽微《けいび》な被害《ひがい》のまま距離は詰まり、敵近衛軍は弓での撃退は無理と判断したのか弓兵を下げ、例の六メートルはありそうな超長槍《ちょうながやり》を装備した部隊が出てきた。

一斉《いっせい》に立てるとまるで針山だ。更に間からはクロスボウも多数顔を出しており、これでは騎兵は突撃なんて出来るはずがない――と言うのは普通《ふつう》の騎兵の話で弓騎兵の真髄《しんずい》はここからだ。

「全隊停止、乱れ撃て！」

ルナが叫び、弓騎兵はその場に停止して次々と矢を放つ。

統制された一斉射撃ではなく、各人ごとに狙《ねら》いを定めて放っていく自由度の高い戦法だ。

「恐れるな！　馬上で弓など狙いは不正確、こちらを混乱させ、ぐえっ！」

敵槍隊の指揮官が喉《のど》と目に矢を受けて落馬していく。

残念だが弓騎兵の射撃精度は貴様達の弓隊よりも遥かに高い。特に停止状態からの射撃となれば百発百中といってもいい。

敵のクロスボウも慌《あわ》てて射撃するが距離が遠い。

弓には十分に射程圏《しゃていけん》内でも風に乗らず重量の小さいクロスボウのボルトでは満足な打撃《だげき》は得られない。

超長槍を両手で構えている為に盾《たて》を持てない敵兵は無防備な的でしかなく、面白いようにバタバタと倒れていく。

「知ってはいたが凄《すご》い射撃速度だ」

「はい！　自由に射らせれば通常の弓兵と比べても二倍以上でしょう」

「ピピはもっと早いぞ！」

よしよしとピピの顎《あご》下を撫でてやる間も一方的な的当ては続く。

敵の弓隊も援護しようと槍隊の後ろから曲射を開始したようだが、視界が悪いので命中率は知れている。弓騎兵の圧倒的《あっとうてき》な優勢に変わりはない。

「くそっ！　槍隊を下げろ、弓隊を前に出して反撃《はんげき》するんだ」

敵の陣形《じんけい》が再び変わっていく。敵前で二度も陣形変更《じんけいへんこう》など愚行《ぐこう》なのはわかっているだろうがそれしか取り得《う》る道はないのだ。

「訓練通りだ」

敵は射撃を続ける弓騎兵が二千なのか、千五百しかいないのかを数える余裕はなかったようだ。

「突撃！」

横に広がって射撃していた弓騎兵の陣が割れ、縦に並んだ五百騎《き》の一団が剣を抜いて突撃していく。

陣形を変更《へんこう》しようと槍隊と弓隊が交錯《こうさく》するこの瞬間《しゅんかん》を待っていたのだ。

クロスボウのボルトが届きそうな近距離《きんきょり》、加速のついた騎兵突撃《きへいとつげき》に対処する時間などない。

こちらの横陣は敵に対抗《たいこう》するためだけではなく、後方で突撃の準備を整える騎兵を隠す目的もあったのだ。

「騎兵の突撃だ！　槍だ！　長槍を並べて阻止するんだ！」

「ええい弓兵は一旦《いったん》下がれ！　お前らが邪魔《じゃま》で対騎兵陣《きへいじん》が組めないんだ！」

「ぐわっ！　こんな密集したところで槍を回すな！　味方にあたってるぞ！」

超長槍はがっちり隊列を組めば硬《かた》いが、兵同士が交錯するような状況ではまともに構えることすら出来ない。敵に飛び込まれて剣の間合いになってしまえばナイフよりも役に立たないのだ。

「ルナさん敵に突っ込みました！　残りの弓騎兵も剣に持ち替えて突撃を開始！」

「イリジナ、行け」

「おう！　任せてくれ！」

イリジナは胸をドンと叩いて槍騎兵の半分、五百を率いて崩《くず》れつつある敵右翼、近衛兵の一団をさらに右へと回り込んでいく。

軽装の槍騎兵では側面とは言え超長槍の防御《ぼうぎょ》を突破するのは難しい。それでも迂回され、包囲される危険を感じさせるだけで意味がある。

包囲の危機に陣形を乱し、各部隊が勝手に動いて連携《れんけい》が崩れていく。

それがルナの部隊をより優位に置く。弓騎兵の矢が降り注ぎ、敵中に飛び込んだ者達は敵中を走り回りながら右に左にと敵兵を切りまくる。

「速度を落とすな、突破しながら斬《き》り捨てろ！」

弓騎兵の剣は通常兵士のそれと違い、真《ま》っ直《す》ぐではなく湾曲《わんきょく》して三日月のようになっている。

これにより、すれ違い様に敵を斬ることが容易くなるし、剣が刺さってしまうこともないのだ。

「もう弓騎兵と言うのもおかしいかもな」

新しい名称《めいしょう》でも考えるかと雑念を持っていると、状況が更に動き出す。

「敵中央から騎兵隊出現！　約二千、前方を通過して右翼の支援《しえん》に向かいます」

「やられ放題ですからな。さすがに手を打ってきましたか」

レオポルトが馬鹿にしたような口調で言い放つ。

ここから見る限り、中央と左翼のマグラード軍はそれ自体で完成した軍勢だった。右翼のトリエア近衛軍とは連携が甘《あま》いと見たがその通りだな。

「俺なら放置するが連合軍ならそうはいかんのだろう」

手を掲げ、弓騎兵の二番隊、二千騎が敵と併走《へいそう》するように斜《なな》めに突進《とっしん》して行く。出来ればこの機に敵の騎兵を叩いておければ言うことはない。

すぐに射撃が開始され、少なくない敵騎兵が矢を受けて落馬して行く。

だがマグラード軍はよく訓練されているらしく、慌てずに駆けながら隊列を槍隊が並ぶギリギリまで寄せた。

追いかけようとした二番隊に対して中央陣地の弓兵から大量の矢が降り注ぎ、同じく少なくない数が倒れて行く。

「ふむ、簡単にはいかんようだ。二番隊を下げろ。ルナとイリジナも撤退《てったい》させろ」

セリアの指示で色つきの火矢が上がる。

弓騎兵二番隊は反転、ルナの率いる一番隊とイリジナの槍騎兵は敵陣《てきじん》を抜け、後ろから大きく回って自陣《じじん》に戻ってくる。

弓騎兵は近接戦闘も十分行えるが敵の騎兵とまともに斬り合えば武器の違いもあって有利ではない。無理に接近戦をする必要はなかった。

「撤退を出せばすぐに戻る。この速度が最大の強みですな」

最近見てて分かったが、レオポルトは鋼に包まれた強力で重量感のあるものより機動性をより重視する傾向《けいこう》があるよな。

俺はでかくて重いものが好きなんだけどな。俺の股間《こかん》みたいで。

「ルナさんとイリジナさん帰陣《きじん》しました。マグラード騎兵の損害は軽微ですが右翼のトリエア近衛兵には甚大《じんだい》な損害を与えたようです」

見れば右翼は再攻撃に備えて槍衾《やりぶすま》を再建しようとしているようだが、至るところに兵が倒れ、混乱して隊列を乱している者もいる。

指揮官が怒号を上げて、なんとか隊列らしきものは出来ているがもう積極的に動くことは出来そうにない。実質無力化したと言って良いだろう。

「右翼はしばらく置物だ。ルナよくやったぞ」

「勿体《もったい》ないお言葉、恐悦《きょうえつ》にございます」

後はそのしゃべり方をなんとかしような。

「敵の隊列に変化があります。中央が左翼と合流している模様！」

セリアの声に再び前方を見る。

そこには見たことのない陣営《じんえい》が生まれていた。

◇◇◇

トリエア・マグラード連合軍陣営《ぐんじん》

「よもやこれほどとは……」

遠征軍の最高司令官、ラドガルフはうめくような声を上げた。

「凄《すさ》まじい攻撃力《こうげきりょく》です。まさか騎兵が長槍隊を打ち破るとは思いませんでした」

ラドガルフの部下も驚愕《きょうがく》を同じくする。

「騎兵は長槍隊の防御陣形《ぼうぎょじんけい》で防げる」

目の前の光景はその常識をいとも容易く打ち砕《くだ》いたのだ。

「辺境の蛮族《ばんぞく》は馬上で上手《うま》く弓を使うと聞きます。奴らを取り込んだか傭兵として雇《やと》ったのか」

「どちらかなのかこの場ではどうでもよい。それよりも今の陣形ではトリエア軍の二《に》の舞《まい》になるぞ。左翼を合流させて編成を変えろ」

「はっ！」「承知！」

手旗が振られ、たちまち陣形が変化して行く。

ゴルドニア側も、先ほど襲撃《しゅうげき》に参加した部隊が陣地に帰還《きかん》中である為、一時的に混乱しており、つけこまれる危険がないのは確認済みだ。

「もし最初から奴らが我らのど真ん中に来ておれば大混乱になったかも知れん」

「その意味ではトリエアが的になってくれて助かりました。あの弓術《きゅうじゅつ》、矢をなんとかせねば戦いになりません」

「ざっと見て精度で三倍、連射速度で二倍か。奴等《やつ》の騎兵《きへい》が六千ほどだとして……三万六千の弓隊と対峙《たいじ》するようなものだ。まともに受けてはズタズタにされていたな」

ラドガルフと部下は息をつきながらも笑い合う。

戦場では思わぬ不運も幸運も落ちてくる。それも全《すべ》て実力のうちだった。

「重装歩兵、前部側部に展開完了《かんりょう》しました！　突破《とっぱ》陣形《じんけい》完成です！」

部下の報告にラドガルフは頷く。

「右翼のトリエア軍はどうなさいますか？」

「放っておけ。混乱した部隊など足手《あしで》纏《まと》いだ。背負って戦える程《ほど》甘《あま》い相手ではない」

後ろで宰相がなにやら言っているがラドガルフも部下も無視をする。

ここは戦場で文官の出る幕ではなかった。

「まずは彼らの戦術を見せてもらった。次はこちらの戦いを見せてやろう」

部下達《たち》はラドガルフに不敵な笑《え》みを向ける。

歴戦の彼等に恐れはない。

「全隊進撃《しんげき》開始！　食い破れぃ！」

◇◇◇◇◇◇◇◇◇◇◇◇◇◇◇◇◇◇◇◇◇◇◇◇◇◇◇◇◇◇

ハードレット軍
「鉄の……箱？」
セリアが思わず呟《つぶや》いたその通りの光景だ。
敵軍の正面には重防備の歩兵が繰《く》り出し、身《み》の丈《たけ》ほどもある大盾を突き出している。盾の間からは長槍が突き出し、まるで一つの要塞《ようさい》のようだ。

奥行《おくゆ》きが深い巨大《きょだい》な鉄の箱とも言える陣形が八個、その両側に騎兵が千ずつ。鳴り響《ひび》く銅鑼《どら》に合わせて一糸乱れぬ足音を立てながら進んでくる。

「方陣《ほうじん》とも違《ちが》います。速度は遅《おそ》いようですな」

見るからに重そうな全身鎧《よろい》に大盾まで持った歩兵が正面にいる。とても機敏《きびん》には動けそうにない。

「見物していても仕方ない。弓騎兵二番三番隊突撃せよ」

彼《かれ》らが陣を崩せば他の騎兵と歩兵によって決着を付けられる。

「突撃！」

ルナが再び兵を率いて突進して行く。

両翼《りようよく》の敵騎兵は動かず、弓騎兵は正面の塊《かたまり》に接近して一斉に矢を放つが大盾に阻《はば》まれてほとんど効果がない。

「正面が硬いのは見ればわかる。曲射しろ、隊列の真ん中から崩せ」

弓騎兵四千は正面の敵を諦《あきら》め、陣形の真ん中へと雨のように矢を撃ち込《こ》んだ。

だが敵は全く速度を落とさずに進撃を続けてくる。

「盾は頭上にも掲げられているようです。あれでは矢が通りません」

レオポルトが冷静に言い、セリアが慌て始めた。

「もっと余裕を持て、まだ誰《だれ》も負けていないだろう」

だがちょっとまずいかもしれないな。レオポルトも同じ思いなのか、いつもの能面顔が少し歪《ゆが》んでいるような気がする……いや気のせいかな。

「くっ！　正面の敵に射撃を集中だ！　盾の隙間《すきま》を狙って倒せ！　前の奴を倒してむき出しにしろ！」

ルナの指示に従って全員の矢が集中し、正面の敵が幾人《いくにん》か倒れる。

だが、できた隙に飛び込む間もなく、一列後ろの兵が前に押し出し、穴を塞《ふさ》いでしまった。

さらに盾の隙間から弓が斉射《せいしゃ》され、防ぐ盾のない弓騎兵が打ち倒される。

「くぅ……おのれ！」

正面突破は不可能と見たルナは迂回《うかい》して側面に回り込んでいくが、戦況《せんきょう》に目立った変化はない。

「恐らく側面も正面同様固められているのでしょう」

「まさに鉄の箱だな」

弓騎兵は弱点を探すように周囲を走るが、他の箱からも矢を浴びて逆に兵を失ってしまっている。

そして後方に回り込もうとした弓騎兵に対して遂《つい》に敵の騎兵が動いた。

騎兵同士なら四千対二千と優勢ではあるが、周囲からの矢を浴び続けながらでは上手く戦えないらしく、ルナは適当に交戦して再び正面に戻《もど》ってくる。

敵の弓の射程から逃れたルナが泣きそうな顔でこちらを見てくる。どうやら攻め手がないらしい。

「レオポルト何かあるか？」

「ありますがすぐには無理です」

騎兵での蹂躙《じゅうりん》も画期的な策もないなら正攻法《せいこうほう》しかない。

「弓騎兵二番三番は後方に回って休息、他の隊は全て前進！」

「なるべく川際に追い込んで下さい」

頼《たよ》りにしておくから急げよ。

「攻撃《こうげき》開始だ。弓騎兵の分も暴れて来い」

最近ではどうにも弓騎兵ばかりが目立っていたが他の兵もしっかりと鍛《きた》えている。その成果を見せてもらおうではないか。

「「「ウォォォォォォ!!」」」

雄叫《おたけ》びを上げて歩兵隊が疾走、敵の正面にぶち当たる。

凄まじい金属音が鳴ったが、正面の盾の壁《かべ》は破れない。正確には敵前面の何人かは倒れたのだがすぐに後ろの者が穴を塞いでしまうのだ。

それでも矢とは衝撃力《しょうげきりょく》が段違《だんちが》いの剣や槍で殴《なぐ》られれば敵の正面は少しばかり乱れる。

その隙をついて内部に槍を差し込むような猛者《もさ》もいたが、すぐに後ろがせり出して放《ほう》り出されてしまう。

むしろ無理に前に出ようとして、逆に突き出された槍で串刺《くしざ》しにされる味方の方が多かった。

「芳《かんば》しくないな」

「あの大盾をなんとかしないと戦えません……」

俺が呟くとセリアも悔《くや》しそうに答える。

俺達の編成の半分を占《し》める弓騎兵が止められてしまえば不利は明らかだった。

「敵騎兵動きます！」

こちらが攻めあぐねるのを見て勝負をつけに来たのか、敵の騎兵が左右から挟み込んでくる。片方はルナの弓騎兵が一斉射撃で止めて乱戦に持ち込んだが、もう片方が箱とぶつかっている歩兵に迫《せま》る。

「レオポルト指揮を任せる。セリアは俺と行くぞ！」

「はいっ！」

敵騎兵の片割れは千。こちらは予備に残した重装騎兵五百。面白い勝負だ。

「ハードレット卿《きょう》。ご自身が出なくとも――」

「俺に続け！」

レオポルトの溜息を聞きながらセリアと護衛隊を率い、先頭に立って敵に突っ込む。

騎兵同士の戦いでは互《たが》いの接近は一瞬《いっしゅん》、たちまち相手の表情が見えるほどの距離に迫っていく。

側面に迫る敵騎兵を見て味方歩兵から上がっていた悲鳴は俺と重装騎兵が突っ込んだことで

歓声《かんせい》に変わる。

ただ問題は重装騎兵は強力だが重く遅いのでどうしてもシュバルツに乗った俺が頭一つ前に出てしまうことだろう。

つまり、結局一騎駆けに近くなってしまうのだ。

「一気に敵を蹴散《けち》らしてマグラードの精強さ、万国《ばんこく》に見せつけぐぎゃっ!!」

俺と同じく先頭を切っていた貴族の頭を槍で刎《は》ねる。

指揮官が先頭切って突っ込むのはやっぱり危ないな。来世では気をつけろよ。

俺は貴族に続いていた従者らしき二騎を構えた盾ごと吹《ふ》き飛ばし、うち一人が持っていた槍を左手で奪《うば》う。

「そらっ！」

奪った槍を新手の敵に槍を投げる。

重い槍は新手一騎《いっき》の馬に突き刺さり、悶絶《もんぜつ》した馬は後ろ二騎を巻き込むド派手な転倒《てんとう》を見せてくれた。

そこで足の緩まった俺《おれ》にセリアが護衛隊と共に追いつく。

「もうエイギル様はまた一人で！　全員後れをとるな！　蹴散らせ！」

俺を先頭に味方重装騎兵は矢じりのような突撃陣形《とつげきじんけい》で敵の騎兵隊《きへいたい》と衝突、勢いのままに切り裂《さ》いていく。

敵の穂先《ほさき》や剣は分厚い甲冑《かっちゅう》に弾かれ、逆に味方の得物は敵の人馬を切り裂き引き倒していく。

重武装の護衛隊は圧倒的有利に戦えている。やはり騎兵同士の戦いではこちらに分がある。

そんな俺の独語を打ち消すように大きな怒鳴《どな》り声が被せられた。

「その姿、勇名轟《とどろ》くハードレット卿とお見受けした！　勝負、勝負！」

やかましく喚《わめ》きながら槍を振《ふ》り回し突っ込んでくる中年の騎士《きし》の槍を受け止め、思い切り巻き上げる。

「なんとぉ！　ここまでか！」

槍は中年騎士の手から毟《むし》り取られて宙を舞《ま》い、俺は諦めて目を閉じた騎士の喉下を一突《ひとつ》きして仕留める。

その隙を狙ったのか正面から三本の穂先が俺を狙う。

その一本目を弾き、二本目を避け、三本目を掴《つか》んで兵ごと振り回し、三人ともを落馬させた。

大乱戦になってきた。セリアは大丈夫《だいじょうぶ》か。

「しっ！」

「ぎゃっ！」

心配いらぬとばかりにセリアは馬上で槍を器用に避け、小手の隙間に剣を入れて敵の手首を飛ばしていた。

本当にセリアは上手く戦う。剣捌《けんさば》きだけなら俺は到底敵《とうていかな》わないだろう。

「勇名轟くハードレット卿との一騎打《いっきう》ち、アーー!!　卑怯《ひきょう》なりー！」

叫んだ男の顔面に矢が刺さった。

ピピは本当に容赦《ようしゃ》がないな。せめて首だけは俺が飛ばしてやろう。

「だっだめだ！　強すぎる！　撤収《てっしゅう》ーー!!」

「引け引けーー!!」

戦闘《せんとう》はしばらく続き、半数以下になった敵がついに逃走《とうそう》を始めた。

見ればルナ率いる弓騎兵の方も名誉《めいよ》挽回《ばんかい》とばかりに敵騎兵を撃破《げきは》し、追いかけ回していた。

さて騎兵戦ではまず勝利と言っていいが、全体としてはやはり芳しくない。

「敵の箱陣形はほとんど崩せていません！　味方の損害も拡大しているようです」

セリアが苦虫を噛《か》みつぶしたような顔で報告する。

騎兵対決に勝りながらも全体としては最初こちらが仕掛けた時よりもかなり押し込まれているな。

レオポルトが指揮してあれなのだから敵は本当に手ごわいのだろう。

ここは援護してやらねばなるまい。

「負傷者と武器を失った者は後退しろ。それ以外は俺に続け！」

「やるんですか？」

その通り。

敵は約千人から構成されると思われる鉄の箱が八つ。

うち一番味方を押し込んでいる一つに狙いを定め、側面から突進する。

たちまち矢が飛んでくるが槍を回して振り払《はら》いながら尚《なお》も突《つ》っ込む。

「矢は通じんが槍ならどうかな！」

こんなこともあろうかと仕留めた敵の槍を拾い上げておいたのだ。

「それは馬上槍ですよ。投槍じゃありません」

俺はセリアの呟きを無視して振りかぶり、一声吠《ほ》えながら盾で防御された側面に槍を全力で投げつける。

もちろん敵は鉄壁《てっぺき》の大盾でもって槍を防ぎ……ボコンと鈍《にぶ》い音を立て防いだ敵兵ごと陣の中へ吹き飛んでいく。周囲の敵兵が目を丸くして吹き飛んだ敵のいた場所を二度見していた。

「どうだ！　やはり投槍は矢とは威力《いりょく》が違うぞ」

「だからそれ普通の槍です。投げられる物じゃありません……」

一瞬の混乱はあるものの陣に開いた穴はすぐに別の兵士によって防がれる。が、俺は構わずそのまま突っ込み、今度は自前の槍を叩《たた》きつけた。

「「「ぐひゅ」」」

今度は盾を構えたままの敵兵三人が並んで陣の奥《おく》へ飛んでいく。そして大きく開いた穴から陣の内部《うち》が見て取れた。

なるほど大盾を持った兵士が正面と側面の外周を何列にも埋《う》め、所々に弓兵や槍兵が配置されているのか。一番前が倒《たお》れたら後ろの兵がせり出すと、道理で穴を開けてもすぐに塞がるはずだ。

同時に三人が後ろの兵まで巻き込んで吹き飛ぶことは想定外だったのか、代わりの兵士が出てくるのが遅れている。

これは好機だ。

俺は乱れた陣形の中にシュバルツの巨大な馬体を強引《ごういん》に突っ込ませ、前後左右メチャクチャに槍を振って次々と敵兵を切り捨てる。

こうして更に乱れた陣形内にセリアや護衛隊の部下も飛び込み、一段と傷を広げていった。

しかし敵も安易に崩れず必死に槍を突き出して抵抗《ていこう》し、何本かがシュバルツを掠《かす》めて傷つける。

それほどの勢いもなく大した傷ではないが、シュバルツがこちらを睨《にら》む『痛いぞこの野郎《やろう》』『さっさと引けバカ』と声が聞こえるようだ。

腹が立つのでもっと突っ込みたいところだが、さすがにこいつの巨体《きょたい》はいい的になる。しかもこれだけ密集した相手との混戦では騎乗《きじょう》のメリットはもうない。

「ちょっ⁉　エイギル様⁉」

俺はシュバルツから飛び降りると敵の真っ只中《ただなか》に飛び込み、溜《た》めを作ってから思い切り槍を一回転させた。出せる精一杯《せいいっぱい》の力を込めた一撃《いちげき》だ。

金属がひしゃげる轟音《ごうおん》が鳴った。

まず上半身だけになった敵がクルクルと回転しながら宙を舞い、次に体の前面が抉《えぐ》れた敵が中身を零《こぼ》しながら地面を転がる。そして最後に下半身だけになった敵がその場にまとめて倒れ

込む。

「ひょわっ！」

至近距離に敵兵の上半身が落ちて来たセリアが珍妙《ちんみょう》な奇声《きせい》を上げる。今の声はなんとも可愛《かわい》いかった。心のセリア記録に留《とど》めておくことにしよう。

さて、これで槍の長さの範囲《はんい》に生きている敵はいなくなった。

「じ、十人まとめて吹き飛ばしたのか⁉」

「全員死んでる……一撃で皆殺《みなごろ》しなんて……」

「斬られたなんて傷じゃないぞ……グチャグチャだ……人間の力じゃない！」

敵にでも褒《ほ》められると気分が乗ってくる。

「ぐおおおぁぁぁ！」

盛り上がった俺は獣《けもの》のような叫び声を上げて槍を振り回し、ついでに落ちていた敵の槍も反対側に持って近くの敵を手当《てあ》たり次第《しだい》に殴って斬って突きまくる。

こんな叫びを上げたのはメリッサに散々焦《じ》らされた後、特大の射精をした時以来だ。

「うわぁぁぁ来るぞ！」

「ありゃ人間じゃねぇ！　前に立つな！」

「誰かとめろぉ‼　こっちにくるなぁ！」

近づく敵は次々と手足を失い、運が悪ければ首が飛ぶ。

鉄の箱だった陣形は完全に崩れ、穴が開いたと言うよりもへし折れたように曲がっていく。

見れば重装騎《き》兵達《へいたち》も徒歩になって必死に戦っていた。

そこで遂にバタンと大きな音がした。外周全ての大盾がその場に捨てられ、敵兵が陣形を崩して壊走《かいそう》し始めたのだ。

「崩れたぞ！　ひき潰せ！」

陣形さえ崩れてしまえば重装備の歩兵など足の遅い亀《かめ》でしかない。

逃《に》げ惑《まど》うと言うにも遅すぎる敵兵へ弓騎兵と馬に乗りなおした重装騎兵が襲《おそ》い掛《か》かり次々と仕留めていった。

「やりました！　敵を完全に叩き潰しました」

セリアが大喜びしているがこれでやっと箱一個分だ。

今ので俺もかなり疲《つか》れたし周りの味方は肩《かた》で息をしながら天を仰《あお》いでいる状態だ。この勢いで他の七個も潰すというのは不可能だな。

重装騎兵を率いて本陣《ほんじん》に帰り、さあ水をと息をつく間もない。

「ハードレット卿。もう一度出て下さい」

「……なんでだよ？」

どうしてレオポルトに命令されなけりゃならん。

「敵の正面に隙《すき》が出来ます。突破力が必要なのです」

「どうして隙が出来るか言え」

さすがに疲れた。適当な理由なら少し休みたい。

「敵は我々の部隊を押し込んでおります。このまま川まで到達《とうたつ》するでしょう」

見ればわかるが、押し込まれているのはこっちだろう？

あえて川に誘《さそ》い込むとしても水量は少なく流れも緩い。敵が崩れるとは思えない。

「我々が川まで押され、苦《くる》し紛《まぎ》れに側面へ回ろうとしたらどうなるでしょうか？」

「敵も方向転換《てんかん》して対応してくるだけだな」

いかに重装歩兵が鈍重《どんじゅう》とは言え、方向転換に手間取るほど間抜《まぬ》けではない。

「彼らは銅鑼で歩調を合わせております。それが一糸乱れぬ行軍を導いているわけでありますが、川の周囲は高さも均等ではありませんし、岩や石も多く、足場の状況《じょうきょう》が違います。同じ歩調で歩いても隊列はおのずと乱れましょう」

レオポルトは真剣《しんけん》な顔で……いつもの鉄仮面だが雰囲気《ふんいき》はより真剣だ。

「そこを自走型の破城槌《づち》――失礼。ハードレット卿が叩いて突破口《とっぱこう》として下さい」

「おい……今なんて言った」

「御武運《ごぶうん》を祈《いの》ります」

見れば敵軍の箱陣は七個全てが上手い具合に並んで川原に差し掛かりつつある。

押《お》されていると思っていたが、お前はこれを狙ってやったのか。

「押し返すことも可能でしたが、それでは決定打になりませんので」

大した奴だ。暴言は許してやろう。

数分後、本陣から一斉に青く光る火矢が放たれる。

それを合図にそれまで正面で交戦を続けていた部隊が一斉に後退、右回りに迂回し側面へ回る動きを見せた。

「ふん！　今更迂回《いまさらうかい》などさせるものか！　全隊左転回だ、正面に捕《とら》えて押しつぶせ！」

敵指揮官が叫《さけ》び、見事な動きで鋼鉄の箱が向きを変える。歩を早めるつもりなのか今までよりも早いペースで銅鑼が鳴る。

迂回しようとする味方を追い詰《つ》めるべく川沿いに進むマグラード軍……その隊列が少しずつ崩れ始める。左翼は今までと同じ速度なのに対して川に近い右翼側《うよくがわ》が徐々《じょじょ》に遅れ始めたのだ。

「何をしている！　歩調を合わせろ！」

指揮官が必死に怒鳴るがズレは止まらず、むしろ広がっていく。

「ちっ！　足場か！」

修正を命じようとした時、弓騎兵から雨のように矢が降り注ぐ。それも遅れつつある敵の右側へのみだ。

もちろん敵は自慢《じまん》の大盾で防御して損害は出ていないが、矢を受けながらの行軍で更《さら》に歩幅《ほはば》がおかしくなっていく。

「間隔《かんかく》を戻せ！　早足やめ！」

銅鑼のペースが落ちるが、全体の動きが変わっても歩幅の違いは埋まらない。

遂に鋼鉄の壁に裂け目《め》が出来、内部が覗《のぞ》いた。

「停止！　隊列を元に……」

敵指揮官は焦《あせ》った口調で遂に部隊を停止させ、陣形のほつれをを直そうとする。

無論それを待ってやるつもりはない。

同じ状況に陥《おちい》った全ての敵部隊に反転した味方がぶつかって行く。

「俺達《おれたち》も行くぞ」

「全隊攻撃開始」

「はい！」

「ピピもいく！」

俺は槍を置き、デュアルクレイターを抜《ぬ》いて徒歩で敵に突入《とつにゅう》する。

まずは盾もろとも二人を両断し、もう一人は素手《すで》で頭を潰《つぶ》して盾を奪う。

巨大な盾の重さは十キロほど、俺なら左手でも十分持てる。

敵が反撃に突き出して来る槍を大盾で防ぎながら逆に体当たりで槍をへし折り、敵を吹き飛ばす。こういう技が剣技《けん》であったかもしれん。シールド……なんだっけな。

右から迫る敵を蹴《け》り飛ばし、倒れた所を盾の角で叩き殺す。さすがにこんな技はなかったかな。

「蛮族だ！　蛮族が出たぞ！」

「いやオークだ！　それもとびっきり野蛮《やばん》なやつだ！」

「失礼な奴らめ、叩き殺してやる！」

血風が吹き荒《あ》れ、ほとんどの相手を一刀で斬り倒しながら可能な限り陣形を乱す。

やがて敵陣は崩れに崩れ、もはや箱として機能しなくなったところで付近の味方に撤退の合図を送る。

「もうダメかと思ったが……助かったのか?」

「とにかく今のうちに隊列を組みなおして――」

乱戦の必要がなくなっただけだ。

「放て!!」

ルナの号令で弓騎兵が一斉に矢を放つ。

無数の矢は大乱戦で盾の防御を失った敵の頭上に降り注ぎ、先程《さきほど》までの硬さが嘘《うそ》のようにバタバタと敵が倒れて行く。


「どれ俺も……飛び道具だ!」

必死に皆《みな》を落ち着かせようとしていた敵指揮官に向かってボロボロになってしまった盾を投げると見事に命中、頭が顎から大きくくずれて落馬していく。

それが最後の引き金になったのか、陣形は完全に崩壊《ほうかい》し壊走が始まった。

俺はその崩壊を見届けてから、同じく綻《ほころ》びを見せている他の敵陣にも突撃をかけ、叩き壊《こわ》していった。

頑強《がんきょう》な重装兵だが、その鈍重さから一度乱れてしまうと立て直すにも時間がかかる。結局、陣形を乱した敵は最後まで立て直すことが出来ずに次々と崩壊、遂に最後の敵陣が崩れ落ち、逃走を始めたところで俺達の勝利が確定した。

「勝鬨《かちどき》を上げろ！」

「「ウォォォォーーー!!」」

「おー……ワギャーーーー!!」

昂《たか》ぶった気持ちを抑《おさ》えられずについセリアの性器深くまで指を入れてしまった。

突然《とつぜん》の暴挙にとんでもない奇声を発したセリアは周り中から注目されてしまい、赤面しながら俺の胸をポコポコ叩く。

いくつかの隊が勢いのままに壊走するマグラード軍を追撃《ついげき》して行く。

止めはしないが全体での追撃はしない。あくまでロレイルを守ることが最大目的だからな。

「さて、凱旋《がいせん》と行きたい所だがまだやることが残っている」

「ええ、残っております」

レオポルトと意見が一致《いっち》した。ルナとイリジナも目を輝《かがや》かせている。

視線の先には緒戦《しょせん》で撃破された近衛《このえ》軍がいる。彼らはどさくさに紛れて北……ロレイルに向かっているようだ。

「疲弊《ひへい》したとは言え、まだ我ら弓騎兵は十分にやれます」

もはや勝敗はついた。

矢の予備は町に戻ればいくらでもあり、惜《お》しむ必要はなかった。

「近衛兵の装備は奪った者が自由にしていいぞ」

疲れ果てていた兵達の目の色が変わる。近衛兵が金銭的には最上級の装備を持っているのは誰でも知っている。

「遠慮《えんりょ》はいらん……殲滅《せんめつ》しろ!!」

騎兵、歩兵が入り混じって突進して行く。

勝鬨を上げて士気上がる味方と敗残の敵。

弓騎兵の矢の雨が敵を引き裂く前から勝敗は決まっていたも同然だった。

◇◇◇◇◇◇◇◇◇◇◇◇◇◇◇◇◇◇◇◇◇◇◇◇◇◇◇◇◇◇

マグラード、トリエア遠征軍《えんせいぐん》
「軍団長！　どうかご無事で！」

指揮官の一人が敬礼をして倒れ込むが誰も手は貸さない。

男は腹に矢を受けてもう歩けない。歩けない者を担《かつ》いでいく余裕《よゆう》など、どこにもなかった。

男は軍団長――ラドガルフの父の代から仕えた部下だった。

兵は盾を捨て、鋼の鎧を捨て、最後には剣まで捨てて走った。敵には多くの騎兵がいる、追撃を受ければたちまち追いつかれてしまう。敗残兵の末路を知らぬものはいなかった。

ラドガルフは一言も話さなかった。無駄口《むだぐち》を叩く体力さえも勿体《もったい》なかったのだ。

一秒でも早く船に戻り、本国へ逃げ帰《かえ》らなければならない。

「軍団長！　ご無事で！」

一人の騎士が振り返り、追撃する敵と剣を合わせる。そしてすぐにクロスボウによって射殺された。彼はラドガルフが結婚祝《けっこんいわ》いに剣を贈《おく》った男だった。

ラドガルフは反転して徹底抗戦《てっていこうせん》と喉まで出かかった言葉を飲《の》み込む。彼の豊富な経験が、今抵抗しても全滅《ぜんめつ》以外の選択肢《せんたくし》がないことを知らせている。ただ、唇《くちびる》を噛み締《し》めて逃げるしかない。

やがて後ろが静かになる。ゴルドニアは追撃を諦めて去って行ったのだ。

ラドガルフの顔に驚《おどろ》きはない。徹底《てってい》した追撃がないことは予想していた。奴らはロレイルさえ押さえていれば勝てるのだ。ロレイルから遠く離《はな》れてまで追って来るわけがないし、追って来るほど愚《おろ》かな相手ならラドガルフは負けていない。

「集合しろ……全員集合……損害を報告せよ」

野太い声にも張りがない。

従う兵士達もまた、裸同然《はだかどうぜん》の姿でふらふらと集まってくる。

「やられた……徹底的《てっていてき》に……これほどの惨敗《ざんぱい》など……」

集まってきた指揮官にも足りない顔が山ほどいる。兵をざっと数えると一万いた兵が三千も残っていない。

卑怯な仕打ちではなかった。真正面から戦って死力を尽《つ》くし破れたのだ。

だがそれでもラドガルフの心は荒れている。長年知った部下、子供の頃《ころ》から面倒《めんどう》を見てきた騎士の多くが散った。

　最後まで捨てなかった剣を抜き、天に掲《かか》げる。

「戦の神よ御照覧《ごしょうらん》あれ！　俺は必ず奴と再戦し打ち倒す！　この命が尽きるとも！」

　日焼けした顔、その目からは女々《めめ》しいからと部下にも禁じた涙《なみだ》が流れ続けていた。

◇◇◇◇◇◇◇◇◇◇◇◇◇◇◇◇◇◇◇◇◇◇◇◇◇◇◇◇◇◇◇◇

隷下《れいか》部隊九千四百
歩兵二千　騎兵一千三百　弓兵七百　工兵二百　弓騎兵五千二百
現在地点　ロレイル
戦果　トリエア軍東方守備隊壊滅《かいめつ》（降伏《こうふく》）・ロレイル奪取《だっしゅ》・マグラード軍撃破、トリエア近衛軍殲滅

◇◇◇◇◇◇◇◇◇◇◇◇◇◇◇◇◇◇◇◇◇◇◇◇◇◇◇◇◇◇◇◇

　激戦から二晩、ロレイルで俺も兵もゆっくりと休んでいた。

　残る有力な敵は要塞方面だけ、こちらは今更《いまさら》出てくる危険も少なく、斥候《せっこう》をしっかり出してあれば安心して休める。

「背中はどうですか？」

「あぁ、気持ちいいぞ」

セリアが可愛い声で聞いてくる。

「本当に踏《ふ》んでもいいのか？」

「ああ、腰《こし》にはお前ぐらい重いのがちょうどいい」

イリジナは「重……」と複雑そうに言ってからズシンと腰に乗って来る。

「族長様、足を少しお上げ下さい。香油《こうゆ》を塗《ぬ》りますので」

「少し冷たいが……気持ちいいぞ」

ルナの触《さわ》り方は特に変でもないのに興奮するんだよな。

「ピピも揉《も》む！」

「こら、顔をいじるな」

俺はセリア、イリジナ、ルナ、ピピのマッサージを受けながら横たわる。

朝から女四人を侍《はべ》らせてマッサージとは贅沢《ぜいたく》な話だが、今回の戦いでは体にかなり無理をさせた。少しは労《ねぎら》ってやってもいいだろう。

言うまでもないが俺も女達もついでにピピも全裸《ぜんら》だ。

「ところでシュバルツの具合はどうだった？」

俺は全身を揉み解《ほぐ》されながらセリアに聞いてみる。

あいつも戦場で二、三の傷を作っていたからな。特に槍《やり》で刺《さ》された傷は軽いものではない。

「もし死にそうなら痛む前に鍋《なべ》の用意をしないといけない」

「……先ほど様子を見に行ったのですが隣《となり》の馬と交尾《こうび》していました」

なんて奴だ。

「しかも傍《そば》にへたったメス馬が二頭いまして。三頭目のようでした」

「酷《ひど》いエロ馬だな。一度に三頭と交尾するとは去勢した方がいいかもしれん」

「「「………」」」

なぜ全員で俺を見る。

「そういえば今日は評議会をやっているんだったか？」

「はい。レオポルト……さんが参加しています」

セリアはまだレオポルトにさん付けするのに抵抗があるようだ。

「ま、あいつなら上手くやるだろう」

占領《せんりよう》政策だの町の運営責任者を認めてくれだのとうるさかったのだ。あいつなら理性的かつ容赦なく決定してくるだろう。

「ところで俺は今日、少し出かける。一人でいくから皆は体を休めておいてくれ」

彼女達《かのじよたち》も戦場では頑張《がんば》った。たっぷりとした休息が必要だ。

「むぅ……」

セリアだけではなく全員が不満げな顔をした。

「心配するなちゃんと気持ち良くしてやる」

俺は体中に香油を塗られたまま立ち上がり、勃起《ぼっき》した逸物《いちもつ》を女達の前に突きつける。

「上手くおねだりした者から抱《だ》いてやるぞ」

セリアは仰向《あおむ》けに転がって両足を抱《かか》え上げ、イリジナはうつ伏《ぶ》せになって自分で尻《しり》たぶを広げて性器と尻穴を丸見えにした。ルナは少し趣向《しゅこう》が変わってベッド横の柱に股間をこすりつけながら肉棒をねだる言葉を紡《つむ》ぐ。

全員素晴《すば》らしいがまずはでかい尻が肉感的なイリジナからだな。ピピも無毛の穴を広げているがまだまだ未熟だ。

「朝から実に華《はな》やかだ」

俺はイリジナに背後からのしかかり、そのまま体重をかけてベッドに押し倒す。全身に塗りたくられた香油が滑《すべ》る。

肌《はだ》からは油のネトつきとイリジナの体温、鼻からは発情した女の匂《にお》い、耳からは荒《あら》い息遣《いきづか》い、目には準備完了の大きな尻が揺《ゆ》れている光景だ。

「味覚が足りないな」

俺はルナを指で誘う。

そして嬉《うれ》しそうに近づいてきた彼女《かのじょ》の肩を掴んで強引に引き寄せ、ぶつけるように口づけして口内に舌を入れ、甘《あま》い唾液《だえき》を吸い取る。

同時に揺れているイリジナの尻もがっちりと掴み、叩きつけるように根元まで挿入《そうにゅう》する。

ルナのくぐもった声とイリジナの叫び声が重なり俺の興奮を更に高める。

見ればセリアとピピも膝《ひざ》立ちでベッドに上がり、近寄ってくる。

「焦らなくても途中《とちゅう》で萎《な》えたりしない。安心して……待っていろ」

俺はイリジナに腰をぶつけながらルナとのキスを続け、なんとか行為《こうい》に参加しようと体を舐《な》めてくるセリアとピピにも笑って答えるのだった。


「ふー腰が軽くなった」

俺は二時間ほど腰《こし》を振って玉の中の汁《しる》を全部吐《は》き出し、ベッドに倒れる四人を置いて町へと繰り出す。

途中シュバルツの様子を見に行くとぐったりしたメス馬三頭に囲まれていびきをかいていやがった。一発やってお休みとはいい身分だが俺の方が一つ勝っていたぞ。

「大丈夫だな」

傷を確かめて治りかけていることを確認《かくにん》し、バシンと叩いてその場を去る。後ろからシュバルツが暴れる音が聞こえて笑っていると悪態みたいな嘶《いなな》きが聞こえて来た。

さて悶絶する色ボケ馬を置いて俺が向かうのは小鳥亭《てい》――マリアの実家だ。

戦争のことはマリアも聞いているだろうし、優《やさ》しいあいつはきっと親のことを心配しているに違いない。戦火に焼けたわけではないが、念《ねん》の為《ため》に親の安否を確かめておかないといけない。

「邪魔《じゃま》するぞ」

懐《なつ》かしい入り口を開けて中に入ると、カウンターにマリアが立っていた。

「なぬ？」

「いらっしゃい……と言いたいとこだけどお客さんじゃなさそうだね」

よく見ればマリアよりは随分《ずいぶん》老けているし、声にも貫禄《かんろく》がある。

「残念ながらな。商売は暇《ひま》か？」

「当たり前だよ！　占領されてる町に旅人も行商人も来やしない。お客ゼロだよ！」

そりゃそうだ。

この中年の女性が椅子《いす》に座《すわ》っていたのも他にすることがないからだろう。従業員達も暇そうにお茶を飲んだりおしゃべりしたりしている。

「すぐに戦争も終わる。少しの辛抱《しんぼう》だ」

「はぁ？　あんたに何がわかる……ってあんたまさか！」

察しの良い女性だ。

「この町に入っているのは俺の軍だ」

女性と周りの人間が色めき立つ。

ここはトリエアの町で俺は占領軍《せんりょうぐん》の司令官、どうなるかと身構えるも殴りかかってくるわけではなさそうだ。

それでも態度は明らかに硬化《こうか》……というよりもこれは警戒《けいかい》かな。

「別に何かしようとして来たわけじゃない。貴女《あなた》はマリアの母親で間違《まちが》いないか？」

顔立ちもそっくりで聞くまでもなかったが一応確認をする。

「あぁそうだけど娘《むすめ》に何か？」

「娘から聞いてないか？　彼女を預かっているんだが」

女性の顔が驚愕《きょうがく》に染まった。

「じゃああんたがエイギルっ!?　……いえエイギル様かい!?」

「個室で話そう。案内してくれ」

これ以上は従業員の前でしない方がいいだろう。

俺達は宿の一室で向かい合う。俺の要望でテーブルに酒も置かれた。

「あの娘は……今つらい思いをしているんだろうね」

「マリアは俺の女だ。下らないことはしない」

敵国うんぬんと言うつもりは微塵《みじん》もないし周りにも言わせない。

「信じてもいいんだね？　あの子は今どうしてるんだい？」

「王都ゴルドニアで不自由なく暮らしている」

一点の曇《くも》りなく自信をもって言う。それだけの待遇《たいぐう》はしているはずだ。

「あんたの愛人として？」

「そうだ。他にも女はいるが、俺はマリアを愛しているし面倒はしっかり見てやるつもりだ」

一点ぐらいは曇りがあるが幸せにしてやる想《おも》いに偽《いつわ》りはない。

「はっきり言うね。でも安心したよ。愛人とは言え大切にされてるみたいでさ。旦那《だんな》が死んで以来、必死で育てた一人娘《ひとりむすめ》だからね……可哀相《かわいそう》なことになっていないかと気が気じゃなかった」

女性は気が抜けたように脱力《だつりょく》し、カップの酒を呷《あお》る。

結婚《けっこん》の時に揉めたことや、メリッサに惚《ほ》れて同性との行為も癖《くせ》になっていることは伏《ふ》せておこう。

なあにメリッサが好きでも俺が種をつけて孫を作ってやれば問題ないさ。

そういえば肝心《かんじん》なことを聞いていなかった。

「名前を聞いてもいいか？」

「おっと、娘のことで頭一杯《いっぱい》だったから忘れてたよ。あたしの名前はパメラ。この宿の主人だよ。娘を宜《よろ》しく頼《たの》むね」

パメラはニコリと愛嬌《あいきょう》のある笑顔《えがお》を見せた。

俺もまた精一杯《せいいっぱい》優《やさ》しく笑いかけ、パメラと酒を酌《く》み交《か》わす。

さばさばした性格の彼女は酒もいける口らしく、楽しい時間が過ごせそうだ。


少しの時間が経《た》ち……。

「……で、どうしてアンタは私の上に乗っているんだい？」

「どうしてだろう？」

俺はパメラをソファに押し倒し、か細い抵抗を押し退《の》けて唇を奪う。もちろん舌もねじ込《こ》み、唾液を激しく交換《こうかん》する。

「ぷはっ……あのさぁ。あたしはもう四十五だよ。それにマリアを囲っておきながら母親……んむっ！」

キスで言葉を遮《さえぎ》りながらパメラの胸元《むなもと》をはだけさせる。

彼女は年齢《ねんれい》の割には若く見えたが、肌のハリや苦労の結晶《けっしょう》である皺《しわ》から中年に差し掛かった女性と一目でわかる。

「胸はかなり立派だな。マリアとは違《ちが》う」

「そうなのよねぇ。あの子全然育たなくて……ってそういうことじゃなくてさ！」

俺がパメラの胸元を豪快《ごうかい》に開き、見えた乳首《ちくび》に吸い付いて舌で転がすと彼女の全身がびくりと震《ふる》えた。

「あんた男はいないんだろう？　旦那に操《みさお》を？」

「旦那はもう十何年も前……確かに今は男もいないけどさ。あんたマリアの男だろ、母親のあたしを抱いてどうするんだっての」

俺を押し退けようとするパメラの腕《うで》を取り、再びキスをすると力が抜けた。

「あんたと話してて良い女だから抱きたくなった。それだけだ」

「マリアから聞いてたけど手が早いっ！　こらっ！　乳首を吸うなっての！」

叱《しか》られたので胸から口を離し、首筋に吸い付くと可愛らしい悲鳴が漏《も》れる。

「精一杯気持ちよくするから抱かせてくれよ」

言いながらズボンの前を開き十分硬《かた》くなった逸物を取り出す。

「でかっ⁉　なんだいその怪物《かいぶつ》は！　こんなものをマリアに入れてたのかい……そりゃ堕《お》ちるわ」

「嫌《いや》なら抵抗してくれ」

パメラの下着を剥《は》いで下の口に逸物を当てる。そこは年相応に黒ずんでいたが逆に生々しくて性欲を誘う。

「やめっ……だめだってば！　そこだけはダメ!!」

パメラは俺の肩に手を突っ張って抵抗する。

だが俺は抵抗をあえて無視した。

ゆっくりと腰を沈《しず》めて最後まで抵抗がやまなければ諦《あきら》めようと思っていたのだ。

「だめ……だよ」

入り口に男根が食《く》い込んだところでパメラの手が力を失い、スルスルと俺の肩から手が滑り落ち、腰に軽く回される。どうやら許可が出たようだ。

「いくぞ」

「だめ……でっか……ぐぅ」

逸物は狭《せま》い穴を押し広げながら入って行く。

パメラは呻《うめ》いて手足をばたつかせ、苦し気に頭を左右に振っていたが、俺の一番太い部分が滑り込むと、一声苦し気に鳴いてから脱力した。

「ほら、ずっぽり入った」

「あぁ……やっちまったよ。娘の男に抱かれちまった……」

深々と入ってしまって観念したのか、パメラは諦めたように自分から唇を重ね、足を俺の腰に回して動きを合わせて来る。

「おぉ……こりゃいいな。軟《やわ》らかくて気持ちいい」

熟《う》れた穴は男日照って久しいらしく、サイズ的にはキツイのだがねっとり吸い付き絡《から》みついて軟らかい印象だ。

俺は味わうように大きな動きで腰を叩きつけていく。

「まったくっ！　こんなっ！　あんっ！　おばさん抱いてっ！　楽しいのかねっ！　んあっ！」

「楽しいさ。これはどうだ？」

俺は規則的だった動きをわざと乱し、奥を強めに数度叩《たた》く。

「あぐっ！　あぁ気持ちいい……良いけど痛いよ。あんたのデカすぎるんだよ！」

「じゃあこれは？」

腰をギリギリまで抜いて、入り口付近を亀頭《きとう》で小刻みにこすってみる。

途端《とたん》にパメラの腰が跳《は》ね上がり、処女みたいな悲鳴が漏れた。

「それいいっ！　たまんないよっ！」

俺は嬉しくなり、乳を吸いながら良いと言われた動きを続ける。そして悶《もだ》えるパメラが小さく達したところで変化をつけるために体位を変えた。

抱え込んで深くつき、全身をまさぐりながら浅く突く。

後ろからのしかかって大きく動き、上に乗せて素早《すばや》く動かす。

やがてパメラはキスすらできなくなり、うつろな目で天井《てんじょう》を見上げたまま、快楽の叫びを上げながら舌を突き出す。

「おっと、もういくか？」

「あ、あたま馬鹿《ばか》になる……目の前がバチバチいって……もうダメ……飛ぶ……とっ」

パメラに特大の波が押し寄せたところで、俺は今まで一番強い突き方で彼女の奥を三度叩き、最後に腰を押さえて根元までねじ込んだ。

パメラは人語かどうか怪《あや》しいほどの絶頂の叫びと共に体を仰《の》け反《ぞ》らせる。

同時に俺も低く呻き、大量の精を熟しきった女の子宮に流《なが》し込む。

今日は朝から四人に出しまくったので、もうそれほど出ないと思っていたが、形がわかるほどの濃《こ》い種が音をたてて飛び出しているのがわかる。

我ながら結構な絶倫《ぜつりん》だと満足しながら、叫び続けるパメラを抱き締めながら腰を振り、最後の一滴《てき》まで種を詰め込むのだった。


「酒はいるかい？」

「気が利《き》くな」

ベッドに横になったまま、俺《おれ》はパメラの口移しで酒を頂く。ついでに乳房《ちぶさ》と股間《こかん》に手をやってみたが彼女はもう抵抗も逃げもせず、恥《は》ずかしそうに微笑《ほほえ》んでくれる。

「すごく良かったよ。ただの巨根男じゃなくて上手なんだね。あんな抱かれ方したらマリアなんて一溜《ひとた》まりもなかったろ？」

「毎回ひぃひぃ言ってくれるぞ」

調子に乗ると男根をピンと指で弾《はじ》かれた。

「このデカチンがマリアを孕《はら》ませて孫を作るんだね……」

パメラはよくも手塩にかけた娘をと冗談《じょうだん》めかして言いながら男根を指で弾き、最後に愛《いと》し気《げ》にキスをしてくれた。

その後、マリアの昔のことなど当たり障《さわ》りのない話をしてから俺達は服を着る。

パメラも服を整えるが、股間から溢《あふ》れ出す大量の種汁を見て苦笑《くしょう》していた。

「マリアに余計なこと言わなくて良いからね？」

「はは、そうだな」

俺達は最後にキスをして小鳥亭を後にした。

そろそろ評議会とやらも終わっているだろう。レオポルトが色々と言って来るはずだ。

あぁ今日は良く働いた。

◇◇◇◇◇◇◇◇◇◇◇◇◇◇◇◇◇◇◇◇◇◇◇◇◇◇◇

宿屋の女主人　パメラ
「すごかったぁ」
男が宿を出てからパメラは心配する従業員達に大丈夫《だいじょうぶ》と微笑んで自室に戻《もど》り、ベッドに倒れ込む。
「まーだ股間が痙攣《けいれん》してるよ。まったくなんて男だい……」

三十路《みそじ》を越《こ》え、マリアに手がかからなくなった頃には寂《さび》しさもあって何人かの男と関係したこともあった。だがまるで次元が違った。

「とんでもない巨根に気を取られたけど、女の扱《あつか》いも化け物級に上手《うま》いじゃないのさ」

行為中に舌を飛び出させて涎《よだれ》を垂れ流すなど人生で初めてだった。

「マリアもいい男見つけたねぇ」

実の娘にありえない嫉妬《しっと》が浮《うか》ぶ。

「あたしもそろそろ男を見つけてみようかねぇ」

そういえば裏の雑貨屋の主人が最近言い寄ってくる。相手も歳《とし》は五十ぐらいで釣《つ》り合いは取れていた。

「エロ親父《おやじ》だけど悪い男じゃないしね。あのサイズには到底及《とうていおよ》ばないだろうけど」

鏡の前に座り久しぶりに本格的な化粧《けしょう》を始めてみる。

「こんなに肌がツヤツヤなのはいつ以来だろ。たった一発で女が戻って来ちまったよ……これであのエロ親父誘《さそ》ったらどうなっちまうことか」

パメラは悪戯《いたずら》な笑いを浮《う》かべて、胸元を軽く開き、裾《すそ》を拳《こぶし》一つ分短くするのだった。

◇◇◇◇◇◇◇◇◇◇◇◇◇◇◇◇◇◇◇◇◇◇◇◇◇◇◇◇◇◇◇◇◇◇◇◇◇◇◇

夜　ハードレット軍　作戦会議

「そろそろマジノ要塞《ようさい》を落としましょう」

レオポルトが淡々《たんたん》とした口調で切り出す。

退屈《たいくつ》な評議会うんぬんを聞き流しているうちに、いつの間にか話題が要塞攻略《ようさいこうりゃく》に移っていたらしい。

「落とせるものならさっさと落としたいがな」

さっさとエイリヒと合流して王都を落とし、この戦争を終わらせたい。

だがあの要塞は本国から切り離され孤立《こりつ》して尚《なお》、並の城砦《じょうさい》都市とは比べ物にならないほど頑強だ。

幾度《いくど》か偵察《ていさつ》を繰《く》り返し、外側構造はだいたい判明したが、正面と比べれば遥《はる》かに脆弱《ぜいじゃく》な後方もこちらの兵力では手が出せそうになかった。

「エイリヒを信じて突入してもいいんだが敵は四万だからな」

野戦なら勢いに乗って数倍の敵を分断し撃破《げきは》することも出来るかもしれないが、要塞内での戦闘《せんとう》でそんな真似《まね》は出来ないだろう。なので俺達はロレイルに居座《いすわ》って補給線を断《た》ち、エイリヒが要塞を落すのを待っているわけだ。

「我々が要塞を直接攻撃《こうげき》して撃破することは不可能です。ですが結果として陥落《かんらく》させることならば不可能ではありません」

レオポルトが説明を開始する。

「まさしく小細工だなぁ」

「ラッドハルデ卿《きょう》が鈍《にぶ》くなければ上手く行きます。期待外れならば逃げて帰ればよいのです」

俺は机を二度指で叩《たた》いて頷《うなず》く。

「やるだけやってみるか」

失敗したなら止めればいいだけ、あとはパメラでも味わいながらごろごろしよう。

あのむせ返るような熟れた女の香《かお》りが癖になりそうだ。


——二日後。

俺達は要塞の後方に布陣《ふじん》し天幕を張った。

兵力的には圧倒的劣勢《あっとうてきれっせい》だが、敵が積極的に仕掛《しか》けてこないとわかっている。もし夜戦なりを仕掛けてくるならばそれはそれで好都合だ。

「急げ、日が落ちる前に準備を終えるのだ！」

マック率いる工兵隊が中心となり、怒号《どごう》の中で設営が進んで行く。

「見ろよ。マックの奴《やつ》が杭《くい》を十本まとめて持ち上げ……うえ」

様子を見にいったら奴の汗《あせ》が顔に飛んで来た。もう二度と行かん。

数万が収容できるほど巨大《きょだい》な陣地《じんち》……俺の兵力から考えれば全くの無駄《むだ》だがこれも策略の一つだ。

「しっかり見とけよ」

俺は目を皿にして監視《かんし》しているであろう敵に向けて言う。

そんな俺の前を女の工兵が通りすぎる。暑いせいか上半身裸《はだか》、腰布一枚の素晴らしい姿だ。

「さて俺に何か手伝えることはないか？　司令官の仕事じゃない？　いやいや部下と一緒《いっしょ》に汗をかいてこそだ。全部俺が持つからお前は俺の背中に抱きつくといい」

さて、うまくいけばさっさと終わるんだけどな。

やがて日が落ち始め、天幕の周りの松明《たいまつ》に火が灯《とも》される。

作戦開始だ。


歩兵のみならず騎兵《きへい》も馬を降り、松明を持たずに月明かりだけを頼《たよ》りとして東の丘《おか》の向こうへと消える。

そして予《あらかじ》め丘の向こうに用意していた大量の松明を手に取って陣地に向かい行軍する。

陣地に到着《とうちゃく》した兵は松明だけを陣内《じんない》に残し、再び暗闇《くらやみ》の中を丘向こうへと急ぐ。

これを何度も繰り返すのだ。

「敵に見破られたら間抜けだよなぁ……」

俺は苦笑しながらレオポルトに言う。

「斥候さえ潰せば敵には確かな情報は伝わりません。この要塞の司令官はどうにも慎重《しんちょう》なようですが、そういう人間は得てして臆病《おくびょう》さを兼《か》ね備《そな》えているものです」

「ま、だめだったらお前がセリアに文句を言われてしまいだ」

往復させている兵士は弓を装備する兵以外、約三千だ。

彼《かれ》らを六回ほど往復させた後、行動を開始する。

「弓を持つ者は総員前進！　要塞に火矢を浴びせろ！」

俺の号令に応《こた》えて約六千の弓兵が一斉《いっせい》に矢を放ち、夜空が美しく彩《いろど》られた。

◇◇◇◇◇◇◇◇◇◇◇◇◇◇◇◇◇◇◇◇◇◇◇◇◇◇◇◇◇◇

トリエア軍　マジノ要塞内部
「マジノ伯《はく》！　緊急《きんきゅう》報告です！」

日が暮れてすぐ、南側の監視に当たっていた兵が走り込んでくる。

「南側に展開していたゴルドニアの別働隊に大規模な援軍《えんぐん》が到着した模様です！」

司令部全体からうめき声が上がる。

「バカな！　あの数が森を越えてきただけでも信じられないのに更に援軍だと？」

「そんな大規模な別働隊の情報はないぞ！」

「しかし敵が大規模な陣地を設営していたのは確かだ。ただのはったりと思っていたがまさか!?」

東部守備隊の壊滅以来、東部地域の防衛どころではなくなっている。もしゴルドニアの大軍団がいたとすれば周り込むことは不可能ではなかった。

「本国からの伝令も遮断《しゃだん》されている。情報は少なく古い……あるいは本当に……」

「とにかく見張り台だ！　実際に見ないと始まらん！」

指揮官達は争うように見張り台を登って行く。

そして驚きと落胆《らくたん》の声を漏らす。

「おぉ……これは……」

「なんということだ！」

見えるのは延々と続く松明の灯《ひ》、敵は南東の丘を越えてきているらしく、丘からは途切《とぎ》れることなく火が移動し、敵陣《てきじん》へと入っていく。

「これだけの数、へたすると更に万単位だぞ」

「前方に八万、後方に二万か三万か……」

これが前方への追加なら打つ手はあるが、本来は防御《ぼうぎょ》を考えられていない後方へ大軍が回り込まれることは破滅《はめってき》的だった。

「今まで後方からの攻撃を受けなかったのが不思議だったが、これを待っていたのか」

「我々に援軍は来ないのだろうか……」

「どうすればいいのだ……」

要塞の食料は残り二週間程度、矢や油も既《すで》に心もとない。兵に詳細《しょうさい》は伝えていないが雰囲気《ふんいき》で感じるのか士気は目に見えて落ちていた。

「諦めるには少しばかり早いな」

マジノ伯爵《はくしゃく》が杖《つえ》をつきながらゆっくりと見張り台に上がる。

「何事も確認出来るまでは信じてはならぬ。まずは心を静め冷静に――」

マジノ伯の冷静で落ち着いた口上が終わるより早く、要塞に怒号と悲鳴が響《ひび》く。

要塞の至近距離《しきんきょり》で一斉に火が灯り、数千の火矢が降り注いだのだ。

「敵襲《てきしゅう》です！　矢が来ます、マジノ伯は中へ!!」

マジノ伯は尚も指揮官達を落ち着かせようとするが、混乱の中で老将の言葉は掻《か》き消されてしまう。

「どう見ても数千の火矢、一万の軍にそれだけの弓兵がいるはずがない！」

「やはり後方の敵は数万の援軍を得たのだ！」

もはや老将の言葉は届かない。

更《さら》に止めとばかりに追い討《う》ちがかかる。

「要塞前方の敵主力が一斉に動きました！　総攻撃《そうこうげき》です！」

「ゴルドニアの主力までも動いたとなれば援軍の到着を待って行動を起こしたとしか考えられない！」

突然放たれた火矢を見てから一気に動けるほど八万の軍団は身軽ではない。その場の全員が計画的な総攻撃だと確信する。孤立した要塞がその攻撃に耐《た》え得ないことも。

「マジノ伯……まことに不本意……ではありますが。こうなっては」

「言わなくて良い。わかっているよ」

老将はこの時要塞の陥落を確信した。そして彼はこの場にいる未来溢れる若者達と民から集めた兵を皆殺《みなごろ》しにする選択《せんたく》は出来なかった。

「諸君！　君達はよく戦った。こうなったのは私の無能さと戦運の無さ故だ。諸君は胸を張りたまえ」

老将の言葉に全員が直立不動の姿勢を取る。

「私はこれ以上諸君の命を無駄に失わせることは出来ない。選択の責任は私が全《すべ》て取ろう」

伝令が呼ばれ、少しの間が出来るが誰《だれ》も口を利かない。

「本要塞は城兵の命と引き換《か》えにゴルドニアに――降伏する。行け！」

伝令がベッドのシーツを使った大きな白旗を持ち、前後双方《そうほう》のゴルドニア部隊に向けて走っていく。

老将も部下もその場にいた兵も、以降誰も口を開くことはなかった。

◇◇◇◇◇◇◇◇◇◇◇◇◇◇◇◇◇◇◇◇◇◇◇◇◇◇◇◇◇◇◇◇◇◇◇◇

エイギル＝ハードレット　二十一歳　秋　戦時
隷下部隊九千四百
歩兵二千　騎兵一千三百　弓兵七百　工兵二百　弓騎兵五千二百
軍部下　レオポルト（参謀兼副総司令官《さんぼうけん》）セリア（副官・護衛隊長）イリジナ（指揮官）ルナ
（弓騎兵指揮官）ピピ（マスコット）
現在地点　ロレイル
戦果　東方守備隊壊滅（降伏）・ロレイル奪取・マグラード軍撃破、トリエア近衛軍殲滅　マ
ジノ要塞陥落《ようさいかんらく》（エイリリヒ部隊と共同）

◇◇◇◇◇◇◇◇◇◇◇◇◇◇◇◇◇◇◇◇◇◇◇◇◇◇◇◇◇◇◇◇◇◇◇◇

翌朝

降伏したマジノ要塞の城門が開放され、隔《へだ》てられていた南北が繋《つな》がる。

門を潜《もぐ》ってエイリヒ麾《き》下《か》の中央軍が途切れぬ長蛇《ちょうだ》の列を成して行軍して来た。

「久しぶり……と言うほど時も経っていませんか」

迎《むか》えるように兵を並ばせ先頭には俺が立つ。

「お前の功績だ。それにしてもよくぞ平原を横断する大迂《う》回《かい》を成功させたものだ」

握手《あくしゅ》をして俺とエイリヒは合流。捕虜《ほりょ》の監視と要塞管理の兵を残して全軍はロレイルに向かった。

「それで王都近郊《きんこう》の残存兵力はわかるか？」

「王都には警備隊や守備隊程度はいるでしょうが、それぐらいかと」

正確には領主共の軍がいるかもしれないが、数も練度も話にならない。

現に彼らは俺と近衛・マグラード連合軍が衝突《しょうとつ》した時も動かなかった。今頃《いまごろ》領地に篭《こも》って震えているに違いない。

話を聞くとエイリヒは唖《あ》然《ぜん》とした顔となる。

「つまりトリエアの奴らは兵力を全部要塞に入れていたのか？　予備もなく？」

「一応近衛軍は残っていたようですが既に粉砕《ふんさい》しました。他に脅威《きょうい》はありません」

エイリヒは呆《あき》れと拍子抜《ひょうしぬ》けが合わさったような苦笑を浮かべ、すぐに満面の笑《え》みに変えて俺をねぎらってくれる。

「ならば勝利は決まったようなものだ。援護《えんご》も無しによくやってくれたな」

俺も笑顔で答えるがまだ言っておかねばならないことがある。

「それよりも……」

マグラードについて兵の前で話していいのか考えたが、どの道俺の兵は全員が旗を見ているからいいか。

「その近衛軍と連合していたマグラードの軍とも戦闘しました。かろうじて撃破しましたが、犠牲《ぎせい》も大きくかなりの精鋭《せいえい》でしたよ」

「マグラード⁉　トリエアに偽装《ぎそう》していたのではなく堂々と軍旗を立てていたのか？」

「はい、兵も皆《みな》、目撃《もくげき》しています」

「ううむ……少し待て」

エイリヒは俺との話を中断して王都への使者を呼びつける。

この情報はそれほどに急を要することなのだろう。

「義勇兵にでも偽装して裏から援護するのは十分考えられることですが、軍旗を堂々と立てたのではゴルドニアとの戦争は不可避《ふかひ》……逆に言えばマグラードはそれだけの覚悟《かくご》をもって介入《かいにゅう》してきているということになります」

レオポルトは後ろから小さな声で教えてくれる。

これはまだ終わらんかもしれんな。戦争するのは構わないが、少しぐらいは休みたい。女も食べたいし。

「食べたいというのは食べていないものが言うことです。私達のお腹《なか》にまだべったり残ってますよ」

セリアが腹をさすりながら愚痴《ぐち》をこぼし、イリジナとルナも顔を赤らめる。

昨日のイリジナ、ルナ、セリア、ピピの女体《にょたい》タワーは素晴らしかった。

ついでに言うなら逞《たくま》しい女工兵の外見からは想像もつかない恥じらい満点の繊細《せんさい》な奉仕《ほうし》も良かったし、パメラの熟れた肉体をのた打ち回らせるのも最高だった。

俺の邪念《じゃねん》に気付いたセリアから目を逸《そ》らして明後日の方向を向いていると、使者を出し終えたエイリヒと目が合う。

「話の途中ですまん。マグラードの一件は王都に至急伝えるべきだったのでな。さてとりあえずはロレイルで兵を休ませるが、その後の王都トリスニアへの進軍、お前も来れるな？」

「同行します」

王都の陥落をもって恐《おそ》らくトリエアとの戦は終わる。

それをロレイルで寝《ね》て待つのもつまらないし、何より同行の誘《さそ》いは褒美《ほうび》でもある。

王都突入《とつにゅう》の後、貴族や大商人の屋敷《やしき》は略奪《りゃくだつ》の対象となるだろう。その果実を入手する権利が与《あた》えられるということだ。

「分かっていると思うが民に対しては……」

「財産の接収は貴族邸《てい》と家紋《かもん》を掲げる商人のみ、承知しています」

「うむ、お前の軍は私軍と思えないほど統率《とうそつ》が取れている。心配あるまいか」

エイリヒの心配も当然で、領主軍によくある農民や流れ者に武器を与えただけの兵を突入させれば犯《おか》すわ殺すわ大変なことになるのだ。

少なくとも俺の軍は命令に従うだけの秩序《ちつじょ》は持っているし、規律を破る者には厳しい制裁がある。特に女を不同意のまま犯したり、まして殺したりした者を五体満足で済ませることはない。

「もはや趨勢《すうせい》は決したとは言え、敵が観念して門を開くわけもなかろう。油断せずに踏み潰《つぶ》す……が、まずは数日兵を休ませる。話を聞くべき者もいるからな」

エイリヒは視線を移す。

そこには要塞司令官マジノ伯爵が馬上でうな垂れていた。

一週間後　王都トリスニア
指揮官の掛《か》け声とともにカタパルトが唸《うな》って数十の大石が飛び、落下地点から盛大な破壊音《はかい》と悲鳴が上がる。
後を追うように大弩が放たれ、巨大なボルトが飛翔《ひしょう》していく。
「弓隊、斉射《せいしゃ》！」

弦《つる》が弾かれる音の直後、大量の矢によって一瞬《いっしゅん》陽が陰《かげ》る。

そして十秒ほどの後、街壁《へき》の上で弓を構えていた敵がバラバラと倒《たお》れていく。

「敵の弓兵、ほぼ壊滅《かいめつ》の模様です！」

「破城槌《づち》を出せ。城門を破って正攻法《せいこうほう》で行くぞ」

よしきた任せろ。

「エイギル様、何をしているんですか？」

エイリヒの命令に一瞬前に出ようとしてしまった。これも全部レオポルトが俺を破城槌とか呼んだのが悪い。

ゆっくりと本物の破城槌が進んで行く。

亀《かめ》かと思う速度は格好の的だが、もうトリスニア守備兵に迎撃《げいげき》の余力は残っていない。

最初の破城槌が門に到達《とうたつ》し破壊を開始、やがて二番目三番目も到着し、ほどなく門は打ち破られた。

「第一兵団、第二兵団は突入。第三兵団は周辺警戒、第四兵団は予備として正面で待機」

「全部隊突入、民への扱いは命令した通りだぞ！」

エイリヒの軍の一部と俺の軍が突入を開始する。

正直、最初から勝敗は見えていた。

王都の守備兵はせいぜい三千程度、こちらは後方警戒の為、要塞に置いて来た兵を除いても七万に届く。

多数の攻城兵器《こうじょう》も保有しており、マジノ要塞と比べれば玩具《おもちゃ》のような防備の王都トリスニアなど一揉《も》みだった。

「降伏《こうふく》しても良さそうなものでしたが」

エイリヒに無駄口《むだぐち》を叩いてみる。

この状況《じょうきょう》で降伏しないほどトリエアは勇猛《ゆうもう》でも戦に飢《う》えているとも思えなかった。

「確かに妙《みょう》だな。降伏の使者も来ないし守備兵はまるで連携《れんけい》出来ていなかった。戦う前から混乱していたようだ」

この状況だから兵の士気が低いのは当然にしても王都があまりに脆《もろ》すぎる。余計な犠牲が出ないのはありがたいが。

「まあ後ろでブツブツ言っていても仕方ありませんね。私も出てきます」

「ふっ勝敗の決まった戦いで無駄死はするなよ」

俺は傷の癒《い》えたシュバルツに乗り、セリアを伴《ともな》って突入部隊に続く。

ちなみにシュバルツにどことなく元気がないのは傷のせいではなく、治療《ちりょう》の間メス馬とやりまくって疲《つか》れているからだ。いよいよ去勢を考えねばならない。

市内に突入し、脅《おび》える民を宥《なだ》めながら王城に向かっていると路地からトリエア兵三人が飛び出す。

さて戦闘だと槍《やり》を向けたが反応がおかしい。

「待ってくれ！　俺達《おれたち》はもう戦うつもりはない！」

「降伏する。殺さないで……」

「王も逃《に》げたのに抵抗《ていこう》する意味はねぇ」

兵士達は一斉に槍を捨てて跪《ひざまず》いた。

なんともつまらないが、それより王が逃げたとはどういうことだ？

「これは噂《うわさ》なんですが……王族と上位の貴族達は昨日の夜に船で河へ出たらしい」

「上官は否定してたけどそれ以来何も命令がこねぇ……間違いねぇよ」

「俺達を捨ててマグラードへ逃げちまったんだ！　薄情《はくじょう》な王の為に死ぬつもりはない！」

「これはラッドハルデ卿に伝えるべきではありませんか？」

セリアの言う通りだ。こいつらは武装解除して本陣《ほんじん》で証言させよう。

「だがそうなるとまともに抵抗する敵はいないだろうなぁ」

王が逃げたのに必死に国を守る奴は忠臣を超えて馬鹿に近い。

注意を向けてみると市内から略奪や破壊の音は聞こえるが絶叫《ぜっきょう》や金属音といった戦闘の音は聞こえない。もはや抵抗する敵がいないのかもしれない。

「つまらん」

「これでいいのです。エイギル様が傷つかなくて何よりなのです」

そこで唐突《とうとつ》に聞こえた女の悲鳴に目をやると、俺の兵士の一人が女を担《かつ》いで物陰《ものかげ》に連れ込もうとしていた。

「おい止まれ」

「あん？　なんだよいい所……」

兵士はイラついてこちらを見るが俺の顔を見て真っ青になる。

「何をしている」

「こっこれは……」

女を引き剥《は》がし兵士をその場に座らせる。

セリアが剣《けん》を抜《ぬ》き、兵士がぶるぶる震え出した。

「俺は強姦《ごうかん》するなと言ったはずだな？」

女は明らかに嫌がり泣き叫《さけ》んでいた。

「は、はい！　あのこれは……その申し訳……」

セリアが剣を振《ふ》りかぶる。

「頭を地面について請《こ》え、全力でだ!!」

俺は兵士の頭を踏《ふ》みつけ土下座の姿勢を取らせる。

「どうかお許し……」

「俺にじゃない、この女だ!!」

「えっ？」「ええ？」「ええっ？」

セリアと兵士と女の声が重なった。何も変なことを言ったつもりはないが。

「お前はこの女を抱《だ》きたかったんだろう。ならば全力で請え！」

兵士は混乱しているのか上擦《うわず》った声で絶叫する。

「お、お願いです！　貴女のような美女を抱きたい！　優しくしますのでどうかやらせて下さい！」

「あーうん……美女かぁ……まぁ乱暴にしないなら……私も初めてじゃないし」

お許しが出たぞ。

「よし、行って来い」

起こしてやると兵士は首を捻《ひね》りながら今度は女を優しく抱き上げて物陰へ入り、嬌声《きょうせい》と腰《こし》が打《ぶ》ち当たる音が聞こえてくる。

「…………」

「そういえば何でお前は剣を抜いたんだ？」

セリアが抜き身《み》の剣を気まずそうに鞘《さや》に戻した。

「……女を犯したら死罪では？」

「強姦したら死罪だ。和姦《わかん》は構わん」

「…………」

セリアの溜息《ためいき》と冷たい視線は王城が陥落するまで続いた。

夜
「やはり王族は誰もいなかったようだ」
エイリヒとテーブルで向かい合って茶を飲む。

こいつは最高司令官としてやることが多いので一杯やる訳にはいかないらしい。

「司令官になるべき高級軍人もですか？」

「そう、捕《と》らえた重臣は病に臥《ふ》せった大臣だけだったよ」

文字通り綺麗《きれい》なもぬけの殻《から》か。

「やはりマグラードですか」

「そうとしか考えられまい。ストゥーラやユレストがそんなことをする意味はないし、現に軍を送ってきたわけだからな」

俺は雰囲気を出してテーブルに置かれた地図をなぞ……げっ破れた。誤魔化《ごまか》そう。

「河を更に下って連邦《れんぽう》へと言うことはないですか？」

エイリヒは破れた地図を糊《のり》で直して続ける。

「ただの民として生きるつもりならあり得るがね。あいにく王族と言うのはそう簡単に権力を捨てられるものじゃない。いずれ国土に戻ると考えればマグラードしかあるまい」

そして俺達の王様には秘密だぞと笑う。

「しかしそうなると厄介《やっかい》ですね。追いかけるわけにもいきません」

船を持たない我々が河向こうにいく術はない。

トリエアからマグラードへ、河のもっとも細くなった場所でも優に数キロはある。泳いだり丸太を抱《かか》えて渡《わた》れる距離《きょり》ではない。

「それに関しては王都の判断を待つしかるまい。王とケネスの野郎《やろう》……いや外務卿が何やら考えているだろうよ」

エイリヒは露骨《ろこつ》に嫌そうな顔を浮かべ、口調が傭兵《ようへい》の時に戻っていた。

外務卿は確か王の腹心だったはず、王都での権力闘争《とうそう》も色々あるんだな。

「とりあえずはトリエアの国土を全て制圧する。領主共も従わせないとな」

それも問題ない。

王都が落ちた以上、領主達が逃亡《とうぼう》した王家に従う訳がないのだ。雪崩《なだれ》を打って降伏と服従を申し出て来るだろう。

「市内はどうだ？　無節操な略奪や殺しは起きていないだろうな？」

「ええ、禁を破って処断した者も何人かいますが概《おおむ》ね秩序は保たれています」

エイリヒは大きく息を吐《は》いて椅子《いす》に深く座《すわ》った。

「そうか……ではこれで一段落だ」

普段《ふだん》は弱みを見せない男だがはっきり疲れているのが見て取れた。このまま寝かせてやりたいがもう一つだけ懸念《けねん》がある。

「あの処刑台《しょけいだい》のことはわかりましたか？」

「あぁ……病気で寝ていた大臣に聞いたよ」

王宮前の広場、そこに十数人の男女が吊《つ》るされていたのだ。

トリエアの重臣達が逃走《とうそう》の前に吊るしたのだろうが、あえて囚人《しゅうじん》を処刑《しょけい》してから逃げる意味がわからなかったし、彼らの格好が明らかに高位貴族のそれだったのが気になって一応調べてもらっていたのだ。

「あれはトリエア宰相《さいしょう》デュノア侯爵《こうしゃく》の一族だそうだ。なんでも王の許可なしに他国の軍を招き入れ、敗北後行方《ゆくえ》知れずになったらしい。見せしめに家族だけ刑《けい》を受けたと言うわけだ」

マグラードの援軍がそれだったのか。一番苦戦したのは彼等だけに宰相一家の末路はなんとも言えない気分だな。

「見ていて愉快《ゆかい》なものでもないから降ろして火葬《かそう》した。宰相一家の末路など重要事ではあるまいよ。宰相自身も行方不明だしな」

「激戦でしたから殺してしまったかもしれません」

事前にいると知っていれば……いやあんまり関係なかったかな。

「いいさ。王都が陥ちた今となっては全て些事《さじ》だ」

エイリヒは今度こそ椅子にもたれかかり、すかさず部下の一人が毛布を持って来る。これ以上の長居は無用かな。

「では私はこれで失礼します」

「あぁ、お前は本当によくやってくれた」

エイリヒの部下がチラチラとこちらを気にしている。

鎧《よろい》は着ているのだが、ほんのり化粧と女の体臭《たいしゅう》を感じる。

なるほどそういうことか、さっさと退散しなければ無粋《ぶすい》だな。

エイリヒの天幕を出たものの、まだ眠《ねむ》くない俺は少しばかり歩くことにする。

「こんな時間に散歩ですか？」

後ろにぴったりついて来るセリアもいつも通りだ。ここは外でスリリングに一発やろうかとも思ったが、心地良《ここちよ》い風が色欲を吹《ふ》き流してしまった。

「夜風に当たるのもいいかと思ってな」

「夜は大分冷たくなってきました。もう本格的に秋になります」

セリアを並ばせて頭を撫《な》でると、可愛《かわい》い彼女《かのじょ》は嬉《うれ》しそうに目を細め、されるがままに頭を揺《ゆ》らしている。たまにはこういう時間もいい。そう思った。

心地良い風、落ち着いた景色……あぁ眼前の景色と記憶《きおく》の片隅《かたすみ》に残っていた風景が脳内で嫌《いや》な音を立てて重なる。

地下へ続いていた階段は石で埋《う》められているが間違《まちが》いない。

遠目に見える小屋、地形、そして並木……あの時から何も変わっていない。

「困ったもんだ。見つけちまった」

「エイギル様？」

関《かか》わる必要などないのはわかっていた。だが気付いてしまったことが何かの縁《えん》かも知れない。

セリアの呼びかけを無視して潰された地下階段を通り過ぎ、一見寂れた宿屋にも見える家を乱暴にノックする。

町外れの宿屋などノックから数十秒して面倒《めんどう》くさそうに店主が顔を出すというのが相場のは

ずだが、ノックから一秒も経《た》たずにドアが開く。

出て来た男は俺の恰好《かっこう》を見て一歩後ずさった。

「これはゴルドニアの……一体何の御用《ごよう》でしょう」

「奥《おく》を見せてもらいたい」

言いながら俺は扉《とびら》の向こうに片足を突《つ》っ込《こ》む。セリアも訳はわからないようだが、とりあえず俺に合わせて可愛い足を突っ込む。

「当方はしがない宿屋でございまして、やましいことはなにもございません」

自分から「やましくない」と言う奴は大抵《たいてい》やましい。なにかを誤魔化す時の為に覚えておこう。

「どけ」

「どくのです」

俺とセリアは男を無視して中に入り室内を見渡《みわた》す。

セリアが部屋の隅《すみ》に不自然に敷《し》かれた絨毯《じゅうたん》を見つけて引っ張り上げると地下への階段が続いていた。脱走《だっそう》防止も兼ねて階段は屋内に移設したらしい。

「てめぇいい加減に！」

殴《なぐ》りかかってくる男の首をセリアが反応する間もなく片手で掴《つか》んで持ち上げる。

「がっ……ぐぇ、ぎぎぎ……」

男の気管が締《し》まり、首の骨がミシミシ音を立てる。あと少し力を入れれば男の命は容易《たやす》く消える。

それを男にしっかりわからせてから呼びかける。

「下に案内しろ。そうすればお前は死ななくてすむ。いいな？」

男はこくこくと頷き、解放してやると激しくむせた。

「早くしろ」

俺はむせ続ける男の尻《しり》を蹴《け》り上げ、首を押《お》さえて歩き出す男の後に続いて地下に降りていく。

「今さらなのですがエイギル様、ここは一体……？」

「ちょっとした縁でな……。気持ちのいい場所じゃないだろうから出ていてもいいぞ」

俺は不機嫌《ふきげん》になりがちな表情を笑顔《えがお》に変えてセリアに答える。ついでに頬《ほお》もふにふにしておこう。

「まさか、お一人で行かせる訳にはいきません！」

頬を揉み解《ほぐ》されながら凛《りん》として答えるセリア。出来れば見せたくないのだがここで問答をやれば取り逃がすかもしれないから。

長い長い地下への階段を下ると、遠い昔に見慣れた景色が広がっていた。

あの時――俺が地下から脱出《だっしゅつ》した時、見張りも主人も殺したが、施設《しせつ》を破壊した訳ではない。持ち主が変わったとしても町の隅にこんな地下施設を手に入れようとする奴の考えることなど概ね似てくるのだろう。本当に昔のままの光景だった。

牢《ろう》のような小部屋に入れられた子供達《たち》、汚物《おぶつ》の臭《にお》いと悲鳴、奥から聞こえる甲高《かんだか》い悲鳴は少女達が犯されるか折檻《せっかん》されているのだろう。何も変わっていない。

「こ、これはっ！」

半ば予想していた俺と違《ちが》ってセリアは驚《おどろ》き、俺にしがみ付く。これが普通《ふつう》の反応だよな。

さてどうしてくれようと少し考えていると、通路と呼んで良いのかもわからない狭《せま》い隙間《すきま》のような通り道を数人の男が汚《きたな》い声で喚《わめ》きながら歩いてきた。

「くそっ！　戦争のせいで貴族も商人も閉じこもっちまってまともな客がこねぇ！　このままじゃ餓鬼《がき》の飯代の分だけ赤字だぞ！　おい、バロボてめぇ見張りはどうした……ってお客人ですかい？」

現れたのは見るからに金に汚そうな男とその取り巻きだった。太っていない分、俺《おれ》がいた時よりも見た目の醜悪《しゅうあく》さはマシだが中身の汚さはどっこいだろう。

俺を客と見て咄嗟《とっさ》に揉み手《で》する主人へ微笑《ほほえ》みかける。もちろん友好ではなく攻撃的《こうげきてき》な意味を込めた笑いだ。

「ゴルドニア軍だ。この施設を接収する」

「抵抗は無意味です！」

主人らしき男と取り巻きがどよめきを上げる。

「ゴ、ゴルドニア!?　なんの権利があってそんなっ！」

「見たところ子供の奴隷《どれい》が随分酷《ずいぶんひど》く扱われているようだが」

男の隣《となり》をうつろな目をした少女が歩いて牢へと戻っていく。

「ど、奴隷をどう扱おうと持ち主の勝手だろうがよ！　適法！　合法だ！」

「なら表へ出てそう主張すればいい」

奴隷売買自体は適切に行われている限り、トリスニアでもゴルドニアでも一応合法ではある。だが歪《ゆが》む主人の顔を見る限り違法《いほう》てんこ盛りだろうな。

「まあ、そもそもだ」

俺とセリアは悪い顔で頷き合う。

「占領軍《せんりょうぐん》が土地を接収するのに法がいるか？」

「です！」

俺はわざと憎《にく》たらしげに笑いかける。セリアはただ可愛いだけだが。

どうせ調べれば誘拐《ゆうかい》でもして連れて来た子供奴隷だろうが、手間を省きたかった。

主人は俯《うつむ》き沈黙《ちんもく》した後、取り巻きと顔を見合わせて剣を抜く。

いいぞ、期待通りだ。

「たった二人、殺して穴倉に詰《つ》めちまえばわからねぇ！　やっちまえ！」

「素晴《すば》らしい判断だ！」

これを待っていた。

エイリヒから出ている市民への狼藉《ろうぜき》禁止の命令を俺が破る訳にはいかない。こんなクソ共でも一応トリスニア市民なのだ。

だが剣を抜いた以上、法も命令も関係ない。ただの反乱者か残党として処理できる。

まず襲《おそ》い掛かって来る二人にデュアルクレイターを斜《なな》めに一閃《いっせん》する。

ゆっくりとずれていく二つの上半身を見送り、痙攣《けいれん》する腕《うで》から落ちた二本の剣を両手に持つ。

デュアルクレイターは大切なのでできるだけ汚い物を切りたくないのだ。

狭い通路では横に何人も並ぶことはできず、敵は二人ずつ斬《き》りかかって来る。

「戦場と比べれば楽なもんだな」

次々と……但《ただ》し二人ずつ押《お》し寄せる男達の頭を叩き割《わ》り、首を飛ばす。

交差させるように剣を振るって両手を切り落とし、蹴り飛ばす。

俺が派手に動いて出来た隙《すき》につけ込もうとした者の手首がポロリと落ちた。

セリアは通路の狭さをものともせず、俺の隣から身軽な動きで顔を出して敵を斬り捨てていく。……両脇《りょうわき》から出てくるのはいいが、股下《またした》は恰好悪《かっこうわる》いから控《ひか》えてくれ。

そこで敵の一人が剣を構えたまま硬直《こうちょく》した。

「こ、こいつ知ってるぞ！　ゴルドニアの怪物《かいぶつ》、戦鬼ハードレット!!」

「そりゃどうも」

叫んだ男の脳天から縦に剣を叩き込むが、なまくらなので両断できず腰の上で止まってしまった。

「うわ……」

男は上半身だけが半分に割れて酷《ひど》いことになり、セリアが思わず声を出す。

さて新種のモンスターになって倒れ伏《ふ》した男が最後の兵だったようだ。正確には最初に案内を頼《たの》んだ男が隣で腰を抜かしているが、もう歯向かいはしないだろう。

「で、お前だけが残ったわけだが」

主人は引きつった笑みを浮《う》かべる。

「数々の無礼申し訳ない！　ハードレット卿と言えば……そう女！　女をいくらでも差し上げましょう！　抱きがいのある若い女から未熟で幼い少女まで！　もちろん壊《こわ》そうが殺そうが構いません！　いくらでも潰し遊んで――」

不愉《ふゆ》快極《かいきわ》まる発言は多めに見よう。死人に怒《おこ》るほど不毛なことはないからな。

「よしよし全部貰《もら》ってやる。ただ不良品が混じっていたから弾《はじ》いておこう」

俺は血糊《ちのり》にまみれて完全になまくらになった剣を主人の頭に叩《たた》きつける。

「かぴゅ」

珍妙《ちんみょう》な断末魔《だんまつま》と共に汁《しる》が飛び散り、セリアが汚液を避《さ》けるように後ずさる。

「十人が……あっと言う間に……」

案内役にした男が呆然《ぼうぜん》と呟《つぶや》く。

なんだ十人しかいなかったのか。闇《やみ》の施設も経費が大変なんだな。


俺はセリアにゴルドニアの兵士を呼びに行かせ、その間に牢に入れられていた子供達と一部混じっていた女性を解放して行く。

大人の女は解放と同時に狂喜《きょうき》して俺に抱きつきキスを降らせたが、子供達はよくわかっていないようで、俺を見て脅えて隠《かく》れようとしたり、良くわからずキョトンとした顔で見上げる者が多かった。

あまりに幼すぎる頃《ころ》からいると、ここでの生活が当たり前になって『解放』される意味すらわからなくなるのだ。俺も昔はそうだったからな。

「これから先は自分で決めることだ。好きに生きろ」

傭兵団なんてお勧《すす》めだ。美女に飼われて良い思いができるかもしれない。

そして案内役が最後に開いたのは重厚《じゅうこう》な扉……中には見るからに痛そうな道具が並んでいる。

「折檻部屋か」

「へ、へぇ」

部屋の真ん中にはぐったりとした女の子が座り込んでいた。いや子供と言うには少し育っていて、セリアと同じぐらいの歳《とし》だろうか。

直前まで激しく犯されていたのは腫《は》れ上がった性器と太ももを流れる血の混じった精液でわかる。

「あ、新しい人……乱暴しないで……痛いのは……嫌……言うこと……聞きます」

涙《なみだ》を流しながら弱弱しく俺を見た目が突然《とつぜん》見開く。

「あ、あなたは……まさか……」

だが女は俺の後ろにいた案内役を目にすると再び顔を伏《ふ》せて泣き叫ぶ。

「やだっ！　もう痛いのは嫌ぁ!!」

何か言いかけていたのだが、会話にならなくなったので女を抱き上げて移動させる。

全身痣《あざ》だらけで汚《よご》れているが顔立ちは悪くない。こんな美女は丁寧《ていねい》に扱《あつか》ってこそ輝《かがや》くというのに馬鹿《ばか》どもはどうしようもないな。

「エイギル様！」

セリアが護衛隊を連れて地下に入ってくる。

「これはひどい……なんてことだ」

「ゴミども叩き斬って……いるな。もう既に」

屈強《くっきょう》な護衛隊の面々も余りの惨状《さんじょう》に顔をしかめる。

「子供達はいったん本陣で保護しろ。怪我《けが》や病気の者は医者に見せてやれ」

護衛隊は次々と牢を破壊し、子供達を連れて行く。中には既に息がなかった者もいるようだ。

「……上で火葬しろ」

自分の境遇《きょうぐう》と重ねて腹を立てるわけではない。

そもそも俺も別段不幸だったとは思っていない。ただただ胸糞《むなくそ》悪いのだ。

「ほら、こっちに来い」

「嫌ぁ！　痛いのやだ！」

先ほどの女の声だ。どうやら護衛隊にも抵抗しているようだ。完全に脅えてしまっている。

どうしたものかと思っていると、その女は護衛隊の手を抜け出し、ふらふらと歩いてきて俺に抱きついた。俺は平気なのか？

「…………」

「まぁ構わんか。ついて来い」

仕方なく女を抱き上げてそのまま地上に連れて行き、他の子供達と一緒《いっしょ》に馬車に乗せて本陣に送る。女は最後まで俺を見つめていた。

一目惚《ひとめぼ》れだろうか。なら傷が癒えたらたっぷり愛してやろうかな。

俺は再び地下へ降りる。後始末が必要だった。

「だ、旦那《だんな》、俺はどうなりますかい？」

脅え切った案内役の男の肩《かた》を掴んで立たせる。

「まだ案内が全部終わってないぞ。まずはそれからだ」

案内と言いながらも俺は先導して地下を移動する。

そして男に軽く話しかけた。

「さっきの女は手こずらせてくれたな」

「へぇ！　まったくで。あの糞《くそ》女が」

うんうんと男に同調するように頷《うなず》く。

「お前に随分脅《ずいぶんおび》えていたがかなり犯したのか？」

笑みさえ見せ、冗談《じょうだん》めかして言ってやる。

「へえ、まぁそれなりには」

「味は良かったか？」

男は媚《こ》びた笑みを返す。

「あの女、穴の具合は最高ですぜ。ちょいと叩くと良く鳴くんで嬲《なぶ》るにはもう最高の……って
ここは案内するような場所じゃありませんぜ」

地下の牢獄《ろうごく》の隅、重い鉄製の蓋《ふた》が置かれているだけの場所だ。

「そこの蓋は力自慢《ちからじまん》二人がかりでないと開きませんぜ。それに中にはネズミに毒虫、ゾンビま
で湧《わ》きまくって万が一にも落ちたらもう……」

俺は軽々と蓋を持ち上げる。

蓋の下には深い竪穴《たてあな》が掘《ほ》られており底は暗くて見えない。ゴソゴソと音がするのは男の言う
通りネズミの大群か、屍《しかばね》がゾンビとなったのか。

「死体や弱った奴《やつ》を放《ほう》り込む所……だったよな?」

まだ昔と同じ目的で使われているようだ。

男は俺の表情を見て察したのか逃げ出そうとしたが、もちろん許さず襟首《えりくび》を掴む。

「旦那！　こんな約束がっ、違います！」

「約束ね」

どんな約束だったかな?

「案内すれば殺さないって!!」

「すまんな。嘘《うそ》だ」

男を穴の中に放り込む。

音から判断してかなりの高さ落下したようだが、下に死体が重なっていて死なななかったのだろう。絶叫が止まらない。

ふむふむ、壁一面の毒虫と床《ゆか》一面のネズミがいるのか。それからゾンビに来るなと訴《うった》えながら謝《あやま》り続けているな。うるさいのでもう蓋を閉めよう。

さて帰ろう。

翌朝

「随分《ずいぶん》と暴れてくれたらしいな」

早速《さっそく》エイリヒに怒られてしまった。

「司令官としては『まったく余計なことを』だ。占領《せんりょう》直後の人心が混乱している時に暴れて人死にを出すなど言語道断だ」

そして溜息をついて続ける。

「男としてはよくやった。お前はそうでないとな」

不安定な上司で困る。

だがエイリヒ以上に王都は不安定だったらしい。

数日後、王都からの使者が伝えたのは終戦ではなく、北へ向かえとの命令だった。

「勅令《ちょくれい》！　ハードレット子爵《ししゃく》を北部方面軍司令官に任じる。同時に中央軍より兵力を分派し北部地域へ移動せよ」

エイリヒと俺、そして中央軍の指揮官達が並ぶ中で王都からの使者が高らかに宣言する。

一瞬だけ「家で寝たいから辞退します」と言ってみたくなったが倍面倒くさくなりそうなのでやめておく。

「謹《つつし》んでお受けします」

最初から受けないといかんなら返答などいらんだろうに。

使者の弁はまだ続いていたが、後は俺に関係なさそうなので後ろに下がってセリアの尻を撫でる。

「だ、ダメですエイギル様……こんな場所で見つかったら……あうっ」

鍛《きた》えて締まったセリアの小尻《こじり》に最近女らしく柔《やわ》らかい肉がついてきている。今夜はその柔らかさを最大限味わう為《ため》、後ろから豪快《ごうかい》に叩きつけるのもいいかもしれない。

「陛下からの命令は聞いた通りだ。俺はここで残党の掃討《そうとう》と地方領主達の平定に当たる。ハードレット卿《きょう》、アソス卿にはそれぞれ一個兵団を与える」

おっとエイリヒがこっちを見ていた。危ない危ない怒られるところだ。

中央軍は現在五つの兵団からなっている。一つの兵団は約一万五千の兵で構成されているから、エイリヒの直轄《ちょっかつ》に二兵団三万を残し、マジノ要塞《ようさい》に一つ、俺とアソコとか言う卑猥《ひわい》そうな男に一つずつが配されるらしい。

「アソス卿は捕虜を移送後、河沿いにて待機だ。マグラードが敵に回った以上、河を越《こ》えてくる危険がある。本国を空には出来んからな。その前にやってもらうこともあるのだが」

わからないでもない。今、ゴルドニア本国に残っているのは警備軍のみで戦力的にはかなり劣《おと》る。河を越えて仕掛《しか》けられれば苦境になるだろう。

「ハードレット卿は北部へと移動だ。勿論《もちろん》お前の私軍も連れて行け。物資に不足があれば遠慮《えんりょ》なく言え、最優先で供給する」

「了解《りょうかい》しました。しかしなんで私が軍司令官に任じられたのでしょうか？」

エイリヒがガくりと肩を落とす。

「……卿は有事には兵を指揮してもらうと陛下から下令されていたはずだが」

そうだったかな？　昔すぎて覚えていない。

「まぁいい。それで……」

エイリヒは周りに目をやって首をしゃくる。司令官クラス以外は出て行けということだ。やむなく再度セリアの尻穴を狙《ねら》っていた指を解放する。

「漏洩《ろうせつ》の危険を避けて使者には伝えられていない密命があるのだ」

いやな予感がしてきた。

「ハードレット卿は北部に移動次第《しだい》、ユレスト連合の領土に侵入《しんにゅう》してもらう。和平破りになるが考慮《こうりょ》する必要はまったくない。遠慮なく首都までいけ」

ほらきた。絶対厄介なことだと思ったのだ。

「トリエアを倒し、マグラードが敵対する中でユレストを攻《せ》めるのですか？」

これでめでたく周囲が全部敵だ。

「トリエアが倒れたからだよ。これでユレストを叩けば、もはや河のこちらに敵はいなくなる。周辺国に遠慮する必要もなくなるということだ」

それにとエイリヒは付け加えた。

「ユレストは明らかに我々との戦いを避けたがっていた。逆に言えば刺激《しげき》を避けるべく国境地帯も手薄《てうす》と思われる。奇襲《きしゅう》すれば一気に国土奥深《おくふか》くまで押し込める」

和平破りに宣戦布告無しの攻撃《こうげき》とはやりたい放題だな。

「戦争の理由は後で陛下が何か見つけておくそうだ。そしてアソス卿、卿は旧アークランド内の港町、今はストゥーラ、ユレスト、マグラードの三ヶ国《かこく》が領有している地域に進攻《しんこう》して制圧しろ」

ストゥーラにまで手を出すらしい。ここまで行くと逆に清々《すがすが》しい。

「攻撃はハードレット卿のユレスト侵攻《しんこう》と同時が望ましい。事前に日にちを合わせておけ」

アソコ卿とやらは俺を見て一礼する。名前と違って真面目《まじめ》そうな男だ。

「直ちに準備にかかってくれ！」

家に帰ってノンナ達を抱きまくるのは当分お預けのようだ。

◇◇◇◇◇◇◇◇◇◇◇◇◇◇◇◇◇◇◇◇◇◇◇◇◇◇◇◇◇

数日後

「えー第三兵団の兵士諸君……」

俺は新たに俺の指揮下に入った第三兵団一万五千人——要塞戦で少し減ったのか今は一万三千人ぐらいを前に演説している。

直接彼《かれ》らを指揮する指揮官や兵団の参謀《さんぼう》などは誰《だれ》も変えていないので、兵士や下級指揮官は環境《かんきょう》の変化を感じないと思うが、それでも一応訓示をしておけとエイリヒに言われたのだが、どうにも性に合わない。

アソコ子爵だったかな。彼は元々中央軍の副将だからこんな苦労はないのだろうが。

「エイギル様、兵達に舐《な》められないようにしっかりお願いします」

後ろからセリアが耳打ちする。

「舐めると言うより怖《こわ》がっているようにしか見えないのだが」

俺がなんと言おうか考えているとレオポルトが前に出て大声を上げた。

「眼前の敵に挑《いど》めば生死は運《うん》次《し》第《だい》。だが命令に反して逃亡すれば待つのは戦鬼による確実な死だ。敵とハードレット卿、どちらがより恐《おそ》ろしいか心に刻め。そして優《すぐ》れた武勲《ぶくん》には相応の褒《ほう》美《び》をもって報《むく》いる。諸君らの精強さは知っている。今まで通りの力を示せば必ず敵を打倒《だとう》出来るだろう」

こら、なんてことを言う。兵士達が完全に脅えているだろうが。そもそも俺はそんなに怖くないぞ。

「最初はこの程度で良いのです。ハードレット卿が悪鬼《あっき》でないことにはおいおい気付くでしょう。続きをどうぞ、ラッドハルデ卿が後ろから覗《のぞ》いておりますから」

「くそう、どいつもこいつも」

俺がこっそり覗いているエイリヒに気を使って、心にもない軍への忠誠だの愛国心だのとたわ言を並べている間も兵達の背中はピンと伸《の》びきっていた。

俺の名前が一人歩きして変なことになっていそうで嫌だな。

その後、俺は各指揮官と参謀とも挨拶《あいさつ》を終えた。

彼らは兵団として既《すで》に一つの完成した指揮命令系統を持っている。エイリヒが仕上げたその序列に異物を入れると混乱してしまうだろう。

よって俺が司令官になる以外、兵団長を含《ふく》めて何も編成を変えなかった。

私軍と併《あわ》せて俺は二つの系統の軍を率いることになったが、今までも山の民の弓騎《き》兵《へい》など似たようなものだったのだから問題あるまい。

「では明日、北へ向かい出立する。皆《みな》、今夜は好きに飲んで食え」

食料も酒も中央軍の物だ。死ぬほど飲んで構わない。俺も上質そうな肉と酒を持って帰ろう。

色々と忙《いそが》しく動いて深夜になってしまった夕食、セリアと二人テーブルに座り上質な肉と酒を味わう。

「こうしてエイギル様と二人きりで食事するのいつ以来でしょうか」

「どうだったかなぁ」

ちなみにルナとピピはもう寝《ね》てしまい、イリジナは兵に混じって酒を飲んでいる。

「このお肉、柔らかいですけど火が中まで通っていませんね」

「俺は少しぐらい血が滴《したた》ってる方がいいけどな」

俺は言いながら見るからに上質そうな肉にナイフを入れる。

「エイギル様らしいです」

「どういう意味だ？」

「秘密です」

恋人《こいびと》同士のような意味よりも雰囲気《ふんいき》を重視する会話をしながら、セリアは俺を熱っぽい目で見つめてくる。

「ふふ、変なやつだ」

セリアの髪《かみ》を撫でてやると、鼻から抜ける色っぽい吐息《といき》が漏《も》れる。

今からこれでは食事の後の行為《こうい》はさぞ濃厚《のうこう》になるだろう。

だが今は腹が減っているのでとにかく飯だ。

俺は肉を大きく切って口に運ぶ。

最高に美味《うま》い。これだけの肉は戦場ではなかなか食べられない。

いい肉を食べたせいか、股間《こかん》にビリビリと快感が走りだし、肉棒が立ち上がるのを感じる。

「ふむ、栄養が股間にも回って来たようだ」

まるで口で奉仕《ほうし》しているような湿《しめ》った水音がなり、滑《すべ》る舌が這《は》いまわっているような快感が伝わり、荒《あら》い吐息のような熱いものが吹きかかる。

「ところでこのジュポジュポって音なんですか……テーブルの下から」

　セリアがテーブルクロスの下を覗き込む。

　そこには一人の女が座り込み、俺の肉棒を咥《くわ》えて頭を振っていた。まあいるよな、あまりに感触《かんしょく》そのままだったもんな。

「曲者《くせもの》っ！　いつの間に!!」

　セリアが剣を取りに走るのをとめる。口をパンパンにして奉仕しているこの顔には見覚えがある。

「はて、お前は他の子供と一緒に保護させていたはずだが」

「んもっ……んももっ！」

　モガモガと口を動かす女、大変に気持ち良くて素晴らしいが意思疎通《そつう》はできないな。

「口から出して話せ」

「ぷはっ。あの場所は……痛くないけど……男の人がいっぱいいて怖い。エイギルの所にいたい……です」

　女は会話が苦手なのか詰まりながらゆっくりと言う。

　あんな場所にいたのに俺の名前を知っていたんだな。

「貴様、エイギル様を呼び捨てなんてどういうつもりだ！　衛兵なんでこんなのを通した！」

　セリアが外に立つ衛兵を怒鳴《どな》りつける。

「はっ！　その女がハードレット卿の……性奴隷と自称《じしょう》し、夜の世話に呼ばれたと」

「そんなたわ言を信じたのか⁉」

セリアは衛兵を更《さら》に責める。

怒る姿も可愛すぎて抱きしめたくなったが、彼女の威厳《いげん》の為にも耐《た》えておこう。

「申し訳ありません！　ハードレット様の寝所《しんじょ》には毎晩別の女性が訪《おとず》れますので疑いませんでした！」

「もういい、怒ってやるな。こいつは職務に忠実なだけだ」

怒鳴り散らすセリアを黙《だま》らせて部屋の隅に座らせておく。

そして俺は床に座り込む女に優《やさ》しく問う。

「それで本当はなんの為に来たんだ？」

「エイギル、様の奴隷として可愛がって欲《ほ》しくて」

それじゃ変わってないだろうが。

「だから貴様は！　もごもご……」

「覚えて……ないよね？」

「すまんがまったく」

顔を凝視《ぎょうし》し、尻を撫で、胸も揉《も》んでみたがやはり覚えがなかった。

すると女は詰まりながらぽつぽつと話し始める。学がないのか幼稚《ようち》な単語しか使えなかったが、それでも概要《がいよう》はわかってきた。

俺が地下の穴倉にいた頃、まだほんの子供だった彼女も一緒にいた。そして俺が脱走した時に叩き壊した牢にはおらず、ただ逃《に》げる俺を見送っていた。

「なるほど、あの中でよくその年まで生き延びたな」

あそこにいた子供は劣悪《れつあく》な環境で乱暴に扱われることもあり、ほとんどがすぐに死んでしまっていたように思う。

俺は戦い勝ち続けることで、他よりはまだマシな待遇《たいぐう》を受けて生き延びていたが、顔を覚える間もないほど頻繁《ひんぱん》に入れ替《か》わっていたはずだ。

「エイギル――様」

「面倒だ。呼び捨てで良い」

「モガ！　モガッガ！」

俺は女に続きを促《うなが》しながら暴れようとするセリアの口を塞《ふさ》ぐ。

「エイギル……が逃げた後に新しいご主人様が来て私を気に入ったの。それでずっと抱《だ》かれていたから」

なるほど、主人のお気に入りになって部屋に連れ込まれたわけか。毎晩犯《おか》されるのは悲惨《ひさん》だが、他の奴らより清潔な場所にいられ、まともな食事も貰えたのだろう。

あとは上手《うま》く媚びて取り入れば長生き出来る。……俺の時もそういう女の子はいたが、大抵は飽《あ》きられるか壊されて牢に戻《もど》ってきていたが。

「私のあそこ、とても具合がいいみたいで……飽きられなかったし、壊れないようにって丁寧に使われた……のだと思う」

どう具合が良いのか大変興味があるが今は襲うべき場面でないので我慢《がまん》しよう。

「じゃあ何故《なぜ》あんな仕置き部屋にいたんだ？　お気に入りだったのだろ？」

こいつを見つけた時の状況《じょうきょう》はとても主人のお気に入りには見えなかった。複数人に酷く犯され、拷問《ごうもん》まで受けていたように見えた。

「少し前に男の人に売られたの……でもそこでドジしちゃって返品されて」

「あぁ大体わかった」

玩具《おもちゃ》として貴族にでも売られたが、教育も礼儀《れいぎ》もまったく教えられていない身だ。客に無礼でもしたか、あるいは貴重な物でも壊したかだろう。

頭に来た貴族は販売元《はんばいもと》に怒鳴り込み、返品するから金を返せと言う訳だ。そして主人は腹いせにこの女を拷問したと。

お気に入りとはいえ所詮《しょせん》は商品、主人の機嫌《きげん》を損《そこ》ねればたちまち潰《つぶ》される身だ。

「ぎりぎり間に合ったんだな」

「うん。きっとあの後すぐに殺されてたと思う」

女は俺の腕に縋《すが》りついた。

「あの時からずっと、貴方《あなた》のことを想《おも》ってたよ……」

それがよくわからない。

助けた時も他の兵士はだめで俺だけは嫌がらなかった。

昔の俺を知っていたのは聞いたが、あそこは子供同士で仲良しをやる場所じゃないし、俺は結果的にこの女を助けることもなく逃げて行ったわけだ。顔を覚えているぐらいならともかく懐《なつ》かれる理由がない。

「覚えてない？　貴方が大人相手に勝ってお客さんがすごく喜んだ時……」

「試合は何百とやったからなぁ。さすがに覚えていないな」

あと俺達《おれたち》の会話を聞いているセリアの頬が膨《ふく》らんでいくのはなぜだろう。

「その夜、私は貴方の牢に行ったんだよ？　前の主人の気まぐれで」

そう言われて極《きわ》めて朧気《おぼろげ》にだが思い出してきた。

戦いの後に寝ていると、小さな女の子が入ってきて全裸《ぜんら》で絡《から》み付いてきたことがあったような。

「それが私だよ。抱かれようとしたんだけどチンチンが大きくて入らなくて……エイギルはもういいから出てけって足で押し退《の》けられた……」

そういえばそんなことがあったかもしれない。あの頃は女に興味がなかったからな。未熟で愚《おろ》かで常識を知らないクソガキだった。今なら朝まで抱いてやるのに。

「でもそのまま帰ると怒られるからって必死に口で舐めてたんだ……その間中ずっと髪を撫でてくれたよね」

そこまでは覚えていないな。

「何百回男に犯されたかわからないけど、一番優しい撫で方《かた》だったよ……だからよく覚えているんだ」

女は更にもたれかかってくる。

「他の男の人は痛いことするし、怖いから大嫌《だいきら》い。だからエイギルと一緒にいたいの。私はココを使うこと以外何も出来ないけど、男達は喜んでたからきっと気持ちいいと思うの」

彼女はなんの躊躇《ちゅうちょ》もなく服を捲《まく》り上げ、下着をつけていない性器を見せ付けてきた。

「もごっ！　そんな汚いものを見せるな！　エイギル様は、もがっが！」

暴れようとするセリアを押さえると、またも急速に頬が膨らむ。

「汚いよね……うん、数え切れないぐらいされてきたから。でも私なんでもするよ？　どんなことでも我慢するからお願い……飼ってくれませんか？」

限界まで膨らむセリアの頬から空気を抜《ぬ》きつつ、女も引き寄せる。

「まだ名前も聞いていない」

「名前はないの……人によって好きに呼ばれてたから。だからできればエイギルが」

「【レア】でどうだ？」

女は噛《か》み締めるように何度か呟き、弾けるような笑《え》みを見せた。初めて見た笑顔はなんとも魅力的《みりょくてき》だった。

短くて学のない彼女でも覚えられるし、呼びやすくて愛らしさもある。

我ながら実にいい名前だ。そして平らげた肉とは関係がないぞ。うんない。

「レアを抱いて下さい。壊れるほど激しく、私を貴方の玩具にして下さい。レアは貴方の物になりたいです」

抱きついて来るレア。奴隷にも玩具にもするつもりはないが、女にここまで言われて抱かない訳にはいかない。

色々考えるべきことはあるが、まずはこいつを俺の女にしてから考えよう。

拗《す》ねるセリアにキスをしてからイリジナに任せる。

「ぷくぅ」

「わはは！　むくれるなセリア殿《どの》！　女同士で酒を飲むのもいいものだぞ！　浴びるほど飲み、そのまま一緒に寝ようじゃないか！」

「嫌です！　イリジナさん自分の寝相《ねぞう》わかってるんですか？　絞《し》め殺そうとするでしょう！」

そういえばルナもピピもイリジナとの同衾《どうきん》は絶対嫌がるな。

「はっはっはっ！　今日は大丈夫《だいじょうぶ》だ！　たんまり酒を飲んだからな！」

「余計悪いでしょうが！　あぁっ持ち上げないで下さい！」

うむ、セリアがしょげかえらなくて良かった。明日はしっかり甘《あま》やかしてやろう。

「えっと、では」

一瞬《いっしゅん》静かになった部屋でレアはベッドの上に乗り、両手をついて頭を下げる。

「粗末《そまつ》な体ですがどうぞご賞味下さい。痛いこと、苦しいこと、全《すべ》て――んぐ」

覚えさせられたのが丸わかりの口上を熱いキスで中断させ、お互《たが》いに微笑み合う。

「じゃあまず奉仕してくれるか？」

俺はズボンを下ろして肉棒を取り出す。

「やっぱり大きいです……あの頃も凄《すご》かったけどそれとも比べ物にならない。すごい」

レアはゆっくりと根元から舐め上げるように舌を這わせ、唾液《だえき》を塗《ぬ》りつけてくる。舌を使って全体をよく舐めてはくれるが何故か奥まで咥えてはくれず、舌使いが上手いだけになんとももどかしい。

「もっと奥まで頼めないか？」

「ごめんなさい。大きすぎてこれ以上は歯が当たってしまう……そうだ歯を抜いてもらえれば」

痛いことを言うな。萎《な》えるだろうが。

「当たってもいい。お前の歯ぐらいどうってことはないさ」

レアの頭を押さえてゆっくりと喉《のど》まで挿入《そうにゅう》して行く。彼女《かのじょ》は必死に口を開いたが、それでも俺のモノが太すぎるのか、歯がゴリゴリと当たる。

「ははは、いい刺激だ。こんなもので痛がるのは童貞《どうてい》ぐらいのものだぞ」

そう言うとレアは安心したように頬を緩《ゆる》ませ、俺の腰《こし》に手を回してどんどん深く肉棒を飲《の》み込《こ》んでいく。

口の終点、喉に当たっても動きを止めず、角度を変えて喉の更に奥《おく》までめり込ませようと顔を押し付ける。

だがそこでレアの体が限界を訴えたのか、小さな体がビクリと震《ふる》え、喉奥《のどおく》が激しく痙攣する。

「がほっ！　ごほっ！　げほっ！」

俺はむせかえるレアの背中をさすりながら抱き抱《かか》える。

「苦しいのに頑張《がんば》ってくれたな。ありがとう」

言いながら頭を撫《な》でてやると途端《とたん》に真っ赤になる。全裸になって肉棒を咥えるよりもこっちの方が照れるらしい。

今の奉仕で俺の硬度《こうど》は最高に達している。いよいよ彼女の穴を味わう時だ。

「どうぞ……来て下さい」

大きく広げられたレアの脚《あし》の間に体を入れ、肉棒を一旦《いったん》腹に乗せて彼女の肢体《したい》を撫で、観察する。

レアはセリアよりもやや背が小さく、逆に体の凹凸《おうとつ》は少し大きい。そして筋肉がついて引き締《し》まったセリアとは対称的《たいしょうてき》に体全体が柔らかく、地下にいたせいか肌色《はだいろ》は病的に白い。あとは体中に残った傷と痣……時間が経《た》てば治る類のもので幸いだ。

「あいつらは本当に女の扱いを知らないな」

俺は優しく呼びかけ、柔らかい胸の膨らみにキスをしながら性器に指を入れて行く。

「おっとすごい濡《ぬ》れ方だ」

「濡れてないと怪我するから……自然にこうなっちゃうの」

感じている訳ではなく体の反応か。なら徹底的《てっていてき》に感じさせてやらないといけない。

レアの中深くまで指を入れてみて驚いた。彼女の外側はやや黒く肉もはみ出して散々踏《ふ》み荒《あ》らされていたことが見て取れるが、中は緩々ではなく異様に締まる。

入り口は特に強く締まり、奥の方にいくと穴の中にはびっしりとヒダがある。更に穴全体が蠢《うごめ》き、入った指を擦《す》りあげてくるのだ。

「これは……入れたら男はたまらないぞ」

「いつでもどうぞ」

レアがニコリと微笑む。その笑みは演技でないとわかる。

「じゃあお邪魔《じゃま》するよ」

名器の予感に硬《かた》さを増した肉棒を入り口に数度こすりつけてから突入《とつにゅう》する。

「んっ！」

やはり入り口は狭《せま》くて簡単には入らない。

俺はレアの脚を豪快に開かせ、ゆっくりと体重をかけていく。

抵抗《ていこう》を続けていた入り口が俺の破城槌《づち》に屈《くっ》し、ズリュンと音を立てて先端《せんたん》が入り込む。

途端、レアの両足がピンと伸び、体が持ち上がるほど仰《の》け反《ぞ》った。

「かはぁ！　お、大きいよぉ！　こ、こんな太いの初めてっ！」

レアを気持ちよくしてやる為にもまずは一番奥を探《さぐ》ろうと入るだけ入れてみる。

痛みを感じさせないようにゆっくりと体を進めていき……おいおいどこまで入るんだ。まさか全部入ってしまうのか。

俺は驚《おどろ》きながらも腰を進め、レアの一番奥を突《つ》く。

「き、来た……奥、そこが一番奥ですっ」

「こりゃすごい。まさかここまでとは思わなかったよ」

奥まで行き当たった時、レアだけではなく俺の口からも声が出た。

まず深い。この小さな体に俺の巨根がほとんど入ってしまうとは思わなかった。

そして奥に到達《とうたつ》した途端、入り口は痛いほどに締まり、全体のヒダがグネグネと動く。俺自身は動いていないのに穴全体がうねって肉棒を刺激してくる。

「凄い名器だ。勝手に腰が動きそうになる」

余裕《よゆう》をもって抱いてやるつもりだったのに、情けなく腰がカクついてしまいそうだ。というか油断をすると動きもしないまま発射すらしてしまうかもしれない。

「好きに突いていいですよ？　たっぷり楽しんで……」

ならばと腰を動かし始めてわかったが、レアは荒く抱かれていたせいか入り口付近では快感を得ることは出来ないようだ。

肉豆も皮が取り去られているものの、散々に嬲られていたようで感度は良くない。

だがその分一番奥を突いた時の反応は激しかった。

奥を軽く突くだけで体全体を震わせ、体重を乗せて押し込むと快楽の悲鳴と共に手足が伸びた。

「こ、これなに？　体の奥がぞくぞくするよぉ……こんなの初めてだよ……」

「レアは男に抱かれて感じたことがなかったのか」

肩を抱き、首筋を吸いながら聞いてみる。

「男の人に抱かれるのはお仕事で気持ちいいことじゃない……でも今は違《ちが》うのぉ」

挿入している部分からドッと汁が流れ出す。体を守る為の反応ではなく、レアの体が俺《おれ》のモノを歓迎《かんげい》しているのだ。

俺は嬉《うれ》しくなってレアを抱え上げ、胡坐《あぐら》をかいて上に乗せる。

「このまま飛ばしてやる。身を任せてたっぷり味わえ」

そして何か言おうとしたレアの口をキスで塞ぎ、猛然《もうぜん》と腰を突き上げる。

レアは押し寄せる快楽に手足をばたつかせたが、そんな非力な行動で俺の動きは止められない。

大量の唾液が垂れ落ちる濃厚なキスを続けながら、レアの小さな肩を押《お》さえる。逃げ場《ば》をなくして下から突き上げ、彼女の最奥まで俺の男根を届かせる。

筋肉も脂肪《しぼう》もあまりない薄《うす》い腹が俺の形に盛り上がり、どこが彼女の子袋《ぶくろ》かはっきりわかるほどだ。

しかし俺の一方的な攻めに見えるがそうでもない。動きの主導権をとっているのは俺だったが、進めば締め、退けばヒダが絡まるレアの穴は確実に俺へダメージを与《あた》える。しかもレアの体格からは考えられないことに根元まで全て入ってしまうのだからたまらない。

「もう……だめっ。すごいのが……初めてなのが来るっ！」

「俺もここまでだ！」

俺の突き上げに屈したレアが絶頂の叫《さけ》びを上げると同時に、俺の男根も彼女の攻撃に耐えかね、膨張《ぼうちょう》と脈動を始める。

俺達は互いの名前を叫びながら抱き合い、直後同時に絶頂が始まった。

レアは全身を痙攣《けいれん》させながら握《にぎ》るような力で性器を締めた。

俺もまた腰を突き上げ、男根を最奥にめり込ませながら野獣《やじゅう》のように叫び、大量の精を噴射《ふんしゃ》する。

俺達はまるでゾンビのようにお互いに呻《うめ》き声だけを上げながら絶頂を味わう。

最終的に俺はレアの中に五分射精し続け、レアは俺の精を受け止めながら連続で七回絶頂した。

「体がビクビク……頭がバチバチ……気持ちいぃ……これが女の子の幸せ……」

俺の種が止まるとレアは荒い息を突きながらベッドへうつ伏《ぶ》せに突っ伏《ぷ》した。拍子《ひょうし》に長時間射精で小さくなった俺のモノが抜け落ち、大量の種が勢いよく逆流する。

俺はすかさずレアに覆《おお》いかぶさり、首や肩にキスの雨を降らせながら赤くなった性器を優しく愛撫《あいぶ》する。

「気持ちいいよぉ。お汁を出された後に優しくしてもらったの初めて……」

ひどい交わりしか経験してなかったんだな。

俺はレアへの後戯を続けながら自己満足の為に答えのわかった問いを投げる。

「今までの男よりよかっただろう?」

「比べ物にならないよぉ。男の人に抱かれるってこんなに気持ちいいことだったんだ。これなら毎日だってしたいよぉ。アソコが腫れ上がるまでしたいよぉ」

レアが俺のモノに手を伸ばしてゆっくりと上下させると、まだ竿《さお》に残っていた種がドロリと流れ出る。

「これで遊んでもいい？　こんな大きなの初めてだから。わぁ、片手じゃ握れない」

無邪気《むじゃき》に逸物《いちもつ》をいじるレアの頭を優しく撫でる。

正直、先程《さきほど》まではレアに特段の思い入れはなかった。彼女は子供の頃の思い出を大事にしていたようだが、俺にとってはようやく思い出せた程度の話だったのだ。

さて少しだけ想像してみよう。

レアが俺以外の男を上に乗せて泣きながら体を揺《ゆ》すられている。その男は彼女の名器に夢中になり、腰を激しく動かして射精する。レアは鋭《するど》い悲鳴を上げて腹に種を打ち込まれ、体内に流《なが》れ込む望まない種に涙する。

「よし気分が悪いな」

「えっ⁉　何か痛かった⁉　すぐ直すよ、教えて？　怒《おこ》らないで！」

レアの顔が一瞬で青くなった。おっといけない。

「すまん、独り言だよ。おいで」

俺はレアを抱き寄せ、怒っていないと思いを込めて抱き締めた。

「ごめんなさい……エイギルは違うとわかっているのに、怒られそうになると怖くて」

「周りの男が下らない奴ばっかりだったんだな。これからは俺がたっぷりと本当の男を教えてやる」

レアは嬉しそうな顔を向けて言う。

「エイギルの奴隷《どれい》にしてくれるの？」

まさか、女を奴隷にして飼う趣味《しゅみ》はない。

「奴隷じゃない。レアは今から俺の愛人だ」

感極《かんきわ》まって抱きついて来るレア。また愛人が増えてしまったが仕方ない。もっと逸物を鍛えて多くの女を相手出来るようにならないとな。

ひとしきり喜びを表現した後、レアが俺から離《はな》れて四《よ》つん這《ば》いになる。

「口も女の穴も支配してもらったけど、ここはまだ他の男に使われたままだから。愛人さんになるなら全部エイギルのモノになりたいよ」

確かに本来性交の穴ではないが他の男に使われたままなのは気分が悪いな。

「小さい尻《しり》だ。裂《さ》けるかもしれない」

「別にいいよ。エイギルのおっきいので裂けたら貴方の物になれたってことだもん」

健気《けなげ》なレアに逸物も瞬時《しゅんじ》に硬さを取り戻す。

深夜に喜びの悲鳴と獣《けもの》のような叫びが響《ひび》いた。

翌日、俺を起こしたのは嬉しそうに肛門《こうもん》に痔《じ》の薬を塗るレアと、色々察したセリアの叫び声だった。

第二章　ユレストの女将軍

二週間後、俺の軍はユレスト連合との国境まで行軍。そのまま何の躊躇もなく国境を踏み越えた。二万を超《こ》える俺達に対して国境警備隊が出来ることはなく、戦うこともなしに逃走《とうそう》、国境の粗末な防衛陣地《じんち》は全て焼き払《はら》った。

国土深くまで踏み込んでいく俺の軍に対して全く臨戦態勢になかったユレストは軍の集結すらままならず、なんの抵抗もないまま首都近郊《きんこう》まで進むことが出来た。

時を同じくしてアソ、アソ……アソス卿率いる軍も宣戦布告無しに三ヶ国が河の東岸に持つ港町とその近郊地域を蹂躙《じゆうりん》した。

攻撃を予期して撤退《てったい》していたマグラード以外の二ヶ国は完全に虚《きょ》をつかれて一方的に粉砕《ふんさい》、御用《ごよう》商人を務めていた商会も含め徹底的な略奪《りゃくだつ》と破壊《はかい》にあった。

この暴挙——自国ながら本当に暴挙だ——に対して三ヶ国とマグラードに逃亡《とうぼう》したトリエア王族は全ての国が団結してのゴルドニア制裁を主張したが時既に遅《おそ》かった。

トリエアの国土は完全に制圧され、ユレスト連合は国土深くまで侵攻を受けて防戦一方、マグラードとストゥーラは河東岸の拠点《きょてん》を失って攻勢《こうせい》に移ることはもう出来なかったのだ。

トリエアと旧アークランド全土を制圧したゴルドニアの国力は既に周辺国とは隔絶《かくぜつ》しつつあ

った。

◇◇◇◇◇◇◇◇◇◇◇◇◇◇◇◇◇◇◇◇◇◇◇◇◇◇◇◇◇◇

ユレスト連合　首都バーレラ

「ゴルドニアの狂王《きょう》め、なんたる非道！　代々続く我らの友好をなんの躊躇《ため》らいもなく踏み砕《くだ》きおったわ」

「そもそも宣戦布告もなしに戦争を仕掛けるなど常軌《じょうき》を逸《いっ》しておる！」

ユレスト連合の中心都市バーレラにて代表達《たち》の評議会は紛糾《ふんきゅう》していた。

ユレスト連合は元々地方の豪族《ごうぞく》や有力者が寄り集まって形成され、唯一《ゆいいつ》の王は存在しない。軍も各代表の兵が集まり協議の末に司令官を決めることになっていた。

その代表達には特に序列がないので意見が反すれば決定には時間がかかり、迅速《じんそく》な行動は取れなかった。

最近のゴルドニアの不穏《ふおん》な動きに対して国境を強化するべきだと提案もあったが、ゴルドニア貴族と婚姻《こんいん》関係にある代表の反対から何も決定出来ず無意味に議論を重ねるばかりとなっていた。

「だからゴルドニアは信用出来んと言ったのだ！　こうなった責任は誰が取る！」

「バカな！　そもそも戦争になったのは貴様らがゴルドニアの新王を刺激したからではないのか⁉　わが国もトリエアに宣戦していればこんなことにはっ」

怒鳴り合いの議論を収拾《しゅうしゅう》すべき議長も同じく同格の有力者で強権はない。

「既に国土に踏み込まれているのに交渉《こうしょう》など無意味だ。武力でもってあたるのみ」

「しかしゴルドニアを敵に回して勝ち目などありますか？」

「ストゥーラ・マグラードは我らの味方だ。協力すれば……」

「馬鹿者《ばかもの》！　奴《やつ》らは河を隔《へだ》てている。陸続きの我らとは違うのだぞ！」

有力者同士の議論が怒鳴り合いへと変わる直前、しわがれた声が場を静めた。

「落ち着きたまえ。まずは状況を整理しようじゃないか」

代表貴族の中でも一番年のいった男がゆっくりした調子で声を上げたのだ。皆が同格であっても一応は長寿《ちょうじゅ》の者が尊ばれることが多い。

「まず敵の数はどのぐらいだね？」

「約二万と報告があります」

「集まった味方は？」

「約三万です」

老人は微笑《ほほえ》んで手を広げる。

「ならばまだ我らが有利ではないか。血相を変えることもない。ゆっくりと考えよう」

周りの貴族達の表情が緩み、議論に冷静さが戻る。

「徹底抗戦《てっていこうせん》にせよ、講和を持ちかけるにせよ、まずは首都に迫《せま》る敵を迎撃《げいげき》せねば始まるまい。それについて異論はあるまいね」

全員が頷《うなず》く。

「では我々の戦力、三万の兵の司令官を決めなければなるまい」

「議長！　北方の荒熊《あらぐま》、ハットネン将軍がよろしいかと」

「おぉ、アークランド戦争でも寡兵《かへい》で敵を撃破《げきは》した彼ならゴルドニアなど一揉みよ！」

議場がワッと盛り上がる中、別の代表が手を上げる。

「なんの鉄壁《てっぺき》のヒューティア将軍が適任ではないですか？」

「女将軍ヒューティアか⁉　いかなる大軍も弾《はじ》き返す防戦の達人！」

またも議場に微妙《びみょう》な空気が流れた。

「防衛戦なのだからヒューティアで良かろう！」

「何を言う！　敵を追い払うには撃破するしかない。ハットネン以外有り得ぬ！」

わぁわぁと議場が再び騒《さわ》がしくなり議長が頭を抱える中、一つの声がそれを制する。

「皆様《みなさま》お待ち下さい。何も一人に絞《しぼ》ることはありませんぞ」

「どういうことだ？」

「軍を割って指揮させるのか？」

声を上げた男は高らかに宣言する。

「わが情報によると敵を率いるのは、かの猛将《もうしょう》ハードレット卿です」

議場に小さな悲鳴が上がる。

「ですが案ずる必要はありませぬ。奴はゴルドニア王軍と自らの私兵をまとめて率いているとのこと。これでは彼の勇猛《ゆうもう》さも半減しましょう」

「そう……なのか？」

「まぁ二つの軍を一人が率いるのは苦労するかもしれぬ」

男は続けて両手を広げながら高らかに言い放った。

「我々は逆に一つの軍を二人の将軍に率いさせるのです。二将軍どちらにも同じ指揮権を与えれば片方がしくじっても片方が補います。攻めに強いハットネンと守りに強いヒューティア。どちらの利点も兼《か》ね備《そな》えた最強の軍団となるはずです！」

「確かに……彼ら二人が手を組むならばこれほど心強《し》いことはない」

「一人の名将より二人の名将が勝るは道理！」

議場を歓声《かんせい》が支配し、議長も満足げに頷く。

こうして三万の規模を持つユレスト連合軍は同格とされた将軍二人に率いられ、ゴルドニア軍撃退《げきたい》の為に出陣《しゅつじん》することになった。

◇◇

ユレスト連合領内　ハードレット軍
「もうここらへんは王都ゴルドニアよりも北なんだよな？」
俺は手を軽く擦りながらセリアに聞いてみる。
「そのはずです。ユレスト中心都市バーレラは案外に北にありますから。はむ」

「寒いわけだ。河沿いにあってくれればもっと楽にいけたのに」

寒いと色々縮こまってしまっていけない。

「それだと河を渡《わた》るマグラードの援軍《えんぐん》を気にせねばなりませんでした。援軍を出しにくい北にあることはユレストにとっても不幸です。……私のです！　はも」

「うぅ、セリア……様、邪魔しないで下さいよ」

情けない声を出すレアをセリアはフーッと威嚇《いかく》する。

「エイギル様の朝の処理は私の仕事なのです！」

「うー……コレの扱《あつか》いなら私の方が上手なのにぃ」

俺は行軍が始まる前の天幕の中で二人がかりの奉仕を受けているのだ。

椅子《いす》に座《すわ》った俺の足元にセリアとレアが跪《ひざまず》き、左右から逸物に舌を這わせているのだがどちらが口に含むかで争っているようだ。

「こらこら喧嘩《けんか》するなよ」

二人の頭を両手で撫でてやると両者共に目を細める。こいつらはどちらも頭を撫でられるのが大好きなのだ。

「セリアさんは軍のお仕事でご主人様の為《ため》に頑張って下さい。下半身のお世話は私が全部しますから」

レアは他の人間がいる前ではご主人様と呼ぶようになった。さすがに部下の手前、子供感覚で名を呼び捨てにさせるわけにはいかないからな。

「私はエイギル様のお世話を全てするのです！　あなたこそ――って計ったな！」

セリアが声を上げる為に俺のモノを口から出したところでレアが素早《すばや》く咥える。

憤《いきどお》ったセリアが実力行為に訴《うった》えようとしたので捕《つか》まえてキスを交《か》わす。

「あん、セリア様とキスしたら膨らんできたよぉ」

レアはむせながらも喉の奥まで男根を飲み込み、激しく頭を振《ふ》り始める。口内への発射を求める動きにもちろん抗《あらが》う意味もなく濃厚な種を――。

「ハードレット卿《きょう》、よろしいでしょうか？」

「ひうわ！」

セリアがキスを中止して飛びのく。

天幕の入り口がいつの間にか開かれレオポルトがいつもの無表情で立っていたのだ。

「……よろしいように見えるか？」

こいつは他の部下と違って全く遠慮《えんりょ》がない。

「見えませんので言い換《か》えましょう。軍議を行いますので中断して下さい」

「……すぐ行く」

まったく無粋《ぶすい》な奴だ。

「んぶっ！　んもっ！」

レアはレオポルトを一瞥《いちべつ》だけしたが気にせず奉仕を続けている。彼女は奉仕する姿を人に見られても気にしない。人のいる屋外で俺に抱かれても平気だろう。

一方でセリアは口を拭《ぬぐ》いながらレオポルトを睨《にら》みつけて真っ赤になっている。

「レアもういいぞ。ありがとうな」

「えっ？　でもこんなに大きいままじゃご主人様苦しくない？」

苦しいし、ズボンに入るかも怪《あや》しい。だがレオポルトに見られながら続けるのは萎えるなんてレベルではなく不可能だ。

「私はハードレット卿の下半身を見て喜ぶ趣味はありませんので、早く仕舞《しま》って頂けますか」

モノはまだ元気だが心が萎えた。

レオポルトめ、いつかお前の情事も邪魔してやる。


「では軍議を開始致《いた》します」

兵達が野営の撤収《てっしゅう》を進める中、俺の指揮下にある中央軍第三兵団を含めた指揮官達が司令部に集まる。

「その前に、ハードレット卿の部下とは言え爵位《しゃくい》も持たぬ者がこの場で発言するのは許されるのでしょうか？」

中央軍指揮官の一人が主張する。

レオポルトのことだろう。奴は俺の私軍では副司令の立場にあるがゴルドニア王家からは何も与えられていない一般《いっぱん》市民に過ぎない。特に爵位を持つ指揮官にとっては奴の弁に従うことに納得《なっとく》が出来ないらしい。

「私はハードレット卿の命によって進言しておりますが」

「それならば貴族身分にある別の者でもよかろうが」

めんどくさい。

レオポルトを助けてやるのも癪《しゃく》だが、唯《ただ》でさえ会議は嫌《きら》いなのに実がない形式の議論なんてやっていられない。

俺は中心の机にドンと肘《ひじ》をつく。前に叩《たた》いたら壊《こわ》れたから加減はしたぞ。

「俺が認めた。それ以外に何が必要か？」

中央軍指揮官達が一歩後ろに下がる。

「し、しかし王家の威光《いこう》の為にも序列は重要です」

中央軍の中枢《ちゅうすう》は新しく爵位を与えられた新貴族で占《し》められる。しかし。その膨張に伴《ともな》って伝統貴族の子弟《してい》や騎士《きし》の経験者からも多数の指揮官を迎《むか》えるようになっていた。

彼《かれ》らは成り上がりの新貴族と比べて権威《けんい》や序列にこだわるので面倒《めんどう》くさいのだ。

「なるほど王家の威光か。それなら序列や権威を重視するより一番いいことがあるぞ？」

貴族達の視線が俺に集中する。美女だと嬉しいがあいにく男だらけ、それもむさい。

「勝てばいいのだ。何をしてでも勝てばいい。その為にこいつは必要だ。もし敗れでもしたならその時に文句を受け付けようじゃないか」

机に肘をついたまま全員を見渡《みわた》す。異論はなくなったようだな。

「続けてくれ」

「はい。まずは敵の位置ですが斥候《せっこう》によるとこの場所です」

レオポルトは我々の目標地点バーレラの少し東を指す。

「近いな。お互いに戦闘《せんとう》を求めて接近すれば今日の夜には出会うかもしれん」

「それでは森林地帯での会戦となります。近傍《きんぼう》の植生密度では隊列の構築自体は可能です。が、我《わ》が軍には強力な騎《き》兵隊《へいたい》が存在していますので、その優位性が生かせる平原を戦場とすべきでしょう」

レオポルトはチラリと中央軍の指揮官を見る。

強力なのは弓騎《き》兵《へい》を始め俺の私軍……それは事実であるものの、あえて強調したのは中央軍指揮官達へのちょっとした嫌味《いやみ》でもあるようだ。

レオポルトの奴『感情なんてありません』みたいな顔しておいて割とこういうこと言うよな。

「確かに騎兵が暴れられる平原戦が理想だが相手は乗ってくるか？　敵地で戦う以上戦い急ぐのはこちらだぞ」

「相手が森林に篭《こも》る場合には第三兵団を前に出しましょう。有利ならばそのまま押し切り、不利ならば後退して釣《つ》り出すのです」

レオポルトが言うと同時に中央軍の指揮官がワッと声を上げた。

「我らに敗北せよと⁉」

「それでは当て馬ではないか！」

どうやら俺の出番のようだ。

「押し切ってしまえばわざと負ける必要もない。むしろ戦果を上げる好機と思うが？」

彼らはレオポルトに反発しているが愚者《ぐしゃ》ではない。兵も指揮官もエイリヒに鍛《きた》えられた一級品の部隊だ。あるいはそのまま押し切ることも不可能ではないかもしれない。

「……了解《りょうかい》しました。我らの強さ見せ付けてやりましょう」

第三兵団の兵団長ヘルゲン男爵《だんしゃく》がゆっくりと口を開く。

直属の上司が発言したことで他の指揮官達は口を閉ざす。

「おう任せるぞ。委細についてはレオポルトと打ち合わせてくれ」

ヘルゲンは確か夜明けの翼《つばさ》出身の新貴族だ。勝利が何より重要であることは痛いほどわかっているだろう。何しろ新貴族は王の反逆の結果、貴族になれたのだからな。

さて戦闘は明日になるだろう。

軍議は終わったが、ここからすぐに行軍だ。レアを抱き損ねたな。彼女の切痔《きれじ》は治ったし尻穴をもう一度支配してやろうと思っていたのに。あとはセリアと並べると妙《みょう》にしっくりくるので交互《こうご》に味わう遊びをやりたかったのだが。

◇◇◇◇◇◇◇◇◇◇◇◇◇◇◇◇◇◇◇◇◇◇◇◇◇◇

ユレスト連合軍　軍議
「敵が森に入る前に叩くべきだ!!」
「いや、森に引き込んで叩く方が良い！　慣れた森なら我らに利がある！」

ユレスト連合軍の軍議は荒れていた。多数の意見がぶつかっているのではなく発言しているのは二人のみ、同格とされたハットネン、ヒューティアの両将軍が方針の違いを明確化させていた。

「森で敵を撃破しても追撃《ついげき》には不利、取り逃《に》がしてしまう」

「撃破さえすれば防戦成功ではないか！　これは防衛戦争なのだぞ！」

攻守《こうしゅ》それぞれに優《すぐ》れた指揮官二人の考えは噛み合わない。

「何を言うか。ゴルドニアは強大。追い払うだけではすぐに援軍を得てまた押し寄せてくるぞ。完全に撃滅《げきめつ》してこそ国土が守れる」

「それで敗北しては元も子もない。まずは眼前の敵を撃退し、しかる後に守りを固めるべきではないか？」

周りでは参謀達《さんぼうたち》が困った顔を見合わせている。同格の最高司令官同士の議論に彼らが割って入ることは出来ないのだ。

止める者のいない激論は数時間続き、遂《つい》に決着を見た。

「まずヒューティア将軍の意見通り、森林入り口の待ち伏せにて敵を迎え撃《う》つ……」

「敵が敗走を始めたらハットネン将軍の意見通り、平原にて徹底的な追撃を行う……」

森の奥深《おくふか》くではなくあえて入り口付近で待ち伏せすることにより、敵が森に散らばって逃走することを防ぎ、追撃に向く平原へと追いやる思惑《おもわく》だった。

「承知致しました。では我々を指揮するのはどちらの将軍様でしょうか？」

参謀《さんぼう》と指揮官が尋《たず》ねる。

「防戦は私が指示を出そう」

ヒューティア将軍が声を上げる。

「追撃は俺に任せろ」

ハットネン将軍が野太い声を出す。

「……では敵が反攻《はんこう》に転じた場合は？」

「状況《じょうきょう》に応じて臨機応変に対応することとする‼」

ユレスト連合軍は両将軍の指揮の下、進撃《しんげき》を開始する。

◇◇◇◇◇◇◇◇◇◇◇◇◇◇◇◇◇◇◇◇◇◇◇◇◇◇◇◇◇◇◇◇◇◇◇◇◇◇

ユレスト連合北部　ロンベルク森林　ゴルドニア軍　ハードレット軍隷下《れいか》第三兵団
「我々だけで敵を撃破するつもりで行くのだぞ！」

中央軍第三兵団一万三千名は森の直前で陣《じん》を張った本隊から分かれ、森林内に踏み込んでいた。

後方ではハードレット私軍兵が陣を張り、騎兵も待機している。情勢不利となれば平原まで後退して共同で当たる算段になっている。

「レオポルトとか言う生意気な輩《やから》の鼻を明かすのだ！」

もちろん指揮官達は自分達だけで敵を撃破するつもりだった。

敵の数は三万近いと情報は入っていたが特に精強との話も聞かないユレスト兵が数だけ集まっても十分に勝利を狙《ねら》えると考えていたのだ。

「敵は脅《おび》えたか？　このままバーレラまで行けてしまうかもしれんぞ」

「ははっ、それはいい」

言葉に答えたのは無数の矢の雨、笑った兵士が口の中に矢を受けて即死《そくし》する。

「敵襲《てきしゅう》だ！　盾《たて》を構えろ‼」

最初の斉射《せいしゃ》こそ少なくない兵を殺したが、矢が来るとわかっていれば十分に防げる。

それだけの訓練は積んでいた。

「敵を確認《かくにん》しろ！　両翼《りょうよく》を延《の》ばせ、包囲されるな」

森の狭い道に密集していた兵士は一斉《いっせい》に散開し、弓隊が応射を開始する。そして敵が森の中で横一列に陣を張り、待ち伏せしていたことに気がついた。

「敵は向こうだ。包囲されぬように注意して正面から当たれ」

兵団長ヘルゲン指揮の元、混乱は終息し歩兵隊を前に弓隊が援護《えんご》する形での反撃《はんげき》が始まる。

奇襲《きしゅう》ならともかく正面からぶつかれば兵の強さでゴルドニアが勝る。そう考えて接近戦を選択《たく》したのだ。

攻撃陣《こうげきじん》は敵に合わせて横一列で小細工はない。そもそも森林内では立ち並ぶ木に邪魔されて複雑な隊列は組めなかったのだ。

それでも衝突《しょうとつ》と同時にユレスト軍の陣形《じんけい》は一気に乱れ、各所で後退し始めた。

「ふん、この程度のものか。所詮《しょせん》ユレストなど我が属国に過ぎん」

指揮官の一人が鼻で笑う。

ユレストとゴルドニアの結びつきは古いものだが、辺境の土地が多いユレストを見下す貴族も多かった。

「……」

だがヘルゲンの口元は緩まない。

「おかしい……両翼の攻撃《こうげき》速度にあれほどの差が出るとは思えん」

目の前は木々に遮《さえぎ》られて視界は悪いが、明らかに敵を大きく後退させている部分と頑強《がんきょう》な抵抗にあってほとんど進めていない部分がある。そのせいで横一列の陣形はデコボコに乱れ始めていたのだ。

「各指揮官は何をしている。突出《とっしゅつ》しすぎて危険だぞ」

「木で視界が悪く隣《となり》の状況が見えないのでしょう。敵を大きく後退させている隊の周囲は特に植生が濃《こ》いようで……」

そこまで言ってヘルゲンと参謀は顔を見合わせる。

彼らも実戦経験は豊富、これが罠《わな》だと気付いたのだ。

「全体を下げろ！　罠だ！」

ヘルゲンの声が届く前に状況は一気に変化する。

押し込んでいた隊と、強固な抵抗で進めなかった隊に出来た僅《わず》かな隙間《すきま》、そこに次々とユレストの伏兵《ふくへい》が現れ、進みすぎた部隊がたちまち包囲されていく。

「なっなんだ!?」

「いきなり敵がっ！」

優勢から瞬《また》く間《ま》に絶対不利となり、包囲された部隊は混乱を極《きわ》める。

他の部隊が救援《きゅうえん》に向かおうとするが、そこで防戦に撤《てっ》していた正面の敵が一気に攻勢に転じ、余力はどの部隊からもなくなった。

「兵団長！　孤立《こりつ》部隊が危険です！」

「わかっておる。両翼に広げた部隊を中心に集めて……」

包囲された部隊を救う為に両翼に展開した兵力を集めようと命令する。

だがそれもまた裏目に出た。

「両翼部隊から伝令！　敵の別働隊が側面に出現し交戦中です！」

本隊の包囲を防ぐ為に左右に展開した部隊が激しい攻撃を受けていた。彼らが撃破されればたちまち全体が包囲攻撃を受けることは間違《まちが》いない。

「兵団長。このままでは兵団全てが包囲されます！」

「あの防御《ぼうぎょ》からの反撃……そして素早い包囲作戦、見事な指揮だ」

ヘルゲンは一瞬《いっしゅん》天を仰《あお》ぐ。既《すで》に勝利は得られないだろうが終わったわけではない。

忌々《いまいま》しいがあのレオポルトとか言う男の立てた作戦通りに後退し、森を抜《ぬ》ければハードレット子爵《ししゃく》の強力な騎兵隊が待機している。

「どの道、後退しか手段はなさそうだな」

ヘルゲンは全部隊に撤退を指示する。

「絶対に背中を見せて逃げるな！　抵抗しながらゆっくりと後退するんだ！」

ヘルゲンは中央軍の中でしっかりと訓練された兵がこの程度では崩《くず》れないとの自信があった。

第三兵団は敵に圧倒《あっとう》されながらもゆっくりと元来た道を後退していった。

◇◇

ハードレット軍　本陣《ほんじん》
「第三兵団より伝令！　森の中で有力な敵と遭遇《そうぐう》し戦闘になるも状況不利、これより撤退するとのこと！」

「だ、そうだぞ」

「そうですか」

レオポルトは予想通りといった様子で全く動じない。俺も特に慌《あわ》てはしない。

既に歩兵隊を前列に陣を引き、臨戦態勢をとっているのだ。

騎兵隊はなるべく低い場所で、歩兵の後ろに隠《かく》しているが何分平坦《へいたん》な土地、よく見ればすぐに気付かれるだろう。

「構わないでしょう。追撃に勢いのついた敵がそう簡単に止まるとは思えません」

「ならいいがな」

レオポルトと無駄話《むだばなし》をしながらセリアの小尻《こじり》を撫《な》でていると森との境界から溢《あふ》れるように兵が飛び出してくる。

「いよいよ来るぞ。臨戦態勢をとれ」

「ふむ、第三兵団は壊走《かいそう》してはおりませんな。兵の数も目立って減っていない。ヘルゲン兵団長の指揮はまずもって及第点《きゅうだいてん》と言えるでしょう」

本人に聞かせてやったら烈火《れっか》のごとく怒るだろう。ちょっと告げ口してみたい。

最低限の秩序《ちつじょ》を保ちながら後退してくる第三兵団の最後尾《さいこうび》と入り混じるように敵兵が姿を現す。

「族長様！」

逸《はや》るルナの脇《わき》に手を入れ、乳房《ちぶさ》を揉《も》んで押さえる。

「まだダメだ。敵が完全に森の外に出てからだ」

敵からもこちらの陣は視認《しにん》出来たはずだが少数と見たのか構わず追撃してくる。

平原に出て空間が開けると、敵の動きは自由度を増し、第三兵団全体の包囲を試みているようだ。頃合《ころあい》だろう。

「弓騎兵、全力斉射の後、突撃《とつげき》開始」

俺の号令でルナの弓騎兵五千余が一斉に駆《か》け出す。

「重装騎兵、槍騎兵《やりきへい》は俺に続け」

毎度ながら後方の指揮をレオポルトに任せ、槍《やり》を掲《かか》げて突撃する。

ゴルドニア国旗に並んで俺の黒一色の軍旗が揚《あ》がり、騎兵の波が打ち寄せていく。

何度経験しても突撃のこの瞬間《しゅんかん》は気分が高揚《こうよう》するな。まるで今から処女の中に突入《とつにゅう》する男根になった気分だった。

「蹴散《けち》らせ!!」

敵は予想外に多かった騎兵を見て慌てて槍隊を並べた。だがその頭上に二度、合わせて一万近い矢が降り注ぐ。

トリスニアからごっそり矢を持ってきたからな。エイリヒは呆然《ぼうぜん》としたことだろう。

盾を構える暇《ひま》もなく槍隊の隊列は崩れ、俺を先頭に重騎兵、槍騎兵が突っ込《こ》む。

「邪魔《じゃま》だ」

長槍の列を整えようとする敵指揮官の胸を鎧《よろい》ごと貫《つらぬ》き、槍にぶら下げたまま敵の真ん中に突撃していく。

突っ込む騎兵の進路に当たらない敵には弓騎兵から絶え間なく矢が降り続ける。

敵槍隊の防御はあっと言う間に崩壊《ほうかい》し、俺達《おれたち》の前には短槍や剣《けん》で武装した通常歩兵が立ちふさがる。

まずはこいつらを撃破して包囲されつつある第三兵団を救援しないといけない。

全滅《ぜんめつ》させたらエイリヒが怒《いか》りそうだしな。

「シュバルツ。牝《めす》を孕《はら》ませるだけが能じゃないだろう。気合い入れて突《つ》っ込め!!」

慌てて追いかけてきた護衛隊を伴い、更《さら》に敵中深く飛び込む。

突き出される槍を払いのけ、もしくは掴《つか》んで兵ごと放《ほう》り投《な》げて道を開き、いい具合に密集した所には槍を振るってまとめて蹴散らす。

足を止めて打ち合うことに意味はない。

包囲を崩し、第三兵団を戦力として復帰させれば戦局は一気に有利となるのだ。

「この馬でか……ぐぎゃっ！」

「ぐぇぇぇ！　ごぼっ！」

突撃の間、やたら鐙《あぶみ》が揺れるのはシュバルツがあえて敵を踏《ふ》みつけながら移動しているからだ。

普通《ふつう》の馬より遥《はる》かに重いシュバルツは甲冑《かっちゅう》ごと兵士を踏み砕きながら平気な顔で走り続けている。繁殖《はんしょく》だけが能じゃなくて何よりだ。

「なんだこいつら！　今までの奴らとまるで違う」

「真っ黒な旗⁉　悪魔《あくま》の軍隊なのか？」

長槍や弓を有効に使った陣形がなければ歩兵が疾走《しっそう》する騎兵を止めることは至難だ。

俺達は一方的に敵を切り裂いていたが、ただ突破《とっぱ》しているだけなので敵の兵力的打撃《だげき》はそれほどではないだろう。

完全に叩き潰《つぶ》すには第三兵団の兵力が必要だった。

「隊列を組め！　足を止めてしまえばこちらのぶげっ‼」

短槍で密集し、なんとか抵抗《ていこう》しようとした敵兵をまとめて吹《ふ》き飛ばし、馬に乗った敵指揮官の顔面に槍を突き立てる。

シュバルツが微妙に蛇行《だこう》して息のある兵を踏んでいく。

「我が奥義《おうぎ》を受けよ！　炎電疾風《えんでんしっぷう》!!」

「ほら受けたぞ」

声のでかい騎士の奥義を片手で受け止め、返礼に首を飛ばしてやった所で敵が途切《とぎ》れ、包囲されていた味方との合流に成功した。

敵の包囲を打ち破った俺《おれ》と護衛隊に続き、槍騎兵や重装騎兵も次々と敵を突破して追いついてくる。

「み、味方だ！」

「助かったぞ!!」

俺は歓声を上げる兵に対して大声を張り上げた。

「まだ終わっていない。今度はこちらの番だ。敵を押し返せ！」

歓声が上がり、味方は一気に正面への圧力を高める。

本当はまだ正面と側面の二方向から挟撃《きょうげき》されている不利な形なのだが、援軍の到来《とうらい》は兵の士気を跳《は》ね上げる。

逆に敵は俺達の合流を許して浮《う》き足立《あしだ》っている。

そこで俺の私軍歩兵隊から突撃の叫《さけ》びが上がる。ちょうどいいタイミングでレオポルトも攻撃を開始したようだ。

ルナの弓騎兵も敵の周囲を回りながら矢を射掛《か》けつつ突撃し、敵の戦力を削《けず》りとっている。

全《すべ》てが有効に機能していた。

「ハードレット卿申し訳ありません。深入りしすぎました」

ヘルゲン兵団長が騎乗《きじょう》のまま走り寄って来る。

「言い訳になりますが敵の指揮は非常に巧《たく》みです。ご注意を」

「指揮が巧み？」

そうだろうかと俺は首を捻《ひね》る。

俺が突撃を開始してから敵は何一つ満足な手を打てなかった。

今も突破されてからの混乱を放置しているし、かなり無能な将だろうと思っていたのだが。

「ハードレット卿が攻勢に転じてからどうも敵は乱れているようです」

「最初の斉射で敵将が死んだかな？」

不運にも最初の一撃《いちげき》で率いる者が死んでしまうことはある。そうなれば軍はたちまち崩壊してしまうだろう。

「そういう訳でもないようですが……」

俺とヘルゲンは並んで敵を観察してみる。

「後退だ！　森まで後退するのだ！」

「前進だ！　眼前の騎兵を叩いて再度包囲を試みるのだ！」

どうにも敵の指揮官が叫んでいることが矛盾《むじゅん》している。

陣形も防御的《ぼうぎょてき》なものと攻撃的《こうげきてき》なものが入り混じり、結局全体としてなんの効果もない意味不明な陣形になっている。

「ヘルゲン卿。何が起こっているかは知らんが好機には違《ちが》いないぞ」

「勿論《もちろん》です。全隊ハードレット卿の目の前で汚名返上《おめい》せよ。総攻撃《そうこうげき》だ！」

もちろん第三兵団だけではない。

「私軍全てに伝えろ、総攻撃だ。徹底的《てってい》にやれ！」

第三兵団と俺の私軍全ての部隊が一斉に攻撃を開始した。

敵は部分的には見事な立ち回りを見せた所もあったが全体としてはたちまち崩れ、森へ向けて敗走を開始していく。


「これは決まったか……うん？」

敵はともすれば完全に壊滅《かいめつ》しそうな状況だったが、馬に乗った将が現れて兵の間を走りまわり、大声を上げて敗走に秩序を与《あた》えているのが見える。

ならば突っ込んで仕留めようとも思ったが、少々距離《きょり》が遠かったことと……。

「あれは、女か？」

まどろっこしいとばかりにその敵将は兜《かぶと》を脱《ぬ》ぎ捨て、長く美しい金髪《きんぱつ》が風に靡《なび》く。

必死の形相で指揮を執《と》る女……汗《あせ》にまみれ髪《かみ》を顔面に張り付かせていても、戦場という野蛮《やばん》な場所に不釣合《ふつりあ》いなほどに美しかった。

戦場で不意に美女を見たせいか、朝からお預けを喰《く》らっていた逸物《いちもつ》がむくむくと大きくなっていくのを感じた。

やがて美女将軍はほとんどの兵が撤退したのを確認してからこちらを一瞥し自らも森に入っていった。あの美女には傷はつけたくないな。

「さあ勝利です！　追撃しましょう！」

セリアが叫んで突っ込もうとするが襟《えり》を掴んで持ち上げる。

「あぅー、何するんですかぁ！　降ろして下さい！」

「敵は秩序を失っていない。下手に追いかければ反撃を貰《もら》うぞ」

「賢明《けんめい》です。森では騎兵は有効に使えません。待ち伏《ぶ》せされれば厄介《やっかい》なことになるでしょうから」

いつの間にか傍《そば》にいるレオポルトも俺の味方をする。ヘルゲンも異論はないようだ。

「今日は日も傾《かたむ》いてきている。森の手前で陣を張ろうか。奇襲に備えて歩哨《ほしょう》を立てるのを忘れるな」

俺達は頷き合って準備に入る。

「あぅ、そろそろ降ろして下さい……」

駄目《だめ》だ。戦いのご褒美《ほうび》と先走ったお仕置きを兼ねて胎に種をぶち込んでやるぞ。あの美女将軍を見たせいで高ぶりが収まらない。

だがそんな俺の前にまたレオポルトが立ちはだかった。

「ハードレット卿。敵の動きが妙だったことに気付かれましたか？」

「あぁ、ヘルゲンは最初見事な指揮だったと言っていたがそうは見えなかったな」

かと言って彼が自分の失態を隠す為に嘘《うそ》を並べているようにも思えなかった。

「そのことでご相談があります。これからすぐに」

セリアをお仕置きするのはお預けか。今日は邪魔ばっかりで逸物が破裂《はれつ》しそうだ。

俺はセリアを抱《だ》くのを諦《あきら》めてレオポルトと二人テーブルを囲む。

「先ほどの会戦での敵の指揮にハードレット卿も不自然を感じたと思います」

「確かに。こちらが突撃を開始してから相手は何もしなかった」

唯一の反応だった槍隊を前に出す戦術は言わば常識であり、上の指示がなくても現場の指揮官が勝手に行うことだろう。

「敵が飛びぬけた無能と言うことも考えられますが、それならば森で第三兵団が撃破していたでしょう」

そうだな。

「敵は的確な命令を出していなかったのではなく、ちぐはぐな命令に混乱していたように見えました。攻撃陣と防御陣《ぼうぎょじん》が入り混じり、前進する兵もいれば後退する兵もいる……これは将が戦死した時の反応とは異なります」

「それは俺も感じたが、つまりどういうことだ？」

「敵が指揮系統に致命的《ちめいてき》な問題を抱《かか》えていることは確かです。故に確かめるべきです」

レオポルトは表情を変えないまま声だけを強める。

「敵の指揮を最大に混乱させる戦術を取りたいのです」

事を急ぎ、かつ敵を大混乱させる戦術と言えば……。

「夜襲《やしゅう》か」

「はい」

これには簡単に同意出来ない。

「戦闘直後だぞ？　兵には相当な疲《つか》れがある」

「今回私軍の歩兵達はほとんど戦闘に参加しておりません。疲労《ひろう》も少ないでしょう」

だが私軍歩兵は弓隊と合わせても三千もいない。そして敵は三万近かったし、撃破したとは言っても追撃戦が出来ていないからそれほど兵数は減っていないだろう。

いかに夜襲とはいえ荷が重いのではないだろうか。

「数で押《お》す訳ではありません。任せて頂ければ必ず敵に打撃を与えましょう」

このまま敵を帰せばどこかでもう一戦必要になってしまう。こいつがここまで言うなら任せるべきか。

「撤退《てったい》する敵兵の中に間者を紛《まぎ》れ込ませています。夜の森でも敵の位置は突き止《と》められます」

「そこまで準備しているなら止めるのもな。歩兵隊と弓隊を全て預ける。やってみろ」

レオポルトはコクリと頷いて足早に去ろうとするが、呼び止める。

「失敗してもなるべくお前は死ぬなよ」

こいつがいなくなると手間が増える。

レオポルトは無表情ながら驚《おどろ》いたような雰囲気《ふんいき》で頷いた。

「それと敵の指揮官に女……美女がいる。こいつは殺すんじゃないぞ」

レオポルトは無表情ながら……いやそれほど無表情でもなく眉間《みけん》に皺《しわ》を寄せて嫌《いや》そうに頷くのだった。

◇◇◇◇◇◇◇◇◇◇◇◇◇◇◇◇◇◇◇◇◇◇◇◇◇◇◇◇◇◇◇◇◇◇◇◇

深夜　森林内　ユレスト連合軍陣地《ぐんじんち》
ユレスト連合の兵達《たち》は泥《どろ》のように眠《ねむ》っている。昼間の大激戦は彼らの体力も気力も奪《うば》い去っていたのだ。勝利を得ていたのなら、まだ気分の高揚もあろうが、敗北とあっては疲労は倍加する。

それは兵を率いる者達も例外ではなかった。

「散々……でしたね」

「最悪の結末だ」

ヒューティア、ハットネン両将軍はぐったりと軍議用の机に突っ伏《ぷ》して言う。

敗退が決定的になった後、なんとか崩壊を免《まぬが》れようと奔走《ほんそう》した二人は一般の兵よりも遥かに疲れていたが、重責を担《にな》う身として気を張っていたのだ。

それでも疲れからかハットネンは服装を緩《ゆる》め、将軍としては威厳《いげん》のない格好を晒《さら》している。ヒューティアも普段《ふだん》はかっちりと首まで覆《おお》っている服をはだけさせ、口調も将軍として威厳あるものから、素の話し方に戻《もど》っていた。

「あれほどの速度と破壊力《はかいりょく》を持つ騎兵隊か……あれでは指揮の交替《こうたい》など間に合わん」

「音に聞こえたゴルドニアの猛将ハードレット。噂《うわさ》に違《たが》わぬ男ですね」

事前に決めた攻守の状況に合わせての指揮権交代はハードレット軍の疾風のような攻撃の前にまともに機能しなかった。

「いっそどちらかが全体の指揮を執り、もう片方は副将となるか？　そうすればなんとか対応出来るかもしれん」

「今更《いまさら》ですね……兵の士気も酷《ひど》いものです。一度戻らねば再戦など出来ませんよ」

ヒューティアの溜息《ためいき》のような声にハットネンも肘をついて肩《かた》を落とす。

「そうだな。それに指揮権の統一など我らだけで決められることでもないか」

彼等は自ら指揮権を奪い合っていたわけではない。そもそも同格の司令官が二人いるなど不都合が出るとわかりきっていた。

だが司令官の任命は評議会の仕事であって勝手に変えることなどできるわけがなかったのだ。

二人にはそれぞれ自らを推挙した領主達がいる。勝手に現場で地位を変えれば、副将となった将軍を推《お》した領主達は黙《だま》っていまい。

自分達を差し置いて内紛《ないふん》になるだろうし、下手すれば兵達まで派閥《はばつ》ごとに割れてしまうかもしれない。そうなれば戦闘以前の問題だ。

ぐったりと突っ伏した女将軍の胸元《むなもと》から谷間が覗《のぞ》く。

巨乳と言っていいそれは彼女《かのじょ》の美貌《びぼう》と相まって男の視線を吸い寄せる。

「なぁヒューティア将軍、疲れを癒《いや》す為にも我らが少し仲良くなってみてはどうだ」

「……貴方《あなた》は奥方《おくがた》がいるでしょう」

ヒューティアはハットネンを睨み付ける。

「硬《かた》いことを言わずに……俺も少しは自信がある。上手《うま》く扱ってやるから英気を……」

「硬くて結構。生まれてこの方こういう性格です。私へ求婚《きゅうこん》したいなら奥方とお別れになってからにして下さい」

ヒューティアはそっぽを向くもハットネンは名残惜《なごりお》しそうに続ける。

「求婚ではなく、ただ一発だな……」

ヒューティアが背筋を伸ばして服をきっちりと整える。

明確な拒絶《きょぜつ》のサインにハットネンは再び溜息をつく……その時だった。

「敵襲ーー!!」

「夜襲です！　敵の位置は不明、そこら中にいます!!」

二人は甲冑もつけずに剣だけ持って天幕を飛び出す。

「バカな！　土地勘《とちかん》もない敵地で夜襲だと!?」

「夜の森林で我らの位置を突き止めたのか!?」

二人が外に出ると既に四方から火矢が降り注いでいた。それは既に全周包囲されていることを意味する。

矢の密度は濃くないものの、降り注ぐ火矢を受けて天幕は次々と燃え上がり、地に落ちた矢でさえも秋を迎えて積もった落ち葉を燃え上がらせる。

地獄《じごく》のような光景の中、疲れきって眠っていた兵士達は防戦態勢に入ることすら出来ず、ただ慌てふためいて逃げ惑《まど》う。

「くそっ、兵がこれではどうにもならん！　敵はそれほど多くないようだが」

ハットネンが呟《つぶや》く通り、全周を包囲されている割には矢の数は少なく仕掛《しか》けて来る敵も多くはなかった。兵さえ落ち着けば十分に撃退《げきたい》できると彼は考えた。

「とりあえず分かれて兵を落ち着かせよう！　このままでは逃げ散ってしまう！」

ヒューティアの言葉にハットネンも同意し、二人は分かれて兵を掌握《しょうあく》せんと試みた。


二将の意を受けて指揮官達も駆け回った。

「おい、そこのお前」

「はっ！　百人長殿《どの》！」

「敵の数はそれほど多くない。完全包囲はされていないはずだから、まずは西へ後退して陣形を整えるのだ！　周りにもそう伝えよ！」

「了解しました！」

兵士は百人長の命令を叫び、周りの兵もそれに従って秩序が戻ったように思えた。

だが彼らが西に向かっていると別の指揮官が立ち塞《ふさ》がる。

「お前ら何をしている！」

「西側へ後退して陣を整えろとの命令が……」

その指揮官は兵が言い終わる前に怒鳴《どな》りつける。

「そんな訳があるか！　敵は少数だ。距離を詰《つ》めて攻撃を仕掛け包囲を破るのだ」

「しかし……」

先程《さきほど》と完全に矛盾する命令にその兵は困惑《こんわく》し言葉を濁《にご》らせる。

「ヒューティア将軍直々の命令だぞ！　四の五の言わず早くしろ！」

「了解しました！」

同じような光景がユレスト軍内のそこかしこで起き、戻り始めたかに見えた秩序がたちまち混沌《こんとん》に沈《しず》んでいく。

実はヒューティアは先の戦いで矛盾した二つの命令が敗北を招いたことを理解しており、ハットネンが出すであろう攻撃的命令に合わせた命令を出していたのだ。不幸なのはハットネンもまた優秀《ゆうしゅう》で彼女と同じ考えから防御的な命令を出していたことだった。

両者は互《たが》いに配慮《はいりょ》して自分の苦手な戦術を選択《せんたく》し、結局は食《く》い違った。

ユレスト兵は右往左往して混乱を極め、ついには無秩序《むちつじょ》な敗走を開始する。制御《せいぎょ》不能となった壊走を最早《もはや》何人にも止めることは出来なかった。

「まてっ撤退など許さんぞ！　指揮官、すぐに兵をまとめて……ぐおっ!!」

ハットネンの体に矢が突き立つ。

「な、なんの……これしき」

矢を引き抜き、剣を掲げるハットネンへ更に無数の矢が突き立ち、最後は喉元《のどもと》をクロスボウのボルトが貫き、彼はばったりと後ろに倒《たお》れて動かなくなった。

「ハットネン将軍がやられたぞ!!」

「もうおしまいだ!!」

唯一《ゆいいつ》の将軍となったヒューティアも既に指揮うんぬんの問題ではなく、なんとか兵を逃がす以外に出来ることはなかった。

その絶望的な戦いもゴルドニアの援軍《えんぐん》の到着《とうちゃく》で終焉《しゅうえん》を迎える。

夜襲が予想以上の成功とみて殲滅《せんめつ》戦を実行すべく騎兵が駆けつけて来たのだ。

「これまでか……」

ヒューティアは覚悟《かくご》を決めて馬を降り、殿《しんがり》に立った。

もはや軍の崩壊は明らかだった。あとは国家が滅《ほろ》ぶとも一兵でも多くの兵を家に帰してやることが彼女に出来る唯一だった。

ヒューティアは勢いに乗って迫《せま》るゴルドニア兵を立ち続けに三人斬《き》り捨て吠《ほ》えた。

そして自分が嬲《なぶ》り殺される前にいくらかの兵は逃げ切ることが出来るだろうと鬨《とき》の声をあげて剣を構えた。

その前に一際大柄《ひときわおおがら》な馬に乗った騎士が現れた。

◇◇◇◇◇◇◇◇◇◇◇◇◇◇◇◇◇◇◇◇◇◇◇◇◇◇◇◇

ハードレット軍　騎兵本隊

「駆けつけてみたら終わっている」

「敵は既に崩壊しました。殲滅戦に手が必要なだけですからハードレット卿《きよう》自ら来る必要はありません。そう伝令致《いた》しましたが」

レオポルトめ、暗に俺が来ない方がいいと言って……いや言うほど暗でもないな。割と露骨《ろこつ》に言ってるぞこの野郎《やろう》。

だが腹は立つがその通りで俺の出番はないように見える。

既に敵は崩壊し無秩序に逃げ散るだけだ。

「先程敵の大将らしき者を討《う》ち取りました」

「まさか女か⁉」

殺すなと言ったのに勿体《もったい》ない。

「いえ男です」

「なら別にいい」

俺は落ち着き、伸びをしながら戦況《せんきよう》を観察する。と言っても連れて来た騎兵が次々とユレストの兵を狩《か》るのを見るだけだ。

これならイリジナに任せて俺はセリアの股《また》を舐《な》めていれば良かったと思い始めた時、燃え上がる天幕の光に照らされて美女が踊《おど》っているのが見えた。

「あれは？」

剣を合わせる火花が散り、美しい体が回転して兵士を切り倒す。

殺されているのは俺の兵なのだが、その戦いはとても美しく見えた。

三人目の首が飛ばされたところで兵達は思わぬ強敵の出現に足が止まってしまう。

それでいい、殺してしまってはだめなのだ。

「弓隊待て。俺が仕留める」

手ごわい敵を射殺そうとしていた弓兵を制して俺は進み出た。奇襲するつもりはないのでシュバルツから飛び降りて女に言葉をかける。

「ハードレットだ。お前は？」

美女は一瞬《いっしゅん》驚《おどろ》いた顔を浮かべたがすぐにきつい顔に戻る。

「マイラ＝ヒューティア。将直々の勝負光栄なり‼」

女は体を沈めたかと思うとすごい速度で切りかかってくる。

反撃の暇もなく槍で受けると、次は横に動きながらの連続攻撃が舞《ま》うように飛んで来る。

「おおう。速い」

息もつかせぬ連続攻撃だが受け続けていると徐々《じょじょ》に女の息の方が上がっていく。

「なるほど、ほうほう」

確かに恐《おそ》ろしく速いが、俺の目は女の攻撃を正確に捉《とら》えているので斬撃が届くことはない。

そして何より一撃が軽く、百回受けても俺は疲れないだろう。

「どうしたっ！　そちらからも来い！」

「ふむ」

俺が槍を横に一閃《いっせん》すれば彼女が防御するしないに関《かか》わらず決着はつく。

だがそれでは殺してしまう可能性も高いし、間違いなく傷をつけてしまう。

既に限界まで勃起《ぼっき》している男根のためにも彼女には無傷でいて欲《ほ》しかった。

「はあっ！」

斬撃では無理と判断したのか女――マイラだったか――は俺の鎧の隙間を狙い神速の突きを繰《く》り出してきた。

おっと突いてくれるとはありがたい。

俺は半歩身を引き、槍を振《ふ》り上げる。

キンと高い音が響《ひび》いてマイラの細身の剣は根元からへし折れ、宙を舞って地面に刺《さ》さった。

これで終わりだ。

俺が呆然とするマイラに近づいていくと、鬼《き》気《き》迫《せま》っていた彼女の顔が穏《おだ》やかなものに変わった。

そしてマイラは剣を捨てて天を仰ぐ。

「ここまでですね。父上母上……お先に逝《い》きます」

俺はそんなマイラを斬らずに抱き締《し》める。

「な、なにをするの!!」

「殺すつもりはない。ちょっと話をしようじゃないか」

マイラはハッと気付いて俺の胸に手を突っ張る。

「さては陵辱《りょうじょく》するつもりですね！　ヒューティア家の者としてその様な屈辱《くつじょく》を味わうならば死を選……もがが」

マイラは舌を噛《か》もうとしたが、その前に口をこじ開けて指を入れた。噛まれる痛みもこの良い女を抱けるならば安いものだ。

そして抱き締める力を強めていく。

「やめ……ぐるじ……息が……かふ……」

骨を折ってしまわないように気を付けながら抱き締めていくとマイラはじたばたと抵抗した後、意識を失った。

そしてマイラという障害がなくなった兵士達が一斉に追撃《ついげき》を再開する。

「殲滅戦を続行します。敵に踏みとどまる隙《すき》を与えるな、徹底的に叩《たた》き潰せ」

レオポルトはあえて肩に担《かつ》いだ女には触《ふ》れず、セリアも諦めた顔で護衛隊の指揮を執って追撃を続ける。もう俺が指揮を執る必要もないだろう。

「俺の戦いはここまでにしておこう」

気を失ったマイラをシュバルツに乗せようとすると、エロ馬が首を回してなんと股間《こかん》の匂《にお》いを嗅《か》ぎ出した。

「やめろ。これは俺の女だ。馬ごときにはもったいない」

◇◇

そして翌朝

「うぅん……ここは……」

マイラがゆっくりと目を覚ます。

太陽が完全に昇るまでぐっすりとは余程《よほど》疲《つか》れていたのだろう。

「目が覚めたか？」

「んーお前は……あっ！　ここはどこです⁉　あれからどうなったのですか⁉」

さすが女将軍、寝起《ねお》きで呆《ほう》けるのは三秒ほどだ。ノンナなんて三十分経《た》っても怪《あや》しいからな。

「ここはゴルドニアの陣、俺の天幕だ。ユレスト軍は完全に撃破《げきは》されて散り散りだ」

マイラは肩を落とす。

「……私は敗れたのでしたね」

そこからしばらくは普通の尋問《じんもん》を行い、マイラがもう一人の男と共に軍を率いていたことを聞き出す。

マイラは既にユレスト連合の命運も悟《さと》ったのだろう。特に口をつぐむことはなかった。

「一つの軍に二人の将……お前らはアホなのか？」

「返す言葉もありません……」

うなだれるマイラ、彼女自身もわかっていたらしい。上がバカだと苦労するな。

「まあ、もう決着はついた。じゃあ次のことにいこうか」

「はい……」

処刑《しょけい》でも宣告されたように悲壮《ひそう》な顔をするマイラ。

「よし始めよう。ここに手をつけ」

天幕内に置かれた鎧入れに手をつかせる。重さがあって安定するからな。

「外で……兵の前でやるのではないのですか？」

そんな特殊《とくしゅ》な遊びはもう少し親しくなってからがいい。

「もう少し腰《こし》をあげろ。あとは足をもっと開いてくれ」

「？？？　このポーズは一体なんなのですか？　これから処刑ではないのですか？」

美人を殺すなんてとんでもない。突くのは別の槍だ。

「うむ、素晴《すば》らしい」

俺はマイラのズボンと下着をまとめて引き下ろし、剥《む》き出しになった白い尻《しり》に既に肥大化している男根を乗せる。

「は？　一体なにをす……うえっ⁉」

マイラは振り返って驚きの声を上げる。

「なっ何をしているんですか⁉　それはなんですか⁉」

「今更だぞ。男根に決まっているだろうが」

マイラは俺のモノを凝視《ぎょうし》し、三秒ほど目をつむってから再び凝視する。

「男根がそんなに大きいはずないでしょう！　さては魔物《まもの》の類……あんっ！」

騒《さわ》ぐマイラの性器に指を入れてかき回す。綺麗《きれい》なピンクで薄《うす》く生えた毛も色欲をそそるな。尻の穴も小さくすぼまって実に可愛《かわい》らしい。

「あんたは素晴らしい美人だ。是非抱《ぜひだ》かせて欲しい」

「嫌に決まっているでしょう！　ふざけているのですか！」

怒鳴る顔も美しく、今すぐ挿入《そうにゅう》したくなってしまうが強姦《ごうかん》は許されない。

「ふざけてなんていない。俺は貴女《あなた》にこいつをぶち込みたいのです。素晴らしい美女の貴女に……どうだろう？」

逸物を入り口に当てて上下に擦《こす》る。

「くっ！　殺しなさい！　犯《おか》されるなら舌を噛みます!!」

それは駄目だ。こんな美人が死ぬのは人類の損失だからな。

「じゃあこういうのはどうだだろう？　俺の女になれば捕虜《ほりょ》達の待遇《たいぐう》を改善する」

最後まで兵を想《おも》って踏みとどまった彼女だから交換《こうかん》条件になりそうだ。

「ひ、卑劣《ひれつ》な！　捕虜の命を盾《たて》に取るとは……」

別に従わなくても捕虜を虐待《ぎゃくたい》するつもりはない。捕虜の飯に肉でも追加してやろうと思っていただけだが。

「……ではいくらでも好きに犯しなさい。その後に私は命を断《た》ちます。媚《こ》びでも服従でも、なんでもしますからどうぞお好きに！」

それも駄目だ。

俺はこれからもマイラを抱きまくりたいのだ。

「じゃあこういうのはどうだ。もしお前がこれからずっと俺のモノになるなら、例えユレストが滅んでもお前の家に特別な配慮をするように王へ進言してやろう」

マイラがピクリと体を震《ふる》わせる。

将軍たる彼女は間違いなく貴族家の出だ。貴族にとって家系の維持《いじ》は自分の命よりもずっと重要だという。

「それは本当ですか？」

よし食いついた。

「あぁ。今までと同じ地位とはいかんだろうが断絶は避《さ》けられるようにしてやる」

「ヒューティアの……家名が残る」

マイラは棚《たな》に手をついた後背位直前の体勢で考《かん》え込《が》む。

ふらふらと丸出しの尻と性器が揺《ゆ》れ、思わず押し込みたくなるがもう少しの我慢《がまん》だ。

「よもや言葉を違えることは……」

「ない。俺も子爵位《ししゃくい》を持つ者だ」

本音は爵位《しゃくい》などあまり興味はないんだけれど余計なことは言わない。

一分近い沈黙《ちんもく》の後マイラが振り返る。

「わかりました。貴方の……うぅ……女になりましょう」

「感謝する。では早速《さっそく》」

俺はマイラのくびれた腰をがっちりと掴み腰の位置を動かす。

「あっ待って！　私まだ処――」

「ふんぬ！」

俺は腰を強く掴んだまま勢いよくバチンと打ちつける。力任せの挿入と同時に耳に聞こえるほどの音がブチンと鳴った。

「ん？　なんだ今の音」

数秒おいてマイラが絶叫《ぜっきょう》する。

「いったぁぁぁい!!　いきなり捻じり込むなぁ！」

なんと処女だったのか。なら俺のモノをろくな愛撫《あいぶ》なしに入れたのはまずかったな。しばらく動かずにいてやろう。

マイラはしばらくの間泣き叫び、俺に恨《うら》み事を言いまくり、やがてシクシク泣きながら涙目《なみだ》でこちらを見る。

「この外道《げどう》め……処女を泣かせて楽しいですか」

勇猛《ゆうもう》な美女将軍が可愛らしく泣き叫ぶ様は正直とても楽しかったが、言うと絶対怒《おこ》るだろうからやめておこう。

俺は答えずにキスを迫り、逸《そ》らされる顔を捕《つか》まえて唇《くちびる》を吸った。

「お前ほど美しい女に入れてこのままでいるのはつらい。そろそろ動いていいか？」

「好きにすればいいでしょう。でも中には出さないで。子が出来てしまいますから！」

俺は同意し、マイラに後ろから挿入したまま腰を揺らす。

しかしここでまた葛藤《かっとう》がある。処女を失ったばかりのマイラは優《やさ》しく抱いてやるべきだと理性が訴《うった》える。だが本能は極上《ごくじょう》の女体《にょたい》に溜《た》まった種をぶちまけろと叫ぶ。

「俺の中で二つの感情がせめぎ合う！」

「わけのわからないことを言っていないでさっさと終わって下さい！」

俺の下で唇を噛みしめるマイラを見ていると本能が優勢になってしまいそうだ。

「あぁ痛い……貴方のは大きすぎるのです！　父や兄のモノとは全く別物――昔お風呂《ふろ》で見ただけです！　変な想像で一層大きくしないで下さい！」

なんだ驚いた。

「だがお前のこれもなかなかだぞ？」

俺はマイラに挿入したまま腕《うで》を前に伸《の》ばして胸元を開く。そして服を着たまま揺れていた乳《ち》房《ぶさ》を両手で揉《も》みしだく。

「大きくて綺麗な胸だ。それに美しい顔、均整のとれた肉体、打ち付け甲斐のある軟《やわ》らかい尻に穴の具合もいい。なんて良い女、最高の女だ」

俺はマイラを褒《ほ》めちぎりながら腰を動かす。

「尻だの穴だの褒められても喜べません！　うぅ耐《た》えなさいマイラ……これも家の為《ため》、兵の為……あぁ痛い」

一応優しめに抱いてはいるのだが、残念ながらマイラは快楽を得ておらず、ただただ痛がっている。

なんとか彼女を気持ちよくしてやらないと強姦になってしまう。

「なら、こういうのはどうだ？」

俺は腰の動きを変えた。ずっぽり深く差し込んだまま腰を回転させてマイラの全体を揺するように刺激《しげき》を与える。

「……それの方がまだ痛くありません」

痛みに脅《おび》えて硬くなっていたマイラの肢体《したい》から少しだけ力が抜《ぬ》けた。

「よしよし。じゃあ次はこうだ」

揺する動きに慣れてきたところで、軽くトントンと奥《おく》を突く動きを加える。

「それは痛いですっ！」

「ああ、すぐやめるとも」

俺はほんの数回で突く動きを止め、再び腰をゆっくり回す。同時に後ろから乳房を揉み、下腹部の敏感《びんかん》な場所にも手を伸ばして羽が触れるぐらいに優しく撫《な》でる。

「んんっそれ気持ち……コホン、痛くないです」

今すぐ腰を叩きつけろと主張する本能を抑え込《こ》み、丁寧《ていねい》に愛撫しながら優しく揺らしてほんの少しだけ突くを繰り返す。

「気持ち良くなって来たか？」

「痛みに慣れて来ただけです！」

マイラは吠えるが、こじ開けるように入れていた男根は大量の潤滑液《じゅんかつ》に助けられてスムーズに動くようになり、突く度に漏《も》れていた悲鳴も鼻にかかった甘《あま》い声に変わっていた。乳首《ちくび》も肉芽も硬く立ち上がって彼女が感じているのは明白だ。そろそろいいだろう。

俺は腰を回す動きから奥を突く動きに移らずにそのまま腰を止める。

「どうしたのですか？　これで終わり……なのですか？」

また突きがくると身構え、期待していたマイラが上半身を捻ってこちらを見る。

そしてニヤつく俺の顔を見て、してやられたと顔をしかめた。

「ふふふ、気持ち良かっただろう。もっとして欲しいか？」

「そ、そんなことはありません！」

俺はそっぽを向いたマイラの首筋を舐めながら、あえて腰は動かさず手で胸と肉芽を触《さわ》り続けながら言葉を続ける。

「そう意地を張るなよ。お前は処女……つまり新兵のようなものだ。俺はそれなりに経験を積んでいるし、されるがまま気持ちよくなってしまうのは仕方ないさ。快楽を受け入れて楽しめば二人共もっと気持ち良くなれるぞ」

言いながら首筋を舐め上げ、耳に息を吹きかけてから耳たぶを軽く食《は》む。

普段なら割と気持ち悪いだけの行為《こうい》だろうが、十分に性感が高まり、男の性器が体内に入った状態で受ければ本能に響くはずだ。

「気持ちいいと言ってくれれば、もっと良いことをしてやる。生まれて初めての絶頂を味わわせてやるぞ」

マイラは拗《す》ねたような目で俺を見つめて聞き取れないほどに小さい声でぽつりと呟く。

俺が「聞こえないぞ」とお道化《どけ》ると、顔を真っ赤にして頬《ほお》を膨《ふく》らませ、言った。

「気持ち……いいです。もっと良くして……下さい」

これで和姦《わかん》だ！

「うおぉぉぉぉぉ！」

「いきなりメチャクチャするなぁ！　激しすぎます！　けど気持ちいいっ！」

俺は先程までの動きが嘘のように音を鳴らしながら腰を打ちつける。

強烈《きょうれつ》な刺激に立っていられなくなったマイラの腰をガッチリ抱えて鎧棚《よろいたな》に押し付け、棚ごと揺らす勢いで突《つ》き上げる。

「足に……力が……もうだめっ！」

一突《ひと》きごとにマイラの嬌声《きょうせい》と俺《おれ》の低い呻《うめ》きが重なり、濡《ぬ》れ光る肉棒が先端《せんたん》から根元まで勢いよく出入りし、先端の太い傘《かさ》がマイラの良い場所を擦る度、床《ゆか》に粘度《ねんど》のある愛液が飛び散る。

マイラは手が白くなるほどの力で鎧棚を掴《つか》んで上半身を反り返らせ、突き出した尻をくねらせて気持ち良さそうに喘《あえ》ぐ。快楽がとうとう彼女の理性を押し退《の》けたのだ。

凛々《りり》しく美人な女将軍が俺のモノで落ちた。それが嬉《うれ》しくて一際強く腰を突き出した時だった。

突き出す俺の腰と迎《むか》えに来たマイラの腰のタイミングがぴったり合ってしまった。

鋭《するど》い悲鳴と共にマイラの全身が大きく震える。絶頂まで秒読みだ。

「俺も限界だ」

モノが一気に膨張《ぼうちょう》する。こうなるともう耐えることは出来ない。

俺はマイラの片手をとって玉を触らせる。今日の寸止めのせいで触ってわかるぐらい膨らんでいるはずだ。

「りんごみたいなサイズ……って外にっ！　中は孕《はら》んでしまうから！」

「わかってるさ。ちゃんとしてやるからお前も安心して……昇《のぼ》れ」

言いながら震えるマイラの股間に手を回し、一番敏感な場所をキュッと抓《つね》る。

普段ならば痛いだけの外道な行為だが、限界ギリギリまで高まったマイラの体はその刺激を全て快楽に変換《へんかん》し、深い絶頂へと至るはずだ。

マイラの目が焦点《しょうてん》を失い、全身からドッと汗が噴《ふ》き出す。そして綺麗な声で放たれていた嬌声が低いメスの声に変わる。

俺は絶頂するマイラの中を限界まで味わったが、もちろん約束を違えることはせず、外で発射するために引き抜こうとする。

「えっ？　倒れ……きゃああ！」

だがその時、性交に夢中で揺らしすぎたせいか、マイラが掴んでいた鎧《よろい》入れが倒れてきてしまったのだ。

「危ない！」

重い鎧入れの下敷《したじ》きになれば怪我《けが》してしまうと俺はマイラをかばって横に転がる。

間一髪《かんいっぱつ》危険は回避《かいひ》出来たのだが、その動きで突き刺したままの男根が更《さら》に深く、マイラの子袋《ぶくろ》にまで食い込んでしまった。

「ひぎっ！」

射精直前、ギリギリ引《ひ》き抜こうとしていたタイミングで美女の子袋を味わって男根が耐えられるはずがない。

「すまん」

俺は一言謝《あやま》り、直後獣《けもの》の遠吠《とおぼ》えのように野太く叫《さけ》ぶ。

同時に粘着質な音と共に大量の精液がマイラの中に流《なが》れ込んでいった。もう引き抜くことは不可能だ。

「え……嘘？　出ている？　中で出ているの⁉　いやぁぁぁ！　嘘つきっ裏切り者ぉ！　とめろぉぉ！」

絶叫しながら俺の顔や胴《どう》を殴《なぐ》りまくるマイラの下腹が噴き出す種でモコモコと膨らんでいく。

そして射精はたっぷり三分ほど続いた。

出し切った俺はマイラの中から可哀《かわい》そうなぐらい小さくなったモノを抜いて。

「すまん。つい出てしまった」

「ついじゃない！　よくも約束を……こんなドバドバ出したら孕むでしょうがぁ！」

マイラは股から大量の種を逆流させながら俺を叩きまくる。我ながら凄《すご》い量が出た。

「不可抗力《ふかこうりょく》なんだ……許してくれよ」

「嘘つきにかける言葉はありません！　うぅ、大量な上に濃《こ》いのを一番奥に……最低」

行為後の女に悪態を吐《つ》かれるようでは強姦魔《ごうかんま》と変わらない不名誉《ふめいよ》だ。

ここはもういちど体で説得しないといけない。

「もう一回やろう。既《すで》にたっぷり出てしまったんだ。もう二回も三回も同じだろう」

「どんな理屈《りくつ》ですか！　あぁドロドロのまま入れるなぁ！」

結局マイラは五回戦目で陥落《かんらく》し、俺に種付けを許可しながら絶頂したのだった。


朝日が昇る。

昨日の激戦で股間はすっかり軽くなった。歩く邪魔《じゃま》に思えたぐらい重かった玉が今は木の葉のように軽い。

「エイギル様失礼致します！　捕虜の尋問は……」

セリアが天幕に入ってくるなり深呼吸して心を落ち着けている。大人になったな。

「予想はしていましたがこの惨状《さんじょう》は酷いですね」

「幸せそうだろ？」

俺は隣《となり》に寝《ね》るマイラを引き寄せる。

「はひ……ハメて……大きい……太い……妊娠《にんしん》……種付け……あひぃ」

マイラはベッドにうつ伏《ぶ》せになって腰を振っていた。意識はもうないはずだが尻が揺れ続けているのだ。

「エイギル様は常識外の絶倫《ぜつりん》なのですから少し手加減をしてあげて下さい。水溜《みずたま》りになるほど出さなくても」

マイラに種付け許可を叫ばせた後はひっきりなしに何十回も腹の中に発射したのだ。

「……捕虜を妊娠させるのはダメなのでは」

「いやマイラはもう俺の愛人だから大丈夫《だいじょうぶ》だ。そうだよな？」

ふりふりと揺れる尻を撫でると返事をするように汚《きたな》い音がして種が溢《あふ》れ出した。

その後、セリアとレアを抱いてやってから行軍を再開する。目標の町、バーレラまでの間にもはや阻《はば》む者はない。

◇◇

一週間後　ユレスト連合代表都市　バーレラ　評議会
「ではこれより停戦協議を開始します」

「停戦？」

俺が発言者を睨《にら》むと男は背中を丸めて椅子《いす》に座《すわ》る。

「貴殿《きでん》らは対等な交渉《こうしょう》をするつもりなのか？」

ヘルゲン兵団長も呆《あき》れた声を出す。

「あ、あくまでこれは和平の為の交渉ですので……」

バーレラまで進軍した後、さて攻城戦《こうじょう》と準備を開始したところで門は開け放たれ、使者がやってきた。

どうか評議会で話し合いを行いたいと言うので降伏《こうふく》と見なしてやってきたのだが、この後に及《およ》んで『停戦』交渉とは度胸があるのか現状の見えぬ馬鹿《ばか》なのか。

マイラから聞いた話の通りなら後者だろうな。

「我々は全会一致《いっち》でマグラードとの断交を決定した。今後はゴルドニアと同盟を結び、共に戦う所存だ。マグラードからは共闘《きょうとう》の申し出が来ていたのだがそれは撤回《てっかい》――」

最後まで愚《おろ》かな理屈を聞く必要はなかった。

「勘違《かんちが》いしないで頂きたい。我々は貴方達《あなたたち》が差し出す全《すべ》てのものを力で入手出来る。逆にこちらが求める全てを差し出してもらうことが終戦の条件だ」

「で、では我々には何を保証してくれるのでしょうか？」

顔を強張《こわば》らせるバーレラ貴族達へ俺は無表情のまま答える。

「貴殿らの生命と安全だ。それ以外に保証出来る物は何もない」

抵抗《ていこう》すると言うなら構わない。ユレスト連合軍の主力が壊滅《かいめつ》した今、バーレラ以外に散らばる各領主達に残された兵力など限られている。

あくまでやるというなら彼《かれ》らの町を片《かた》っ端《ぱし》から焼いて回るのみだ。

「横暴だ!!」

「そもそも条約破りをしておいてなんと傲慢《ごうまん》な！」

いくら吠えても力関係は歴然、どうにもならんぞ。

「正確には貴殿らと家族にはゴルドニアに移って頂き、そこで食うには困らぬ生活を保障します」

レオポルトが付け加える。そう言えば王からの使者がそんなことを言っていたかな。

領主達は更にワイワイと騒ぐが一人の領主が挙手をした。

「聞けばハードレット卿は子爵位とか。さて良いのですかな？　私を始めここにはゴルドニアと縁戚《えんせき》にある者も多いですぞ。今も大臣職にある某侯爵《ぼうこうしゃく》は我らに味方するやもしれませぬ」

某《なにがし》などとぼかさなくても俺は大臣の名前など一人も覚えていない。

「我らは王から交渉の権限を一任されている。いかな縁戚関係など持ち出しても……」

俺はわざわざ反論しようとするヘルゲンを手で制する。

「もういい。これ以上は面倒《めんどう》だ」

俺は護衛隊の面々に命じて締め切られていた会議場の窓を全て開け放つ。

「な、何を？　これは何の音だ」

「おお……なんてことだ」

窓が開かれたのを合図に響き始めた規則的な音が会場を揺らす。

それは議場の周りを幾重《いくえ》にも囲んで行進する兵士の足音と馬蹄《ばてい》の音だ。声すらかき消す軍靴《ぐんか》の音、俺が一声発せば三十分と経たずにバーレラは業火《ごうか》に沈むだろう。

俺は円卓《えんたく》に座る代表領主達《たち》を見ながら一番奥に移動する。

そして机を思い切り叩き——凹《くぼ》んだ……ここまでする気はなかった、すまん。

「無条件の降伏、是《ぜ》か非か?」

口を開く者は誰《だれ》もいなかった。

こうして俺はユレスト連合を無条件にて降伏して併合《へいごう》することに成功。彼らの武装解除と占《せん》領《りょう》統治を予定通りゴルドニアから来た政務官と第三兵団に任せて俺と私軍兵は南下を開始することになる。

◇◇◇◇◇◇◇◇◇◇◇◇◇◇◇◇◇◇◇◇◇◇◇◇◇◇

二週間後　ノーステリエス河沿い
「北へ南へと忙《いそが》しいなぁ」

「やむを得ません。今回の作戦は陛下自らが督戦《とくせん》されるらしいですから」

セリアの言う通り、王は近衛隊を引きつれ、俺達《おれたち》が今目指している港町アルトバーグへ既に入っているらしい。

「作戦目標は言うまでもなくマグラードへの上陸でしょう」

アルトバーグの対岸にはマグラード公国がある。となれば上陸作戦以外の理由は考えられない。

「でも上陸となれば船の戦いになります。マグラードには強力な水軍があると聞きますけど、ゴルドニアにそんなものあったでしょうか？」

セリアが更に問う。

ここ何十年か他国へちょっかいを出して紛争《ふんそう》を起こす国家はアークランド以外にはなかった。なので脅威《きょうい》が河向かいにあったマグラードはそれなりの規模の水軍を保持している。

一方でゴルドニアは武力での対抗《たいこう》をしなかったので河賊《ぞく》退治に必要な分を超《こ》えたまともな水軍は保持していない。

河を使った連邦《れんぽう》との貿易は盛んなので船自体は多数持っているだろうが丸腰《まるごし》の民間船に兵を乗せて突入《とつにゅう》するなど有り得ない。

「行って見ないとわからんが、王も船がないのに上陸しろなんて言うほど愚かじゃないだろう。何か手があるのだと思うが」

「そうですね……ところで前に乗せておられるレアのことなのですが」

「なんだ？」

俺はセリアと並んで馬上で会話しながら前にはレアを乗せている。

「彼女《かのじょ》、微妙《びみょう》に腰が浮《う》いてますよね？」

そうだな。

「下半身が見えないようにわざわざマント巻いてますよね？」

おしゃれだろ？

「馬の振動《しんどう》にしては過剰《かじょう》に揺れてませんか？」

ちょっとだけ余分に揺れてるな。

「顔が火照《ほて》って自分で口を押《お》さえていますよね」

真っ赤になって頑張《がんば》っているな。

「……これ入ってますよね？」

「あまり大きな声で言うなよ？」

「んぐぅっ！！」

そこでレアが自分の指を噛み締めて仰《の》け反《ぞ》った。同時に響いた射精音は行軍の音に混じって
周りには聞こえないだろう。

「……次は私が乗ります」

「おう、おいで」

「ピピも！」

行軍は楽しく続く。

アルトバーグに到着した俺達は王直々に迎えられた。
「ハードレット卿待ちわびたぞ！　今回の活躍《かつやく》まさに比類なし!!　最高の戦士とはわかってい
たが兵を率いてもこれほどとは。余の目を褒めていいのか、悪いのか」
王は領主の館《やかた》に臨時に設置された王座から駆《か》け下り、俺の手を掴む。

「まだ敵は残っておるから具体的には言えぬが、誰よりも大きな褒美《ほうび》を与《あた》えることを約束しようぞ」

それは助かる。派手に戦費も使ったから今頃《いまごろ》アドルフは這《は》いずり回っているだろう。

「マグラードへの上陸作戦。それが最後の手ですか」

王は俺の手を放し視線を河に向ける。

「うむ、ストゥーラも一応敵ではあるが、かの国は傭兵《ようへい》が主力、ゴルドニアと戦うとなれば集まる兵などおるまいよ」

傭兵だって馬鹿ではない。敗色の濃い陣営《じんえい》に参加する酔狂《すいきょう》な奴《やつ》は数えるほどだ。

「ストゥーラ政府からは中立でいたいと文がきておる。故に事実上敵はマグラードのみだが……そちが打撃《だげき》を与えたこともあって兵力ではこちらが優勢、上陸してしまえば勝ったも同然！」

既に港には無数の船が停泊《ていはく》しており、トリエアを平定し終えた中央軍の兵士達が次々と乗船している。圧倒的《あっとうてき》な光景だった。

「敵は有力な水軍を持つと聞きます。丸腰の輸送船だけで上陸を？」

王は大きく笑って俺の肩《かた》を叩く。

「ははは、余は将としてそちに及ばぬだろうがそこまで愚かではないぞ？　マグラードの水軍など一捻《ひとひね》りよ！」

王が指差す先、そこに三十隻《せき》の大型船が停泊していた。

民間船とは全く違《ちが》う細長い形状に横腹からは異常なほど多数の櫂《かい》が突き出ている。帆《ほ》も備えているようで風の力を借りて航行することも出来るのだろう。何よりその甲板《かんぱん》には投石機や大弩などの兵器が備えられていた。

「連邦から購入《こうにゅう》した戦闘船《せんとう》よ！　これが到着したからにはもはやマグラードの水軍など恐れるに足らん」

「これはまた……」

俺は水軍について全くの素人《しろうと》だが眼前の船は見るからに強そうだ。

王がここまで自信満々なのだからマグラード水軍なんて楽勝なのかな。

「明日にもこの船を先頭に立てて河を渡《わた》るぞ。卿の兵も疲《つか》れているとは思うがマグラードでも一番槍《やり》をとってその武勲《ぶくん》に更なる輝《かがや》きを添《そ》えてみてはどうか？」

ここまできて王の要請《ようせい》を断る理由もない。俺は承諾《しょうだく》の返事を返そうとしたが、そこで横槍《よこやり》が入った。

「お待ち下さい陛下！」

声を上げたのは諸侯《しょこう》軍として参加していた伝統貴族達だ。

「ハードレット子爵《ししゃく》の軍は既に多数の戦いに参加しておりまする。比べて我らの軍は要塞《ようさい》戦に参加したのみ……我らも兵も武勲を求めて燃えております。機会をお与え下さればその闘志《とうし》をもって必ず多大なる戦果を上げて見せましょう！」

そういえばこいつらはトリエアが放棄《ほうき》した旧アークランド領を占領した他は要塞攻撃《ようさいこうげき》しかし

ていない。それも正面から攻《せ》め落としたとは言いにくいし、思うところがあるのだろう。

「ふむ……そちらにも先鋒《せんぽう》の上陸後、続いて河を渡ってもらう予定ではあったが」

大型の輸送船があるとは言え、五万、六万を同時には運べない。

中央軍の主力兵団が既に乗船していることを考えると残る枠《わく》は数千程度、俺に回ってくるなら弓騎兵《きへい》でも乗せようと思っていたのだが。

さてここで伝統貴族に張り合うべきかと考えていると、ふと腹が痛み出す。

そういえば昨日、河沿いの村で手に入れた貝から変な臭いがした。気にせず食ったが少しばかり腹に悪かったかもしれない。

明日出撃《しゅつげき》となればこれから色々と準備がいる。下痢《げり》腹抱《かか》えてはつらいな。

「陛下、我《わ》が軍は既に十分に戦うことが出来ました。先鋒はお譲《ゆず》りすべきと考えます」

貴族達の顔に喜色が浮《う》かび、王が少しだけつまらなさそうな顔をする。

「ふむ……そうか。ならば余が特に言うことはない。では先鋒任せるぞバンド伯《はく》、オルドリエ――」

一番槍で斬《き》り込めば王の覚えが良くなったかもしれないが、セリアのように皆《みな》の前でぶちまける訳にはいかないからな。

翌日
後続隊に決まり、ゆっくりと準備を進める俺達の目の前を数百の船が一斉《いっせい》に対岸目指し進んでいく。

河の流れを計算してやや斜《なな》めに進むから距離《きょり》は遠くなるが、二時間もかからずに上陸となるだろう。

俺達は街の高台に陣取《じんど》り、飲み物食い物を用意して観戦と洒落込《しゃれこ》んでいた。

「水上戦を見るのは初めてだ。楽しみだな」

「私もです」

「私もだ‼　すごい迫力《はくりょく》なのだろうな‼」

セリアとイリジナも目を輝かせている。

ちなみにピピとルナは生まれて始めて見る河自体に圧倒《あっとう》され、今も呆然《ぼうぜん》としている。

さすがにマイラを連れ歩く訳にはいかないので借り上げた民家の一室に置いている。妊娠していないか頭を抱えており観戦どころではないそうだ。

レアもいるが戦争には興味がないらしく、俺に甘えるばかりで河を見ていない。

「エイギル様、始まります！」

「おっ、いよいよか」

目標になっている対岸の港町からマグラード側の戦闘船が飛び出してきた。

距離があるのでよくは見えないがこちらの戦闘船より随分《ずいぶん》と小さく、その分数は多いようだ。

「帆が四枚……味方は八枚ですね」

「上に兵士が二十人ずつ乗ってるぞ！」

ルナとピピには、はっきり見えているらしい。すごい視力だ。

「味方が撃《う》ち始めましたよ」

味方船から次々と火の玉が飛んでいく。船上のカタパルトで焼け石を飛ばしているのだろう。ほとんどはそのまま河に落ちていたが命中した一隻が途端《とたん》に燃え上がって沈《しず》んでいく。

距離が詰《つ》まるにつれて大弩も放ち始めたのか燃え上がる敵船が増えていく。敵も打ち返しているようだが、味方の損害は確認《かくにん》出来ない。

「これは……決まりですね」

「やったか⁉」

どう見ても一方的な展開にセリアとイリジナも勝利を確信したようだった。

だがイリジナが叫ぶとほぼ同時に状況《じょうきょう》が変化し始めた。

敵船は河の流れに逆らうように味方の戦闘艦《せんとうかん》を迂回《うかい》し、後方の輸送船を狙《ねら》う進路をとったのだ。

「輸送船だけでも叩こうと言うことでしょうか？」

「さてなぁ……いかんせん。水上戦は初めて見るから見当もつかん」

敵船を行かせまいと味方の戦闘船が舵《かじ》を切ったのと同時に敵船が一斉に進路を変え、互《たが》いが向かい合う形で一気に距離を詰め始める。

すぐに味方船は投石機や大弩での攻撃《こうげき》を開始するが、川上に位置どる敵船は流れに乗って動きが早く、反対に味方は逆らっているので鈍《にぶ》い。

すれ違い様、敵船が次々と燃える物、恐《おそ》らくは油の壺《つぼ》か何かを直接投げつけたのだろう、瞬《また》く間《ま》に十隻近い味方の戦闘船が燃え上がる。

「やられたか⁉」

「でも突き抜けてしまえば今度はこちらが川上です。戦況《せんきょう》をひっくり返せるのでは？」

イリジナが頭を抱えて叫び、セリアは合理的に分析《ぶんせき》する。

だがセリアの言葉とは裏腹に、敵船は完全に突き抜ける前に進路を変え、味方船と密集した状態で併走《へいそう》し始めたのだ。

更によく見ると味方は流れに横腹を晒《さら》してふらついているのに対して敵は問題なく機敏《きびん》に動いている。

「大きさですな」

「レオポルトいたのか？　まさかずっと潜《ひそ》んでたんじゃないだろうな気持ち悪い」

俺は変質者を見る目でレオポルトを見るも奴は反応せず続ける。

「味方船は大型の分、流れの影響《えいきょう》を受け易《やす》く小回りも効きません。連邦から買った戦闘艦は河の下流、より大きな川幅《かわはば》とゆっくりとした流れの中で戦うことを前提としています。ここのような上流域は狭《せま》く、流れが急すぎるのです」

密集した状態で敵味方は壮絶《そうぜつ》に戦い続けている。ピピによると乗り込んで斬り合いすらやっているらしい。

混沌《こんとん》が続く中、一部の敵が戦場を回り込んで上流に出た。

そして櫂を全力で漕《こ》ぎ、流れも味方につけて猛烈《もうれつ》に速度を上げる。

「突っ込む気か⁉」

「衝角突撃《とつげき》⁉」

密集しての戦闘で思うように舵の切れない味方の横腹目掛《めが》けて次々と敵が突っ込んでいく。

加速のついた突撃に腹を抉《えぐ》られた戦闘船は次々と傾《かたむ》いて沈んでいく。浮いている船も火を投げつけられてまともに戦闘の出来る状態ではなくなっていった。

「ここまでだな」

俺は両手を広げて立ち上がり、残っていた料理を全てイリジナの口に放《ほう》り込む。

「はい、敗北です。早急《さっきゅう》に兵の乗った輸送船を下げなければなりませんが……手遅《ておく》れのようです」

レオポルトの言う通り、戦闘船を無力化した敵船は後方で戦闘の行く末を見守っていた輸送船に突進《とっしん》してくる。

慌《あわ》てて逃《に》げ出そうにも何百と密集した鈍重《どんじゅう》な輸送船は素早《すばや》く動けない。火で攻撃されることを覚悟《かくご》し、兵達は桶《おけ》に水を汲《く》んでいるようだ。

だが敵は何故《なぜ》か突撃せず、数隻《すうせき》の船だけが味方の輸送船団に接近してくる。

「あれはなんだ？　何故全船でまとめてこない」

「私も水上戦は専門外ですから、なんとも」

だがその答えはすぐにわかった。

櫂を全力で漕ぎながら向かってきていた敵船がいきなり業火に包まれる。自分で油を撒《ま》いて火を放ったとしか考えられない異様な燃え方だ。

敵の乗組員は河に飛び込み、火達磨《ひだるま》となった無人の船がこちらの船団に突っ込んでくる。

油壺《あぶらつぼ》程度は覚悟していただろうが燃える船そのものが突っ込んで来るのは誰にとっても想定外だった。突っ込まれた輸送船は瞬く間に火達磨となり、付近の船にまで延焼《えんしょう》し始める。

逃げる場所のない河の上で火に覆《おお》われた船団から次々と兵士が河へ飛び込んでいく。中には火に追われて鎧のまま飛び込む者もおり、二度と上がってこなかった。

敵は船団がパニックになったのを確認し、延焼しない距離にまで接近して火矢を撃ち掛《か》ける。

それ自体が燃える松明《たいまつ》となった輸送船団は夜を迎えても延々と燃え続け、街を不気味に照らし続けるのだった。

結局、王の肝入《きもい》りだった大型戦闘船三十隻は五隻を残して河に消え、後に続いた二万の兵士達の内、生きて大地を踏《ふ》めた者は二千程度であった。

河を越《こ》える手段を失ったゴルドニアはマグラードへの攻撃手段を失い、中央平原北部全域を支配するという王の野望はマジノ要塞よりも硬《かた》い水の壁《かべ》に阻まれた。

全体としてみれば圧倒的な勝利となった大戦争は最後の最後で後味の悪い結果を残したのだった。

「しかし危なかった。もし先走って出撃していたら俺達も今頃死んでいたな」

俺の代わりに出て行った貴族達はとうとう一人も帰ってこなかった。

「みんな俺の下痢に感謝しろよ」

「下痢ですか……うぅぅぅ」

セリアは下痢がトラウマになっているようだ。まあ人前ではな……うん。

「うん！　ご主人様が望むなら私できるよ！　大好きなご主人様のなら頭から汚されるぐらい平気！」

レアは何を言ってるんだ。そんな汚いものよりもっと素晴《すば》らしいものをぶっかけてやるさ。

第三章 戦間期

戦争は終わり、中央平原に冬がやって来る。

トリエア王国・ユレスト連合は地図から消えてゴルドニアの一部となったが、マグラード公国はゴルドニアの水軍を破り、河を越えさせなかった。

これによってゴルドニアがマグラードへ侵攻《しんこう》する手段はなくなったが精鋭《せいえい》の遠征軍《えんせいぐん》が痛手を負ったマグラードもまた河を渡ってゴルドニアと一戦交えるだけの余裕《よゆう》はなかった。

両国は互いを完全な敵国と認識《にんしき》しながらも、交易路を叩《たた》き合うような不毛な戦いは選択《せんたく》せず、一年間の期限付き休戦協定を結んだのだ。

軍での役目を終えた俺はそのまま領土へ帰ろうとしたが、エイリヒに首根っこを掴まれた。凱旋《がいせん》式があるらしい。

「お前なあ……『戦争終わったから帰ります』と言うわけにいかんのはわかるだろう」

エイリヒが呆れた顔で俺の隣に並ぶ。

凱旋式はアークランド戦争の時にやったじゃないか。二回同じことをしても飽《あ》きるだろう。勝利の大乱交でもさせてくれるなら何百回でも歓迎《かんげい》だが。

「それに最後の敗北は中々痛かったでしょう。手放しに凱旋出来るのですか？」

エイリヒはがっくりと肩を落とす。

「痛いさ……とんでもなく痛い。だがだからこそ以前より盛大にやるだろうな。勝利したと騒《さわ》がねば民は勝利の実感を得られまい」

更にエイリヒは愚痴《ぐち》のように続けた。

「一個兵団一万五千の兵が丸々沈んだんだぞ。俺が編成と訓練にどれだけ時間をかけたか……。兵はまた最初から集めて訓練するとしても指揮官は取り返しがつかん。これは時間をかければいいと言うものではないからな」

指揮官の育成は兵の何倍も手間がかかるし最低限の教養を持っていなければ時間だけかけて仕上がるものではない。

そうなると必然的に貴族・騎士《きし》の子弟《してい》が多くなるが、この中から軍に向いた人間を訓練しなければならないのだ。一万五千人分のそれを一挙に失ったエイリヒの苦悩《くのう》は大きいだろう。俺はほとんどをレオポルトに丸投げしているから気にならないのだが。

式典用の兵を率いて王宮前広部へ向かう途中《とちゅう》、前回と同じく市民の歓迎を受けるが今ひとつ熱気は足りないようだ。

「なんだかよくわからんもんな」

前回は周囲全ての敵、アークランドが悪役としてわかり易かったが今回のトリエアとユレストは長く友好国だった。勝利と言っても領土が広がった以外の達成感はないのだろう。

「王が民に向かっての演説で戦果を広めたらしいが……最後のあれも含《ふく》めると死者も相当な数

だ。もしかすると今後一揉《ひとも》めあるかもしれんな」

エイリヒが冷静に語る。

一応俺達が前を通ると民から歓声《かんせい》が盛り上がる。どうせ相当に誇張《こちょう》して俺達の戦果を語ったのだろう。英雄《えいゆう》にされるのは悪い気分ではないが俺のはどうもおかしいのだ。

「ハードレット子爵だわ！」

「電撃《でんげき》のような進軍で敵の要塞を潰《つぶ》したらしい！」

「マグラードも叩き潰したと言っていた！」

ここまではいい。

「敵の重装歩兵を手で引き裂《さ》いたらしい」

「投石機と並んで大岩を投げつけたとも！」

「敵の女将軍を楽々捕《と》らえて肉奴隷《どれい》にしたらしいぞ」

「女を百人並べて一晩で全員妊娠させたとか」

この辺りからおかしくなる。特に最後の戦争と関係あるか？

ともあれこうなったら俺の方も楽しませてもらうぞ。

俺はシュバルツから飛び降り直接民の所にいく。歓声の中で何人かと握手《あくしゅ》するがそんなことはどうでもいい。お祭り気分で出てきていた若い娘達《むすめたち》の集団がいたのだ。

「うそぉこっちに来たわ！」

「すごい！　エリスあんたファンなんでしょ⁉　ほらほら」

キャアキャアと騒ぐ娘達、その内の一人の肩を掴んでキスをする。

「えっ⁉　んっ！」

呆然とする女だが、舌を入れると力を抜いて俺を受け入れてくれる。

十秒ほど濃厚《のうこう》にキスをして隣に娘《むすめ》に移る。

「わたしも⁉　んっ！」

並んだ娘達に次々と舌を入れる口付けを交《か》わす。

「すごい、噂《うわさ》通りの女好きなんだ」

「ものすごいキス……濡れちゃった」

女達はキスの後腰《こし》が抜けてペタンと座り込んでしまった。

五人の娘達全員の唇《くちびる》を奪《うば》うと嫌《いや》そうな顔で待っていたシュバルツに飛び乗る。これで王との交渉に向けての英気は養えたな。

「卿《きょう》はどこまで女好きなんだ……」

エイリヒの冷たい視線も気にはならない。

俺の背中に向けて住所を叫んでいる娘達の声に集中しているからな。

「ぶう」

俺は不服そうに膨らむセリアの頬《ほ》っぺたを揉んで空気を抜きつつ王宮に向かう。

王宮に到着《とうちゃく》した俺達は別々に謁見《えっけん》することとなる。

待機室にはいつも通りのセリアと今回は特別にマイラを連れて来た。約束を果たさねばならないからな。

「ハードレット卿、敵将の私が王への謁見など良くない結果となるのでは？」

マイラは心配そうな顔を見せる。

「心配してくれるのか？　大丈夫だよ」

「違います！　貴方《あなた》のことではなく我が家名の話です！」

なんだ、がっかりだ。惚《ほ》れていてくれると思ったのに。

「だいたい貴方が私にしたことは強引《ごういん》に処女を奪った上に騙《だま》して種を注いだだけではないですか⁉　これでどうして惚れろと言うのですか？」

「気持ち良かっただろ？　あれだけひーひー鳴いたのに」

「なっ！　女の……その良い場所をこすられればどうしても声は出てしまうものです！　体がちょっと堕《お》ちただけで、心まで堕ちてはいません！」

「「ゴホン!!」」

セリアと待機室にいる王付の文官が同時に咳払《せきばら》いをして、マイラは顔を伏《ふ》せて真っ赤になってしまった。

さてエイリヒの話は早く終わらないかね。さっさと帰ってメリッサやマリアを抱《だ》きまくりたい。

「ハードレット子爵　お入り下さい」

「ようやくか。マイラいくぞ」

未《いま》だに抵抗するマイラの腕《うで》を引っ張っていく。

「ハードレット卿……アルトバーグでも話したが此度《こたび》の戦果は並ぶ者のない素晴らしきものだ。余は最大の賞賛をもってこれを称《たた》える」

「勿体《もったい》ないお言葉です」

王は満面の笑《え》みだった。だが心は絶対笑っていないやつだろこれ。

「貴殿の私軍は幾度《いくど》の激戦を潜《くぐ》り抜《ぬ》けて尚《なお》、僅《わず》かな損害であると聞く」

そういえばそうなるな。

それでも数百の弓騎兵を失ったから痛くない訳ではないが。

「随分と差がついたな。アビントン子爵」

王は冷徹《れいてつ》な目を俺の斜め後《うし》ろに送る。そこには晒し者にされるように一人の貴族が膝《ひざ》をついている。ほら、やっぱり笑ってなかった。

「貴殿は余の戦闘船を失い、将兵を河に沈める以外に何かしたことはあったか？」

「……面目《めんぼく》ございません」

どうやらこの男が水上軍を率いていたらしい。

「勝ち戦に泥《どろ》を塗《ぬ》った貴様など今すぐに吊《つ》るしてしまいたい所だが……戦勝の後に絞首刑《こうしゅけい》も縁《えん》起《ぎ》が悪い。ハードレットやラッドハルデに感謝せよ」

「陛下の温情には返す言葉もありません……」

男はもう自分の足しか見えないぐらいに目を伏《ふ》せてしまっている。

「ふん！　裏切りならばともかく無能は責めようもない。貴様に期待した余への罰《ばつ》と諦《あきら》めるわ！」

ネチネチと嫌味《いやみ》を言う王がノンナの好きな芝居《しばい》の小姑《こじゅうと》みたいに見えて笑いそうになる。まさかエイリヒの時もこのやりとりをやったのかな。

王はひとしきりアビントンをなじった後、あてつけのように再び俺に向けて賞賛の言葉を浴びせた。

そして褒美の話となる。

「以前に武勲の先払《さきばら》いと申したが、それはトリエアの国境を破るまでのこと。マグラードの援《えん》軍《ぐん》を蹴《け》散《ち》らしユレストを屈服《くっぷく》させただけでも十分な武勲と言える。故に陞爵《しょうしゃく》し伯爵《はくしゃく》の地位を与える！」

「ありがたき幸せです」

また少し偉《えら》くなったぞ。

「本来は南部国境を任せて辺境伯としたかったのだが、文官や大臣共がうるさくてな。そちも爵位《しゃくい》にこだわっておる訳でもなし。しばらく辛抱《しんぼう》してくれ」

「して、爵位以外の恩賞にございますが」

王の後ろに控《ひか》えていた中年男は確かケネス＝ボールドウィンと言ったか。エイリヒが酒の度に文句ばかり言っていたから名前をしっかり覚えている。外務卿だったはずだが、王の腹心としてそれ以外にも色々と助言しているのだろう。

「ハードレット卿ほどの将軍を内地に置いても仕方ありますまい。ここは領地と隣接《りんせつ》する南側トリエアの土地を与え、南部諸国への備えと山の民の平定をお任せしてはいかがでしょうか?」

「ふむ確かに。そちに任せれば二つの脅威を押《お》さえ込《こ》めるな」

山の民は既に押さえてある。南部諸国とやらはほとんど知らないが土地が増えるならいいだろう。

領地が増えた分の手間はアドルフに行くので俺《おれ》には回ってこない。

だが一つ絶対に譲れないことがあった。

「恐れながら申し上げます」

「うん? どうした?」

王は俺が褒美について意見を言ったのが意外だったようだ。今までは特段何も言うことはなかったからな。

「褒美に関して……二つほどお願いしたいことがございます」

「二つとは欲張るものだ。よい申してみよ」

王は笑いながら椅子に深く座る。

「一つはトリエアの領地であったエルグの森……あの森を頂きたいのです」

王は地名を把握《はあく》していないらしく無言でケネスに視線を送り、ケネスは王の足元に地図を広げる。

「トリエア内では呪《のろ》われた森として有名です。故に開発も全く進んでおらず道さえないものと」

「そのような森を領有しても仕方あるまい。何か特別なことでもあるか？」

「要塞を迂回する際、敵の意表をつく為《ため》にあの森を抜けました。私にとっては幸運の森とも言えるので是非《ぜひ》我《わ》が手に納めたいのです」

「そのような不毛の森を欲《ほ》しがる奴は他におるまい。別に構わんが領地から地続きにとなると与える領土が大きくなりすぎるな……」

ならば飛び地でも構わない。あそこを利用して利益を上げようなどとは到底《とうてい》思っていない。他の奴に荒《あ》らされないように守る必要があっただけだ。

「よろしいのでは？　広いとは言え人口の集まる中枢《ちゅうすう》ではありませんし、そもそもハードレット伯のご領地は辺境の地。将来的に辺境伯となって頂くのであれば、少し大きすぎるぐらいが箔《はく》がついてよろしいかと」

「ふ、他の有象無象《うぞうむぞう》共に分けていくよりはよいか。下手な分け方をすればまたややこしい繋《つな》がりが出来かねん。面倒なことよ」

トリエアの占領に際してエイリヒは既存《きそん》貴族に一切《いっさい》所領を安堵《あんど》しておらず、それに不満を抱いて降伏しなかった領主は例外なく焼き払《はら》った。つまりトリエアの国土は丸々王領となっており、好きにすることが出来るのだ。

それにしても、どうしてかケネスが俺を助けてくれる。まさか俺の尻《しり》を狙っているのだろうか。

「よかろう。そちにはエル……グ？　だったか。その森までの領土を全て与えよう」

「ありがたき幸せです」

王はよしと頷《うなず》いて表情を緩《ゆる》める。

「してもう一つはなんだ？　トリスニアでも欲しいか？」

王の顔には笑顔《えがお》がある。まだ我侭《わがまま》が言えそうだ。

「この者のことです」

俺はマイラの腰……ではなく尻を撫《な》でて前に押し出した。

「ユレスト連合軍団長マイラ＝ヒューティア……恥《は》ずかしながらハードレット卿に降りこの場にまかり越しました」

おっと待機室の態度とは一転して思った以上に堂々としているな。てっきり慌てて舌でも噛《か》むと思ったがさすが一軍を率いただけある。

王の周りにいた文官達から思わず声が上がった。

「……ハードレット卿。愛人でも引っ張ってきたかと思ったがよもや敵将とはな。さすがに意表を突《つ》かれたぞ」

王の目が一気に険しくなる。さすがに事前に言っておくべきだったかもしれない。

「この女は戦場で降り、従順でございます。ここに来る前も全て調べましたので危険はございません」

特に女の秘密のポケットと、胸の谷間はきっちり調べた。

「……まぁよい。それでその女が一体何の用だ？」

言い出そうとするマイラを制する。

「彼女が降ったことが勝利の一因となりました。その後の占領においても彼女自身とその一族が果たした役割は大きく……何卒《なにとぞ》家名の存続をお許し願いたく存じます」

本当は決着がついてから捕《つか》まえて犯《おか》したのだし、彼女の家族など誰も知らん。降伏交渉《こうふくこうしょう》も力任せにねじ伏せたのだが、嘘《うそ》も方便と誰かが言っていたからな。

「ならん。協力的であったとて旧領を安堵しては収拾《しゅうしゅう》が付かん。ただでさえユレストは我が国《くに》の貴族と縁戚にある者が多いのだ。一人許せば我も我もと押し寄せて来る」

王の否定は中々に強いものだった。

「旧領の安堵ではなく何か役職を与え、貴族としての家名を残して頂ければ……」

なんとかお願いしようとする俺に王の眉《まゆ》が吊り上がった時、ケネスが進み出た。そして王に耳打ちした後、俺との間に入って口上を述べる。

「よいではありませんか陛下、男爵《だんしゃく》位でも与えて交易路の警備長にしておけば丸く収まりましょう」

「それでは縁戚の貴族共が騒ぎ出すぞ？」

ケネスは深々と頭を下げた上で続ける。

「それも好都合なれば……陛下への忠勤を示せば何かしらのお役目と少々の領土が貰《もら》える。そう思わせておけば下らないことを考える奴らも減りましょう」

「僅かばかりでも領地が欲しくば相応の忠誠を示せ……か」

ケネスはまた大げさに頭を下げる。

「はい。此度のユレストへのやりようはいささか強引でしたからな。このまま放置するよりも救いの道を残して置かれた方がよろしいかと」

王はしばし目を閉じて考え込《かんが》むがふっと息を吐《は》いて表情を緩める。

「良いだろう。余の名においてマイラ＝ヒューティアにゴルドニア王国男爵の爵位を与える。所領については領地を全《すべ》て返上させた上で改めて幾分《いくぶん》か与えよう」

「あ、ありがたき幸せに存じます」

マイラは王に頭を下げた後、俺に潤《うる》んだ目を向けてきた。

俺は心の中で喝采《かっさい》をあげる。マイラのこの目は今夜何を望んでも断らない目だ。少々無茶《むちゃ》なこともやってもきっと受け入れてくれるだろう。

それにしてもケネスは本当に俺の尻を狙っているんじゃないだろうな。あれほど助けてもらうような関係であった覚えがない。

「ハードレット卿……此度のことはそちが特別な戦功を挙げた故の特別な配慮《はいりょ》だ。二度はないぞ？」

「心得ております」

王は小さく頷く。

「これ以上の褒美を出せば、さすがに他の者と均衡《きんこう》を欠く。よってこれにて全褒賞《ほうしょう》とする。良いな？」

アドルフの困った顔が見えたが、ここで「お金も欲しいです」とはさすがに言えん。俺はただ深く頷くしかなかった。

「そちの私軍も十分な規模となった故、もう東方軍を置く必要もあるまい。必要あればまた軍の司令官に任じて指揮権を与える」

これも異論はない。正直王から与えられた東方軍は普段扱《ふだんあつか》いに困るのだ。山の民の脅威もないしそれほど必要ではない。

こうして謁見は終了《しゅうりょう》し、待機室でセリアと合流した所で思わぬ人物が追いかけてきた。そう俺の尻を狙っている可能性のあるケネスだ。

「ハードレット伯、是非《ぜひ》ともお話がしたいのですが、お時間を貰えませぬか？」

来た。これほど早く行動を起こすとはさすが武勲なしに大臣となっただけある。だがそう易々《やすやす》と尻穴を許す訳にはいかん。

「ボールドウィン伯は他の貴族達の謁見に同席せねばならぬのでは？」

「なぁにラッドハルデ伯、ハードレット伯以外は儀典《ぎてん》のようなもの、他の文官で十分足ります」

ケネスはなんとしても俺の尻を奪うつもりらしい。だがこいつには恩があるし、無下に追い払う訳にはいかない。

「その話は二人きりでないと出来ぬ類の話ですか？」

「出来ればそれが望ましいのですな」

やむを得ん。二人きりとなるが尻は絶対に許さんぞ。

「セリア、マイラ、外でレオポルト達《たち》と待っていろ」

「はい閣下……お待ちしております」

くそう、マイラの俺を見る目は完全に蕩《とろ》けているじゃないか。ケネスがいなければ濃厚《のうこう》なキスと抱擁《ほうよう》、あるいは人のいない場所で挿入《そうにゅう》までいけたのに。

自分までダメと言われて拗《す》ねるセリアの鼻を軽く撫でつつ、俺はケネスに続いた。

ケネスの案内で王宮内の一室に入るなりカーテンが閉められ、奴はゆっくりと椅子《いす》に座《すわ》る。

同時に俺も全力で肛門《こうもん》を締《し》める。俺の括約筋《かつやくきん》は槍をも弾《はじ》くぞ。

「お呼びしたのは……戦後のことにつき、是非お話をしたかったからにございます」

ケツの話ではなかったらしい。だがまだ油断は出来ない。

「戦後……ですか。それはそうと先ほどはご助力感謝します」

一応は礼を言っておこう。

「なんのなんの、ハードレッット卿が新たな領を手に入れることは好ましいことです。ユレスト貴族達も元々救済してやるべきと考えておりましたからな」

それに……とケネスはわざとらしく声を潜める。陰謀《いんぼう》を巡《めぐ》らすような人間はレオポルト一人で十分なのだが。

「私は現在の状況にいささか不満を持っておるのです」

謀反《むほん》の誘《さそ》いでもするのだろうか？　通報するぞ。

「現在ゴルドニアの主力はなんと言っても中央軍です。今回の戦で少なくない犠牲《ぎせい》を出したとは言え、諸侯軍が弱体化した今となってはその兵力は圧倒的です」

「それはまぁ陛下の意志でもありましたからな」

伝統貴族達はこれが気に食わないらしいがケネスも同じなのかな。だとすれば新鮮味《しんせんみ》のないつまらない話だ。

「諸侯軍から力を取り上げて陛下の元に集める。これに関してはなんの異論もありません。私が憂《うれ》うのはその強大な軍を一人が手中に収めていると言うことです」

エイリヒのことか。

「これは妄想《もうそう》、いえ私の愚《おろ》かな悪夢の話ですが……もしラッドハルデ伯が王国に反旗を翻《ひるがえ》した時、それに対抗《たいこう》出来る力がどこにあるでしょうか？」

中央軍は今でも五万以上の兵を持つ軍団だ。対して諸侯軍は王の方針で着々と弱体化、他にない。

町の守備が任務の警備軍もあるが、中央軍の相手にはならないだろう。

「しかし中央軍の中でも貴方への畏敬《いけい》の念は強い。精強な私軍も持っておられる」

つまりそういうことか。

「ラッドハルデ伯は今回の褒賞として幾分かの金銭を下賜《かし》されたようですが爵位に変化はなく、貴殿《きでん》と同格なのですよ？」

ケネスは俺をエイリヒに対抗させたいわけだ。

「貴殿はラッドハルデ伯が束ねる有象無象の新貴族の一人ではございません。何しろ広大な領地をお持ちでいらっしゃるのですから」

「エイリヒ――ラッドハルデ卿とは古くからの付き合いだ。敵対は有り得ない」

ケネスはいやいやと大げさに首を振《ふ》る。

「ははは、勿論《もちろん》ですとも。今やゴルドニアの矛《ほこ》とも言える両人が敵対するなど正に悪夢！　しかしながら貴殿にはラッドハルデ伯を超《こ》えるだけの器がお有りだ。もし……万が一そうなるならば、私はいつでも貴方の味方だとご承知下さい」

それだけ言ってケネスは席を立つ。

そして最後に更《さら》に声を潜めた。

「先程《さきほど》の強請《ねだ》り、陛下は決してご機嫌《きげん》を損《そこ》ねておりません。むしろ領土と爵位、そして元敵将への木《こ》っ端《ぱ》な領地で済んで胸を撫で下ろしておられますよ」

「どういうことでしょう？」

我ながらちょっと言いすぎたかと思っていたのだが。

「此度の戦争、特に河に消えた戦闘船はかなりの出費でしたからな。いかにゴルドニアが大国とはいえ金は無尽蔵《むじんぞう》ではありません。王国の金不足はかなりの物……今後徴税官《ちょうぜいかん》の活動が活発になるかもしれませんぞ」

その会話を最後にケネスと俺は部屋を出る。

ケネスとエイリヒが対立していることは知っていたがなかなかにドロドロだ。

だがその対立のおかげで俺は助力を得ることが出来たし、王が金に困っていることも知ることが出来た。

クレアが山の民の領域で行っている鉄鉱山開発にも少し細工をする必要があるかもしれない。

今度こそ王宮を出るとセリアやイリジナ、ルナにマイラと勢ぞろいだ。ピピは俺の肩に飛び乗ってくる。

「一旦《いったん》疲《つか》れを癒《いや》す時間が必要だ。俺達《おれたち》も家に戻《もど》るとしよう」

王都の屋敷《やしき》でしばらく息をついてから領地に戻ることにする。

兵達にとっても凱旋式の後の休息は貴重だ。何しろ戦勝に浮《う》かれている民、特に若い娘は英雄たる兵士達に股《また》が緩くなる。男前ならば入れ食いだろうし、少々の不細工でもチャンスはある。この機に美女を仕留めて嫁《よめ》にするやつもいるだろう。

俺も久しぶりにメリッサとマリアをしゃぶりつくしたい。

「帰ってヤリまくるぞ!!」

喜ぶイリジナとルナ、既《すで》に股を濡《ぬ》らして俺の手を導くレア、やや恥じらうセリア、ポワンとした顔を慌てて振って正気に戻るマイラ、俺の肩車《かたぐるま》で体を揺《ゆ》らすピピ……お前また穿《は》いてないだろ。

さあ乱交だ。

そして自宅。

「これはすごい」

王都の屋敷に戻った俺を出迎《でむか》えたのはまず相変わらず色っぽいメリッサだ。大きいスリットから覗《のぞ》くムッチリした太もも……わざと脚《あし》をゆっくりと動かして大事な場所が見えそうで見えないギリギリの仕草が俺を狂《くる》わせる。彼女《かのじょ》のような妖艶《ようえん》な女は三十路《みそじ》ぐらいになってからが一番美しい。

そして十分に女になったミティと変わらずビクビクしているアルマ、男なので興味はないがクロルも毎日の蒔《ま》き割り風呂《ふろ》焚《た》きのせいか子供ながらかなり逞《たくま》しくなっている。

だが何よりもマリアだ。彼女は長かった髪《かみ》を切り、これでもかと膨《ふく》らんだ腹を抱えて微笑《ほほえ》んでいる。

「孕《はら》んだか」

「はい、戦争のせいでお知らせ出来ませんでした」

俺はマリアに近寄って優《やさ》しく腹を撫で、彼女も幸せそうに目を閉じた。

至福の時間が流れたが、マリアはやがて気まずそうにぼそぼそと声を出す。

「……今回の戦争はトリエアとですよね？　ロレイルも戦場に？」

マリアの言いたいことはもうわかっている。

「母親に会ってきたよ。サバサバしたいい女じゃないか。もちろん無事だ」

「ふぅ……そっかぁ……母さん無事なんだ……」

へなへなとなったマリアを抱きとめる。やっぱり気になっていたんだな。

「あんないい女を傷つける訳ないさ。歳《とし》はいっているが胸も尻もまだまだ現役《げんえき》……」

「えっ？」

しまった口が滑《すべ》った。

俺は髪をフワッと靡《なび》かせて反転する。

「さて食事と風呂《ふろ》を……」

「待って下さい」

がしりと肩《かた》を掴《つか》まれた。

「母さんもう四十五ですよ？　エイギルさんの二倍以上です？　もうおばさんですよ？」

妊婦《にんぷ》なのにすごい力だ。

「いい女は歳を経《へ》てもいい女なのさ」

俺は再び髪をフワッと……。

「こ、この色情狂《きょう》！　年増《としま》ハンター！」

連れ帰った女達を紹介《しょうかい》する間もなく愛するマリアに殴《なぐ》られるとは。


その後、紹介を済ませた女達も含めて皆《みな》で風呂に入ったが、特に問題はないようだ。

「エイギルさんどこか行くたびに女を増やすからね。さすがに慣れちゃいますよ」

メリッサは大きな乳房《ちぶさ》を隠《かく》すことなく見せ付けながら微笑む。

そしてマリアはプンスカ怒《いか》りながらミティに手伝ってもらって体を流している。もう出産も遠くないのであまり湯には浸《つ》からないそうだ。

「それにしてもこの豪勢《ごうせい》な風呂が小さく感じる日が来るとは思いませんでした」

女だらけの状況に少しむくれたセリアにキスをする。

「お風呂なんて初めてだよ……すごいね」

レアが蕩けそうな声を出しながら鼻まで湯に沈む。半分沈んだまま俺の方に近寄ってくるのを直前でセリアが捕まえ反対側に押し流《なが》した。

イリジナはピピとワイワイじゃれている……っておい、イリジナの尻が乗ってピピが沈んでるぞ。ルナとルビーは早く助けてやれ。

ちなみにマイラはここにはいない。彼女は挨拶《あいさつ》が終わると王都に連れて来られている一族の元へ知らせに行ってしまった。

今日抱けないのは残念だが嬉《うれ》しそうにソワソワしているのを見せられては駄目《だめ》とも言いにくく、帰ってきたら気絶して失禁するまで抱くことにして行かせてやった。

「それにしても……エイギルさんの前より大きくなってるよね？」

メリッサが湯の上に飛び出た俺の逸物《いちもつ》を軽くつつく。俺のモノは湯船で勃起《ぼっき》すると水面から飛び出してしまうのだ。

「はい。一回り大きくなってますし性能もかなり上がってます」

「確か一晩で三十人を二度相手したんだったか！」

セリアが答え、イリジナがいらんことを言う。

「三十⁉　ひゃー」

　メリッサがさすがに驚《おどろ》いた声を出し、肉棒を優しく掴んでぐねぐね遊ぶ。

「うわぁ……ほんとにおっきい……馬みたい」

　マリアを洗っていたミティも目を丸くして言う。更に硬くなりそうだ。

「今夜は私達も参加しますね。メリッサさんだけでは本当に死んでしまうかもしれません」

　セリアも俺のモノに手を伸《の》ばしながら言う。

　戦争から帰った時のベッドは家で待っていた女達に譲《ゆず》るのが淑女協定《しゅくじょきょうてい》らしいのだが、マリアは妊婦なので実質メリッサしかいない。戦で高ぶった俺の性欲を一人で受け止めれば百戦錬磨《ひゃくせんれんま》のメリッサでさえどうなるかわからないのだ。

「うーん。私は別に壊《こわ》されてもいいんだけど……どうせなら全員で可愛《かわい》がってもらおうか」

　そう言ってメリッサは俺の隣《となり》にやってくる。反対にはイリジナがやって来たので両手で彼女《かのじょ》達《たち》の肩を抱く。ルナとセリアは湯船の中を四《よ》つん這《ば》いでやってきて見上げながら太ももを撫でる。全身に女体《にょたい》を感じて興奮はピークを迎《むか》え、俺の肉傘《かさ》はまるまる水面から出てしまった。

「あ……欲しい」

　レアが口を開いて咥《くわ》えようとするがメリッサが優しく額を押して止める。

「レアちゃんだっけ？　最初はマリアに譲ってあげてくれない？　ほらお腹《なか》大きくて抱かれるのは無理だからご奉仕《ほうし》はさ」

「そ、そうですね。ごめんなさい……」

ぺこぺこするレアとややのぼせ気味のピピには俺の顔の上に尻を乗せるように言う。

「失礼しますぅ」

「ピピも！」

そして両側に抱いたメリッサとイリジナの巨乳を掴む。

「もっと鷲《わし》づかんでもいいですよ～」

「こっちもだ！　痛いぐらいが男らしいぞ！」

セリアとルナは太ももから尻までを撫でまわす。

「エイギル様の足……お尻……ちゅちゅ……」

「尻を上げて下されば……ご不浄《ふじよう》の穴も指でお慰《なぐさ》め致《いた》します」

立ち上がる肉棒を恥じらいながらもチラチラ見るミティがマリアを支え、湯の中に木製の椅子を置く。腹の大きいマリアはこれを使って入浴しているらしい。

「大丈夫《だいじょうぶ》か？　無理してないか？」

「もちろんだよ。じゃあ頂くね」

マリアはゆっくりと肉棒を飲《の》み込み、大きさに慣れると頭を振り始める。

顔に乗る女尻の肉穴と尻穴を嘗《な》め回して潮を浴び、両手に巨乳を掴みながら腰と太ももに水中での愛撫《あいぶ》を受け、俺の尻穴にもセリアとルナの指が交互《こうご》に入ってくる。

そして肝心《かんじん》の肉棒は俺の種で孕んだ妊婦が大きな腹を抱《かか》えながらしゃぶっているのだ。

「最高だ……素晴らしいぞ」

本音が遠慮《えんりょ》なく口から出ると女達は気をよくして更に動きを激しくする。

レアは早々に舌で達して大量の潮を撒き、イリジナとメリッサは巨乳を揉《も》まれながら俺の乳首《ちくび》を吸ってくる。

セリアとルナはとうとう俺の尻穴にキスまでし始めた。

思わず腰が跳《は》ね上がる。これこそ男理想の入浴に違《ちが》いない。

俺が目を閉じて快楽に仰《の》け反《ぞ》ったのを見て他の女達も思い思いの場所に舌を這《は》わせていく。

射精欲が高まるがもう少し快楽を味わおうと抑えつける。

その度《たび》に肉棒は精を溜《た》めて膨らんでいく。

「こ、ここまで大きくなるなんて……前も怪物《かいぶつ》だったけど、こんなに成長するなんて」

慣れたメリッサが驚きの声を出す。

「ええ、毎日見ている私から見てもどんどん大きくなっています」

セリアも同意する。

「ピピは少し悲しい。こんなに大きくなってしまったらピピに入らない。破裂《はれつ》してしまう」

ピピの腹に乗せると胸まで行く。太さ的にも限界を超えてしまうだろう。

「私達はきっともうガバガバだな！　短小男に犯されても入ったことすらわかるまい！」

イリジナの声がでかいので外にいるクロルが慌《あわ》てて何かを落としたようだ。

「それでもいいよね。私達はエイギルさんの女なんだからさ」

「もちろんです。エイギル様に満足頂けるならいくらでも穴を広げます」

「私も、ご主人様に犯してもらえるならどうなってもいい」

「主に仕える女人《にょにん》の務め、穴を広げられることに何故戸惑《なぜとまど》いましょう」

「もが……ふご……」

全員が俺にしがみ付いた所でどうしようもない限界が来た。

マリアの口内で極太《ごくぶと》が脈打つ。

「マリア出すぞっ！　全身にかける！」

湯から立ち上がりマリアの目の前に跳ね続ける男根を突き付ける。

我ながら凄《すご》い量が出るだろう。妊婦の口内に出すのは危険な量だ。

「どうぞ！」

マリアも覚悟《かくご》を決め、顔を差し出す。

俺は咆哮《ほうこう》を上げながらモノを自分でしごこうとしたが、後ろから伸びた四本の手——セリアとルナの白い手が代わってくれた。

もちろん俺も最後は柔《やわ》らかい女の手の方が良いので遠慮せずに任せる。

そして限界を突破《とっぱ》し、直感通りとんでもない量が噴《ふ》き出した。

「きゃあ！」

種は音を立ててマリアに降り注ぎ、一瞬《いっしゅん》で彼女の顔をドロドロにしてしまう。

「腹にもだ！」

大きくなったマリアの腹、俺の子を宿したそこにも大量に精をぶっかける。

セリアとルナが腕を動かす度、無限と思えるほどの種が肌《はだ》に当たって音を立てるほどの勢いで飛び出していく。

たちまち全身種まみれになったマリアは顔中に張り付いた種を愛《いと》し気《げ》にすすり、膨れた腹に飛び散った種を「次は君達だよ」とばかりにヘソに塗り伸ばした。

だがまだ俺の射精は終わっていない。

「ミティにもいくぞ！」

「へっ!?　わたし？」

マリアを支えていたミティに肉棒を向け、残りの汁《しる》を発射する。大半はマリアにかけ終えたがそれでも顔を汁まみれにするぐらいは残っている。

「ひぇぇぇ!!」

ミティの顔が真っ白になったところで肉棒はようやく軟《やわ》らかくなって湯に沈《しず》んでいく。

「ふぇぇぇ……かけられたぁ……ベタベタ……臭《くさ》いぃ……」

ミティは顔についた種を掬《すく》ってペロリと舐《な》め、俺達の視線に気付いて慌てて流し落とす。

「こらエイギルさんっ！　ミティにかけちゃ駄目じゃないですか」

メリッサに怒《おこ》られてしまった。彼女は子供達を大事にしているからな……だがミティも十六だ。そろそろ男に抱かれてもいい時期だろう。中々の美少女になっているしどうせなら俺が奪ってやってもいいな。

俺の視線に気付いたのかミティは真っ赤になって俯《うつむ》く。

そして乱交はベッドに移っても続く。

「く、苦しい……でもまだ半分もある」

騎乗位《きじょうい》で圧し掛《か》かり久しぶりの肉棒を味わったメリッサが、余った肉棒を指で撫でる。

「そっちも一番奥《おく》じゃないだろ？」

「ま、まあね。でもこれふっといから……奥まで入れたら……ひ、ひぎぃぃ！」

獣《けもの》のような声を出してメリッサの子袋《ぶくろ》の中まで肉棒が入っていく。

メリッサは過去に女の穴を乱暴された分、子袋への挿入が容易でしかも性感帯もある。

「きたっ……これ久しぶり……入っちゃいけない場所まで突っ込まれるのイイっ！」

他の女が口を開けて見守るような激しい腰使いで音を立てながら肉棒を体の一番奥でこする。

だが今までは子袋まで突っ込めば俺のモノは全部入ったのだが、一層大きくなったからか、根元が僅かに余ってしまっている。それにメリッサは女として納得《なっとく》出来なかったようだ。

「一番奥まで入れるのが……私のプライド……ひぐっ」

メリッサは自分の腰を押《お》さえてなんとか無理やり根元まで押し込んだが、痛みからか苦しさからか大量に潮を噴き、そのまま倒《たお》れ込んでしまった。

限界を超えた挿入に子袋の入り口はもちろん穴全体が激しく痙攣《けいれん》する。

こうなったらメリッサを苦しめない為にも遠慮なく放出してしまおう。

「ふん！」

俺は一度モノを半ばまで引き抜き、もう一度根元まで押し込む。

再びメリッサが悲鳴を上げて仰け反ったところで最奥に種を放出する。

息も絶え絶えのメリッサだったが、女のプライドか涎《よだれ》と涙《なみだ》を流しながら俺に合わせて腰を動かし、中を締めて気持ち良く射精させてくれた。

そして全てが出終えるとそのままベッドに倒れ込む。

「まいったよ……もう私でも手に余る巨根だね。全力で抱ける女がいなくなっちゃうよこれ」

軽い口調で言いながらもメリッサはベッドに沈んで息を荒《あら》らげていた。

周りを見渡《みわた》すと他の女達も足を開いて俺の肉棒が突き刺《さ》さるのを待っている。

まだまだ抱きまくりたい。しかし、順番に上に乗るだけだと変化がないな。

「だったら強姦《ごうかん》ごっこでもしてみる？」

メリッサが衣装棚《たな》から荒い粗末《そまつ》な生地《きじ》で出来た着物を取り出す。

「これ安いのだから破いても平気。この方が気分出るでしょ？」

全員がその服を着るとまるで貧民街にいる女のようだった。

「さあ、好きな子を襲《おそ》って犯しちゃって」

強姦に喜びを感じる訳ではないがこれは遊びだ。開き直って楽しむ方がいい。

ここは街角、不埒《ふらち》な流れ者の俺は後ろからセリアに襲いかかった。

「いやです！　やめて下さい！」

「大人しくしろ！」

セリアを仰向《あおむ》けで床《ゆか》に押し倒し襟《えり》を掴んで力を入れる。粗末な着物は音を立てて破れ、形のいい胸が飛び出た。すかさず口に含《ふく》んで乳首を転がす。

「いやだっ！　やめ……離《はな》れろぉ！」

胸に吸い付く俺の頭をポカポカと叩《たた》くセリア。だがそんなか細い抵抗《ていこう》を無視し、股の間に体を入れて逸物をうっすら開いた穴に当てる。

「もう濡れているぞ。欲しかったんだろ」

「ち、違う！　それはただ怖《こわ》くて」

「諦めろ、もう逃《に》がさん!!」

セリアの破れた服から覗く肩を抱いて思い切り肉棒を捻《ね》じ込む。

「どうだ？　いいか？　気持ちいいだろ？」

「やめて下さい……抜いてお願いですから……」

セリアは首を横に振ってすすり泣くがどうしても口元がにやついている。犯される演技はしていても嬉しいのは隠し切れないらしい。

「ほら出るぞ。下品で汚《きたな》い俺の種が中に噴き出るぞ!!」

「やめて下さい！　中だけはだめです！　妊娠《にんしん》しちゃう！」

セリアは俺を押しのけようとする演技をするが足が腰《こし》に絡《から》みついていた。

それでもセリアが嫌《いや》がる声と胸を押す抵抗を感じながら精を吐き出していく。

俺は射精に合わせて腰を小刻みに動かし、狭《せま》く締まるセリアの中を堪能《たんのう》した。

「嫌がるセリアと言うのもなかなか新鮮《しんせん》だったが……足まで絡めてそんなに欲しかったか？」

「エイギル様に抱かれると嬉しくてつい……次回からはもっとうまく演技します」

激しい行為《こうい》に疲《つか》れたらしいセリアは枕《まくら》を受け取って気絶するように寝《ね》てしまった。


ここは野営地の外れ、外道《げどう》上官の俺は立場を利用して部下のイリジナを襲った。

「ハードレット殿《どの》だめだ！　私達は上官と部下なのだ！」

イリジナは体がでかすぎて服を着ても性器も尻も丸見えだ。それでも俺は服の胸元《むなもと》を破いて
イリジナに肉棒を押し付ける。

「イリジナよ。これは上官命令だ。大人しくケツを出せ！」

「そんな理《り》不《ふ》尽《じん》な命令は騎《き》士《し》道《どう》に反し……やめて……だめだぁ！」

ミチミチと肉棒が沈んでいく。

「ああ……犯されてしまった……ハードレット殿どうかご容赦《ようしゃ》を……これ以上は」

「お前はこちらにケツを向けていろ。俺が楽しみ終わるまでな」

イリジナを後ろから攻《せ》めながら両手を掴んで引っ張る。手を引かれ胸を前に突き出すような姿勢でイリジナは俺の肉棒を受け続ける。

「いいケツだな……これはどうだ？」

マリアが妊娠して使えなくなった張り型をイリジナの尻穴に差し込む。

「ふぎぃ！　そ、そこはダメだ！　そこは汚いのを出し入れする場所……」

俺のよりもかなり小さいらしいがそれでもイリジナの尻は張り切れそうなほど広がっている。

「両穴攻められて気持ちいいか？　ククク、変態だな」

「やめてくれぇ……し、死んでしまう」

イリジナの苦しむ声を聞きながら俺はブルリと大げさに体を震《ふる》わせる。射精の合図だ。

「だめだ！　私は今日危ないんだ！　妊娠してしまう」

「孕んだら俺の愛人として飼ってやるさ！　孕めイリジナ！」

粘着質《ねんちゃくしつ》で汚い射精音が鳴った。

「うわぁぁぁ!!　だめだぁ!!」

しばらくお互《たが》いに体を震わせてから体を放す。演技とは言え本当に出したので股間《こかん》から床にボトボトと精が流れる。

「どうだった？」

「尻と……一緒《いっしょ》に……凄かったぞ……」

崩《くず》れ落ちるイリジナをセリアの横に寝かせる。どうも演技がいい刺激《しげき》になって普段《ふだん》より感じているらしい。

俺はスケベな隣人《りんじん》でルナは貞淑《ていしゅく》な人妻だ。

「い、いけません！　私は人妻です！　不貞《ふてい》など出来ようはずもありません！」

ルナは人妻になりきっている。変な書物か劇でも見たのかな。

「いいじゃないか奥さん。滅多《めった》に帰らない旦那《だんな》にゃわかりゃしないさ。ほらこれを見ろ」

モノをルナの前で揺らす。

「う……大きゅうございます」

「旦那のよりもずっと大きいだろう？　これが今から奥さんの中に入るんだ」

ルナは抵抗するように後ずさり、ベッドに躓《つまず》いてその上に転ぶ。

俺は歩を早めてルナの上に乗り首筋にキスをした。

「自分からベッドに行ったんだ。もう突っ込んでくれってことだろう？」

「ち、違う……これは転んだだけ、決してお誘いしたわけでは……」

俺は何も言わずルナの服を首から裾《すそ》まで破ってしまう。

「綺麗《きれい》な穴と胸だ。これが今から俺のモノか」

「何を愚かなっ！　全て我《わ》が主様の」

無視して穴の入り口をモノで擦《こす》る。

「今日から俺が……お前の主だ！」

「おやめ下さ……あっあーーー!!」

肉棒はルナの穴を一番奥まで抉《えぐ》り、同時に俺は薄《うす》く日焼けしたその首元に噛みつく。

「お前は間男のモノを受け入れた浮気《うわき》妻……これはその証《あか》しだ！」

首筋には傷にならない程度の噛み跡《あと》がついている。

「な……なんということを。これでは主様にばれてしまう」

俺はゲヒゲヒと笑いながら首の歯形を舐める。

「いいじゃないか。もうお前は俺の女だ。主のことは諦《あきら》めてせいぜい喘《あえ》げ」

そして猛然《もうぜん》と腰を動かしてルナを揺さぶる。

最初指を噛んで耐《た》えていた彼女はやがて両手で顔を覆《おお》い、最終的には両手で俺を抱《だ》き締めて声を上げる。

「嫌なんじゃなかったのか？　無理やりされている？　これじゃ唯《ただ》の浮気だろう」

「も、もういいのです……主様などどうでも……貴方様《あなたさま》に……この極太に服従致しますぅ！」

ただ大きいだけのモノに落ちたルナは自分から間男へ口づけをする。

「よく言った。お前はもう俺の女だ!!」

ルナを持ち上げ、限界まで男根をめり込ませて射精する。

見かけによらず狭いルナの中はたちまち俺の精でいっぱいになり、外からもわかるぐらい膨らみ、俺のモノが脈動する動きまではっきりと見える。

「たっぷり出た。これは妊娠するかもしれないぞ」

「極太からの濃厚種……きっと孕むでしょうが、子は主様の子として育てます。貴方《あなた》には迷惑《めいわく》をかけませんのでご安心下さい。あぁ浮気最高……」

ルナは細かく震えながら不貞種をぶちまけられた腹を撫で、俺《おれ》の体を舐めた。

「これからもヤリたくなったら呼び出す。すぐに来るんだぞ？」

「もちろんです。主様……いえアイツと交わっている最中でも止めて駆《か》け付けます」

ルナは下品に股を開いてしゃがみ込み、汁だらけのモノを丁寧《ていねい》に舐めた。強姦と言うには少し違うがこういうのもいいかもな。

「あぁ言葉に出来ないのですが……心の奥から何やら表現出来ぬ興奮が……」

ルナは浮気しないように監視《かんし》していないと寝取《ねと》られそうだ。


そして次のレアはすごかった。

俺は山賊《さんぞく》で哀《あわ》れな村娘《むすめ》のレアを拉致《らち》したという設定だったのだが。

「ぎゃあああ!!　痛いぃぃ!!　死んじゃうぅ!!」

例の如く服を破いて挿入した途端《とたん》、断末魔《だんまつま》のような悲鳴が上がる。

「こ、これはどうだ?」

「痛い痛い痛い痛い、ひぃぃぃぃぃぃ!!　たすけてぇぇ!!」

強姦ごっことは言ったがここまで真に迫《せま》った悲鳴だと萎《な》えてしまう。

レアは今まで環境《かんきよう》に恵《めぐ》まれていなかったのでこういうのに慣れてしまっているのだろう。やや柔らかくなってしまった肉棒で中をこすり続けると、穴の動きから本気で嫌がらず感じていることはわかるのだが絶叫《ぜつきよう》は収まらない。

「痛い!　痛いよぉー!　アソコ裂《さ》けたぁ!　苦しいっ死ぬぅ!　たずけでぇ!」

あまりの悲鳴に思わず動きを止めてしまう。

「えへ、演技だよ」

そうかと再び腰を動かす。

「ぎゃあぁぁ‼　誰《だれ》か助けてぇぇぇ！　いっそ殺してぇ‼」

「……」

結局射精することには成功したがなんとも複雑な気持ちになってしまった。

「すごく良かったよ。ご主人様に犯されてるって思うと全然つらくなくて……なんなら本当に痛くしてもらっても良かったかも」

「いや、遠慮しておく……次は違うプレイで楽しもうな」

その後、ピピへの愛撫から全員含めての乱交に雪崩《なだ》れ込《こ》み、俺は喉《のど》を潤《うるお》す酒を流し込みながら全員を可愛がった。

最後は原点に戻り、うつ伏《ぶ》せになったメリッサに乗っかって射精し、快楽の宴《うたげ》を終える。

どうやらメリッサも完全に失神してしまったようだ。

俺は逸物を引き抜《ぬ》き、枕元《まくらもと》においてある酒を一気に煽《あお》る。冬の夜は冷えるので窓を閉め切っていたのだが逆にものすごく暑いな。体中の水分が種汁と汗《あせ》で出ていってしまったかもしれないから酒で補充《ほじゅう》しておかねば。

おっと何も喰《く》わずに腰を振りまくっていたせいかすきっ腹に酒は流石《さすが》に回る。

「俺もそろそろ寝るか」

まだモノは硬《かた》いがもう抱く女がいない。

酔《よ》いにふらつく足でベッドの空いている空間を探しているとドアがキイと開いた。

「旦那様《だんなさま》～マリアさんお眠《ねむ》りになりましたよ。わっ、この部屋暑い。それに臭いが……」

マリアを見てくれていたミティがひょっこり顔を出した。まだ女がいるじゃないか。

俺は逸物をそそり立たせたままゆっくりとミティに近づいていく。

「旦那様飲み物ですか？　ま、前ぐらいは隠して下さいよお」

ミティは手で顔を覆うが指の隙間《すきま》は空いている。その仕草が更に興奮を誘う。

「ミティ……いいだろ？」

肩を抱かれ、モノを押《お》し付けられて初めてミティは求められていることに気付いたようだ。

「ええっ!?　冗談《じょうだん》ですよね？　だ、だめ……嫌です！」

酔っていて考えがよくまとまらないが、強姦ごっこはまだ続いていたらしい。

「大人しくしろ。よくしてやるから」

「やっ待って下さい！　酔っておられますよね！　メリッサさん～」

演技が随分《ずいぶん》とリアルかつレアのように生々しくもない。いい具合だ。

「さあ尻《しり》を出すんだ」

「いやぁ……」

エプロンドレスを捲《まく》り上げ、下着を引き下ろす。先ほどの荒い服とは違うから破らないようにしないとな。

「旦那様正気に戻って下さい！」

「ぷりぷりした可愛い尻だな」

ミティの若い尻は真っ白でハリがある。セリアより筋肉がない分、柔らかさがすごい。

俺は尻に顔を押し付けてキスを繰《く》り返した。

「やっ！　あんっ！」

声を上げるミティの尻をひとしきり舐め、抱き上げてソファの上に押し倒す。

そして股を大きく開かせて口をつけた。

「ひいっ！　恥《は》ずかしいです‼」

声を無視し、頭を必死に押さえてくるミティの性器を舐めまわす。臭いもないし綺麗に洗えている。随分と狭いがセリアも受け入れられたのだからきっと大丈夫だな。

俺は性器が濡れてきたのを確認《かくにん》すると立ち上がり、ミティの顔前にモノを持って行く。

「さあ、舐めるんだ」

「ひっ！」

この様子では技術は期待出来ないだろうが挿入前に唾液《だえき》で湿《しめ》らせておけばスムーズになるだろう。

ミティは最初抵抗していたが恐《おそ》る恐る舌を出しペロリと舐める。

「もっと唾液を絡ませて……傘もしっかり舐めろ」

「ううう……ふぇぇぇ……」

ミティは口をぐちゅぐちゅと動かして唾液を溜め、垂らすように肉傘を濡らす。少しだけ出した舌で男根の先を突《つ》いてくるが咥える度胸はないようだ。まあ十分唾液もついたしこれぐらいでいいか。

俺はミティの股をこれでもかと開かせ、その間に体を差し込む。

この動きでさすがにミティも何をするかわかったらしい。

「えっ⁉　やだやだー！　犯《おか》さないで下さい旦那様っ！」

ミティが暴れてうまく肉棒が入らないのでソファに座り、彼女の太ももを抱え上げて背面座位をとる。

それにしても嫌がる演技が絶妙《ぜつみょう》だ。男の乱暴な支配欲をそそりつつ、痛々しすぎはしない。

「ミティは俺達の行為を覗いていただろう？　本物が味わえるぞ」

「やだぁ……せめてもっとムードを……こんな強引《ごういん》になんて酷《ひど》いです……」

「ははは、いい感じの演技だな。興奮してきた」

ミティの太ももをゆっくりと落としていく。彼女は体をバタつかせて抵抗するが太ももをがっちり掴まれては身をひねっても抜け出せず、いよいよモノは女の穴に密着する。

「暴れるなよ。尻の穴に入ってしまうぞ」

「ひいっ！」

ミティは諦めたのか両手で顔を覆ってしまった。最後まで演技してくれた方が燃えたのだが……まぁいいか。

「わかるか？　ゆっくりと入っていく」

「あ……ぁぁ……」

肉棒は狭いミティの穴を掻《か》き分けながら突き進《すす》む。

最後の抵抗としてミティはなんとか股を締めようとしていたがそんなものなんの妨害《ぼうがい》にもならない。ミチミチと女穴は押し広げられていき、浅すぎる壁《かべ》に当たった。

「ん？　随分浅いな」

「わ、私処女ですよぉ！　お願いです旦那様、ここまでで堪忍《かんにん》して下さい！」

泣きそうな堪忍して下さいに更なる興奮を誘われ、思わず腰が突き上がった。

か弱いミティの処女は小さな音をたてて失われた。

「きゃぁ！　いたぁい！」

ミティの中はとても狭い。鍛《きた》えているわけではないので締まっているのではなく構造そのものが狭いのだ。そして浅い奥を突くと反射的にきゅうと締まる。

「なかなかいいな。ぎちぎちだ」

「やだやだー！　マリアさん！　メリッサさん！　ドロテア母さん！　助けてぇ!!」

まるで本当に強姦されているような声を出すミティを、俺は窓に手を突かせて後ろから、抱え上げてだっこしながら、椅子《いす》に座《すわ》って対面座位でと攻め立てる。

そして最後の瞬間《しゅんかん》、ベッドの空いている場所にミティを押し倒す。

「出すぞ!!」

「……やめ……てぇ」

ミティの肩に手を回し、がっちりと捕《つか》まえて射精する。小柄《こがら》な彼女は射精の度に震えるように痙攣したがやがて脱力《だつりょく》していった。

頬《ほお》に伝う涙を舌で舐めてやるがすぐに次が出てきてしまう。そんなに痛くしたつもりはないんだが……。

朝日も昇《のぼ》ってきているし酒の量も多かったせいで意識が揺らいでくる。そろそろ眠るとしよう。俺はミティに圧し掛かり、繋《つな》がったまま眠りについた。

翌日
俺はベッドの端《はし》に腰掛《こしか》けたまま女達《たち》に責め立てられていた。口で奉仕してくれるなら大歓迎《かんげい》なのだが残念ながら言葉で責められているのだ。

「見損《みそこ》ないました!!　まさかミティを強姦するなんて!!」

「そんなことはしないと思っていたのに……心まで色魔《しきま》になってしまったんですか？　この子もパパが色情狂だと悲しみますよ」

メリッサとマリアの責めが一番厳しい。特にメリッサは烈火《れっか》のごとく怒っている。

「使用人を犯すのはいけないことだぞ」

「うう、ミティも夜の発情エイギル様に近づいたら犯されることぐらいはわかったはずです」

セリアがかばってくれるが今ひとつ喜べん。

「族長様が好きに女を犯すのはダメなのか？」

「草原の民達は族長様であっても合意の上で行為せねばならぬようです」

ピピとルナは男女の基準が違うので説得力がない。

「その、悪かったな」

「ぐすん」

ミティは裸体《らたい》にナイトガウンをかけられた格好でむくれていた。

「痛かったか？」

「……途中《とちゅう》からはそうでもなかったですけど。でも、酔った勢いで処女を……ふぇぇ」

確かにそれは悪いことをした。

「悪かったよ。好きなお菓子《かし》をなんでも買ってやるから」

「私の処女はお菓子と交換《こうかん》できません!!」

ポコリとパンチをもらってしまう。

「俺に抱かれるの嫌だったか？」

「旦那様には感謝してますし男の人としても素敵《すてき》だと思います。でもお酒の勢いで処女を散らされるなんてあんまりです！」

ミティはメリッサにぎゅっと抱きついてしまった。まだ子供だったか……収獲《しゅうかく》時期を誤ったかもしれない。

「ゴホン。ではエイギルさん。これからドロテアさんに謝《あやま》りに行ってもらいます」

「ドロテア？　何故《なぜ》だ？」

俺は本気で首を傾《かし》げる。

「彼女から大切にすると預かったミティを犯したんですよ！　謝罪して当然です」

謝るぐらいなら別にいいが。ドロテアもいい女だしな、もしかするとそこから発展するものがあるかもしれん。

「それと、ミティを側室にしてあげて下さい」

「ええっ⁉」

これにはミティの方が驚いた声を上げる。

「これを見て下さいよ」

メリッサはミティをひっくり返して豪快《ごうかい》に性器を広げた。

「うひゃあああ‼」

明るい中、全員の前で開帳されてミティは今までで一番の悲鳴を上げた。

「こんなガバガバになっちゃって……これではもうエイギルさんのモノしか合いません。娶《めと》ってあげるのは当然でしょう？」

メリッサは指を三本突っ込んで出し入れする。酷い辱《はずかし》めだと思うが。

「それには考えもある。まず全員に話がある。それからドロテアの所に行こうか」

◇◇◇◇◇◇◇◇◇◇◇◇◇◇◇◇◇◇◇◇◇◇◇◇◇◇◇◇◇◇◇◇

ドロテアの孤児院《こじいん》
「そうですか……ミティに手を付けられましたか」

「少し強引で悪かったとは思うが不幸にはしない。これから面倒《めんどう》も見て行くつもりだ」

「母さん。私も犯されたのはびっくりだったけど旦那様のこと嫌《きら》いじゃないし……」

ドロテアは溜息《ためいき》を吐《つ》き、ミティの頭を撫《な》でて続ける。

「女の幸せは沢山《たくさん》あります。私にはハードレット様が女を不幸にするようには見えないわ。ミティ、女好きスケベの殿方《とのがた》に惚《ほ》れると嫉妬《しっと》することも多いでしょうけど、きっちりと尽《つ》くして幸せにしてもらいなさい。女として巣立ちの時です」

「母さん……」

そしてドロテアは寂《さび》しそうな顔で俺を見た。

「ここまで育て上げた満足感もありますし……私から離れてしまう悲しさもあります。複雑なものですね」

「母さんに育ててもらって私こんなに大きくなったんだよ。ありがとう母さん！」

抱き合う女二人……ううむ、とてもドロテアに一発どうだという雰囲気《ふんいき》ではなくなった。

まあいい別の用件にいこう。

「ドロテア、それで提案なんだがな」

「なんでしょう？」

ミティと体を離してこちらを向き直る。やはりしっかりした性格が目にも出ているな。少々の年増だが是非《ぜひ》抱《だ》きたい女だ。

「俺の王都屋敷《やしき》の管理をあんたに任せたいんだ」

「お屋敷……？　申し訳ありませんが私はこの孤児院の管理で精一杯《せいいっぱい》、とても手が回りません」

即答《そくとう》で断ってくる。もちろん予想の範囲内《はんいない》だ。

「わかっている。だからここの子供をそのまま屋敷に連れて行けばいい。隙間風《すきまかぜ》の吹《ふ》くここよりは随分暮らし易《やす》いはずだ」

「まぁ……貴族様のお屋敷に子供達をなんてそんな……」

俺は説明を続ける。

「実はな、ミティも含めてメリッサ達を領地の方に連れて行こうと思っている。だが俺には信《しん》頼《らい》できる人間が少ないし、使わなければ家は傷《いた》む。屋敷の管理人としての維持費《いじひ》と給金は渡《わた》し子供達は使用人扱《あつか》いにすればいい。ここよりは子供もお前も楽に生きて行けるはずだ」

正直、ゴルドニアにおいても孤児《こじ》の立場は極《きわ》めて弱い。酔っ払《ぱら》いに殴られたり、女の子なら犯されたりしても警備兵がまともに取り合ってくれることは少ない。

だが俺の屋敷の使用人となれば話は違って来る。俺のメチャクチャな評判も相まって、不埒なことをしようと考える奴《やつ》などいなくなるだろう。

ドロテアはさすがに驚いた顔を見せた。

「身元も知れぬ私や孤児達《こじたち》に家を任せると？」

「あんたの身元は知らんが人柄《ひとがら》は知っているつもりだ」

ドロテアはしばし考えた後、深々と頭を下げた。

「御《お》受け致します。何卒宜《なにとぞよろ》しくお願い致します」

おう、それでいい。

「屋敷の案内は適当にさせる。来週には発《た》つからそれまでならいつでも来てくれ」

そしてドロテアが顔を上げたタイミングで近づいてさっと唇《くちびる》を奪《うば》う。疾風《しっぷう》のごとき早業《はやわざ》で舌を入れて数秒口内を舐めてすぐに放す。

「なっなにを！」

「魅力的《みりょくてき》だったのでついな。契約《けいやく》の証しとでも思ってくれ」

ドロテアは目を丸くして唇を押さえ、溜息混じりに笑う。

「本当に浮気性《うわきしょう》な殿方……ミティの今後の苦労が偲《しの》ばれますわ」

そういいながら口元を拭《ぬぐ》うドロテアだが頬はうっすらと赤くなっていた。

俺はパクパクと口を開いたまま言葉を失っているミティを置いて屋敷に戻《もど》る。今夜ぐらいは親子一緒に寝るといい。


そして出立の日、俺達《おれたち》家族は全員が揃《そろ》って旅の準備をする。女達だけではなく、クロルとアルマも一緒に行くのだ。

クロルは既《すで》に十分育って俺と共に来る覚悟が出来ていたし、アルマも怖がってはいたがクロルにくっついてなら大丈夫のようだ。そして彼女《かのじょ》はどうやらクロルに想《おも》いを寄せているようだ。

子供達がついて来ればメリッサも王都屋敷に留《とど》まる理由はなく、マリアもメリッサが行くならと、芋蔓《いもづる》のように全員が同行することになったのだ。

心配なのはもう腹が十分大きいマリアを冬の旅に出すことだったが、それも解決出来た。

「すごい馬車です……六頭立てなんてあったんですね」

ケネスから俺へ陞爵《しょうしゃく》祝いにと贈《おく》られた大型馬車だ。くれると言うので貰《もら》っておいた。大きすぎて王都内の道では使えないので町の外に待機させているほどだが、土地の有り余るラーフェンは道を大きくとっているので十分に動かせる。

セリアは借りが出来るうんぬんと悩《なや》んでいたが気にしなくてもいいだろう。

さて馬車の内部には十分な空間とクッションが用意されていた。車体そのものもオルガ連邦《れんぽう》製の最新技術が使われているらしく荒地でもあまり揺《ゆ》れない。暖房《だんぼう》器具まで備えられているのでマリアも体を冷やさずに移動することが出来るはずだ。

「これはすごい……さすがゴルドニア……」

一族との話を終えて戻って来たマイラも馬車を見て驚いている。

マイラの地位はゴルドニア男爵《だんしゃく》と言う以外にはまだ不安定なので、とりあえず食客兼愛妾《しょっかくけんあいしょう》としている。本人は軍人にしろ、愛妾《あいしょう》と呼ぶなとうるさいが。

「一つだけ気になることが……なんで奥にベッドがあるんですか」

セリアがやや棘《とげ》のある声で言う。

「マリアがゆったり寝られるようにだ」

「……行きずりの女を連れ込み易いようにじゃないのですか？」

それもある。

家族全員が乗り込み、周りの兵士達に出発の号令をかけようとした所で怒鳴《どな》り声が聞こえた。

「だから何度も言ってる！　便乗など認められん！　何を考えているのだ無礼だろう！」

「そこをなんとか……ハードレット様にはご恩が……」

はて何事だ。

「伯《はく》と知り合いと言うのか？」

「いえ、以前町でその……」

「姉ちゃんをいじめるなっ！」

女と護衛の兵士、そして子供の声だ。

「私が行きましょうか？」

セリアが馬車の窓から顔を出す。お前が行くと余計揉めそうだから俺が行こう。

「どうした？　何の騒《さわ》ぎだ」

俺は馬車からひょいと顔を出す。

「こ、これはハードレット伯！　お騒がせしました。この女達が自分達も同行させろと馬鹿《ばか》なことを申しておりまして……」

見るとおっとりとした美人と快活そうな少女だ。どこかで見た覚えがあるぞ。

「こやつらハードレット伯の顔見知りと吹きまして、すぐに追い払《はら》います」

「ハードレット様！　この路地で姉さんと僕《ぼく》を助けてくれたよね!?」

「その説はどうも……そしてお願いがございまして……」

思い出した。以前に犯されていた女とその妹だ。

「ふむ、同行したいのか？」

「はい、私達は王都の酒場で働いていたのですが先日首になりまして」

「僕は悪くない！　姉さんの尻を触《さわ》ってた変態親父《おやじ》を蹴《け》っ飛ばしただけなのに！」

なるほど多くは聞くまい。

「それでラーフェンに移住したいと？」

「はい。最近はラーフェンに人も集まり仕事も多いと聞きまして。それにハードレット様のご領地で働くのも何かの縁《えん》かと存じます」

「でも姉さんは体が強くないから寒空を旅したら病気になっちゃうよ。だから空いてる荷馬車にでも乗せてくれないか頼《たの》んでいたのにっ！」

さすがに名も知らぬ女を大事な家族の馬車には乗せられないが、荷馬車でいいなら乗せてやればいいじゃないか。

「適当な荷馬車にでも乗せといてやれ」

「は、はぁ。しかしそれでは他に示しがつきません……」

見れば俺達の隊列の後には幾人《いくにん》かが続こうとしていた。

なるほど俺の軍隊の後ろをついてくれば盗賊《とうぞく》や魔物《まもの》の心配はない。兵士に何かされる危険性はあるが、それだけ俺の軍が信用されているのだろう。

「ただ我が軍は行軍速度は速いので、女子供はついていくのが辛《つら》く、それが歯止めになっておりますので……」

もし荷馬車に乗せてもらえるなら我も我もと収拾《しゅうしゅう》がつかなくなると。

確かに荷馬車といえど、得体の知れない者達を乗せるのはよろしくないな。

「ならこうだ」

おっとりした豊満な姉の肩《かた》を抱いて唇を押し付ける。

最初身を硬くした姉だが、覚悟していたのかすぐに力を抜いて身を任せてくる。

女のぽってりと厚い唇は吸い心地《ここち》がよく、太っていないのに体全体も柔らかい。

俺達が知り合ったきっかけは彼女が犯されているところを助けたことだが、この雰囲気と体つきでは夜道を歩けばたちまち犯されてしまうだろうな。

「ぷは……キス、お上手ですね」

たっぷりと唾液を交換した後、唇を放して次は妹の肩を抱く。

「だ……だめだよ。僕、ぼくはおと……んんっ!!」

姉とは対照的に薄い唇に小さく肉もついていない体……抱き締《し》めたまま尻を撫で回すときゅっと力が入って可笑《おか》しかった。

「ぷは……ハードレット様……こんなことされたら僕、変なことになっちゃうよ」

妹は何故か股間を押さえて屈《かが》み込む。

「見ての通り、こいつらとは少しばかり遊んだ縁のある関係だ。荷馬車ぐらい乗せてやろう」

「は、はい……女追加ですね」

兵士が姉妹を空いている荷馬車に乗せる。些細《ささい》な騒ぎはここまでにしてラーフェンに帰ろう。

「また二人……」

「眉《まゆ》を顰《しか》めてばっかりだと眉間《みけん》に皺《しわ》が残るぞ」

俺は笑いながらセリアの顔面を揉《も》み解《ほぐ》す。

「顔を揉み解さないで下さい！　戻らなくなりますからぁ」

珍妙《ちんみょう》なやり取りに他の者達も次々と参加する。

「ピピもやるぞ！」

「私もだ！！！」

「私も非力ながら……」

「俺も」

セリアの可愛《かわい》い顔が沢山の手でもみくちゃにされていく。

「ピピッやめなさい！　ルナさんまでモフモフしにゃいで……いったー！　イリジナさんは加減して下さいっ千切れる!!　ふがっ……このガキ殺してやる！」

皆《みな》がセリアの軟《やわ》らかそうな頬をもみくちゃにする。そしてドサクサに紛《まぎ》れて触ろうとしたクロルの指がセリアの鼻の穴に入ってしまい、ぶちぎれたセリアに蹴り飛ばされるクロルをアルマが必死にかばう。

広い馬車なのに皆がドタバタ暴れるものでゆったり感が全くないな。

俺は近くにいたレアを呼び、猫《ねこ》のように撫でつけながら窓から外を眺《なが》める。

ノンナ達は元気だろうか。また無駄遣《むだづか》いしてアドルフと揉めていなければいいが。

余談　夢幻の夜

不意に頭が傾《かたむ》き、目が覚める。

「おっと寝ていたか」

見回すと馬車は止まっていて周囲は暗い。周りの女達は皆、スヤスヤと寝息《ねいき》を立てている。

居眠《いねむ》りしたのは昼飯の後なのにまさか夜まで寝こけるとは。

一伸《の》びしてから馬車の外に出て小便をする。

「おうクロル」

同じ場所でクロルも小便をしていた。覗《のぞ》き込むと……相変わらず悲しいサイズだな。

「あ、ご主人様」

レアも起きて来たので抱《かか》え上げて小便をさせてやる。困惑《こんわく》するクロルは放置だ。

「……おかしいな」

そして違和感《いわかん》に気付く。歩哨《ほしょう》が一人もいないのだ。

千人規模の軍隊が全員寝こけるなど有り得ない。

「旦那様！」

クロルの声にレアを抱き上げて駆け付ける。クロルはアルマを揺すっているのに、全く反応しないのだ。

「息と心拍《しんぱく》は普通《ふつう》だから寝ているだけのようだが……」

俺は家族の馬車に入り、皆に声をかけるがアルマと同じように誰も反応しない。

とんでもなく臭《くさ》い香辛料《こうしんりょう》をセリアに嗅《か》がせてみても起きず、イリジナの鼻をくすぐっても変顔になるだけで目を覚まさない。

「さすがに異常だ。眠り薬《ぐすり》でも盛られたか」

だとしても俺はともかくレアとクロルがなんともないのは妙《みょう》なのだ。

「とにかく助けを――うわっ！」

クロルの言葉が途中で切れたので振《ふ》り返ると、黒い何かがクロルを抱え上げ、夜空高く舞《ま》い上がっている。ケラケラと甲高《かんだか》い笑い声を残して……。

「なんだありゃ。コウモリ？　いや人……だよな」

よくわからないが放置も出来ない。さすがにドロテアから預かって即死《そくし》なせるなんてことになれば申し訳がたたないからな。

俺はレアを抱え上げてコウモリを追う。

「あう……幸せ」

そして何分もしないうちに小さな村を発見した。こんなところに村があった記憶《きおく》はないものの、地図なんて適当に見ているから俺の勘違《かんちが》いかもしれない。ともかく手伝いを頼もう。

「おうい。ちょっと手を貸してくれ。子供が攫《さら》われたんだ」

普通であれば皆が驚《おどろ》いて飛び出すような音量で呼びかけるが誰も反応しない。

レアがトテトテと民家に入って俺を呼ぶ。

準備の出来た食卓《しょくたく》、整えられたベッド、揃えられた靴《くつ》……そして無人だ。

「嫌な予感しかしない」

そこでふとすすり泣くような声が聞こえる。

「出たか」

「こ、この流れはそうかも」

典型的な展開に俺はレアを抱え上げ、そろりそろりと声の方に向かう。

すると案の定、白装束の女がすすり泣いていた。

「ほーら出たぞ。近づくとすごい顔になって襲《おそ》って来るやつだ」

「フッと消えて後ろにいるパターンかも！」

俺達とレアは囁《ささや》き合って覚悟《かくご》を決め、女に声をかける。

「もしそこの方、大丈夫《だいじょうぶ》ですか？」

女の泣き声が止まってゆっくり顔を上げる。そして涙《なみだ》を流しながら一言。

「襲われたのです……」

「それは酷い。まずは外道の精を洗い流し、俺のまっとうな種に詰《つ》め替《か》えましょう」

「多分違《ちが》うよ」

ともかくこの女は幽霊《ゆうれい》ではなさそうだ。

「悪《あ》しき夢魔《むま》が村を襲って来たのです。夢魔とは人を夢の世界に引きずり込み、そこで嬲《なぶ》り殺すのです。夢の中で殺された者は現実でも……私の夫と息子《むすこ》も餌食《えじき》に……ううう」

それは可哀《かわい》そうにと人妻の肩を抱く。

「夫は生意気少女風の夢魔三人に弄《もてあそ》ばれ、干《ひ》からびるまで射精させられて息絶えました」

それはひどい。

「そして息子は全身ムチムチの年増《としま》夢魔《むま》に抱き締められ、大きすぎる乳房《ちぶさ》を吸わされながら股間を悪戯《いたずら》され続けそのまま……二人とも緩《ゆる》みきった酷い表情で……ううう」

「なんて敵だ。ワクワク……いやゾクゾクする」

俺は言い直して人妻を慰《なぐさ》める。

「ご主人様もっこりしてきた」

こらレア。気付かれるから股間に言及《げんきゅう》するんじゃない。

「貴方達《あなたたち》ももう逃《に》げられません。だってここにいるということはもう取り込まれたということですから。もちろん私も食べられるのを待つだけの身です」

なるほど最初からおかしいと思ったが、ここは夢魔の夢の中で、俺とレアとクロルは取り込まれていたのか。

「だとすると急がないと。夢魔は向こうに飛び去っていたな」

クロルが嬲り殺されてしまう。今の話を聞く限り、夢魔に絞《しぼ》り殺されてもそれはそれでハッピーエンドの気もするがドロテアに申し訳がたたないのは違いない。

俺はレアの手を取り、泣く人妻の腰《こし》を支えながら歩く。しかしこの女、異様な白装束が目立っていたが、とんでもなく良い体をしていてたまらない。

「……もっこり」

だからレアは指摘《してき》するんじゃない。気付かれるだろ。

大まかな方向以外あてもなく歩いた俺達だが、細かい捜索《そうさく》は必要なかった。

「なんだありゃ……」

目の前に夜空を照らすほどギラギラした街が現れたのだ。

もちろんこんな場所に発展した街があるわけがないし、門に描《えが》かれた紋章《もんしょう》にも見覚えはない。

そして松明《たいまつ》どころじゃない眩《まばゆ》い灯《あか》りが、これが夢の中の存在だと教えてくれる。

ともかくそこら中に人がいるので聞いてみよう。

「そこのおっさん。ちょっと教えて欲《ほ》しいんだが……」

「ははは……ひひ……最高だ……」

おっさんは声をかけてもヘラヘラ笑うだけで話にならない。

「夢魔に嬲られた人間は死ななくてもこうなってしまうの……」

他にも何人か聞いたが男も女も結果は同じだった。

あくまで正気に戻らないか確認するために、女性の方は胸と尻も揉んでみたのだが蕩《とろ》けた顔で寄りかかってくるだけで言葉を聞いてくれる様子はない。

「これはどうしたものか……早くクロルを探さないと」

「その必要はないわよ」

唐突《とうとつ》に聞こえた声に見上げると屋根の上に女が座っていた。

若い女の体に背中からは巨大《きょだい》なコウモリの羽が生え、黒々とした尻尾《しっぽ》が揺れていた。

「私は夢魔の女王、この世界の支配者よ。順番に連れてくるつもりだったのにまさか自分から来てくれるなんてね。お探しはこの子？」

蕩けた目をしたクロルは夢魔の腕《うで》に抱かれて剥《む》き出しの乳房を吸っていた。そして夢魔の手が軽く股間《こかん》を撫でるたびにビクつき、ズボンの裾《すそ》から大量の汁《しる》が流れ落ちる。

「うふふ、体もココも小さい癖《くせ》に良く出すスケベな子だわ。これなら数時間で枯《か》れ死ぬでしょうね」

俺は溜息をついて前に出る。

「そいつも満更《まんざら》でない顔をしているが吸い殺すのは勘弁《かんべん》してくれ。なんなら俺が代わって……いや話が逸《そ》れた。ともかく魔物とはいえお前のように美しく色っぽい女と戦いたくない」

どうにも敵意を向けきれないままそう言うと、笑っていた夢魔の目が厳しくなる。

「なにを勘違いしているのかしら。貴方達は全員私の餌《えさ》なのよ」

夢魔が指をパチンと鳴らすなり、指一本動かせなくなる。もちろんレアも人妻も同じだ。

「ここは夢の世界よ。現実でどれほどの剛力《ごうりき》でも剣《けん》の腕がたとうとも、ここでは私の思い通り」

夢魔がもう一度指を鳴らすと周囲の空間が歪《ゆが》む。

そして何人もの男……高身長で逞《たくま》しく顔も良い物語の王子様のような男が現れる。

「奥《おく》さん」「綺麗《きれい》な人だ」「僕と楽しもう」

イケメンの群れは人妻に群がり、甘《あま》く囁きながら白装束を剥いでいく。

「なっ！　だ、ダメよ私には夫が……ああっ顔を近づけないで！」

俺は助けようとしたがやはり体が動かず、人妻はたちまち裸《はだか》にされてしまった。

「いやぁやめて！　やっぱりやめないで！　あぁん顔が良すぎて抵抗《ていこう》できないぃ！　腕も逞しい！　キス優《やさ》しい！」

人妻は男前集団に抵抗出来ず、たちまち全身の穴を使われて叫《さけ》ぶ。

もうこれ助け求めてないだろ。

「ひっ」

レアの悲鳴に慌《あわ》てて顔を向けると、こちらにも複数の男が迫っている。

どこかで見覚えのある顔……というかガキの頃《ころ》の俺じゃないか。

「さっさと尻を向けろ」「こっちへ来い。使ってやる」「上に乗って俺を良くしろ」

ガキの俺がやたら偉《えら》そうにオラオラと迫っていて張り倒《たお》したい。

「だ、ダメだよ……私はご主人様の物で……でもこっちもご主人様で……あうぅ」

しかしレアは満更ではないようで、まだ抵抗しているがこのままでは人妻のように受け入れてしまうかもしれない。

「あら、人のことを気にしている余裕《よゆう》があるのかしら？」

俺《おれ》の前の空間も歪み、ドンと巨大な胸が現れた。これはまずいでかすぎるぞ。

「さあエイギル様。おっぱいです。ほらおっぱいですよ」

現れたのはノンナだ。両手を頭の後ろで組み、ひたすらユッサユッサ胸を揺らしながら俺の周りを歩き回るのだ。

高まった興奮が一気に落ちていく。

「……これじゃアホじゃないか」

確かにノンナは顔も胸も魅力的だが、これは酷すぎる。

「うそっ、お前の夢を覗いたらこんな感じだったのに！」

夢魔が驚いた様子で言う。

「それノンナに言うなよ。頭突《ずつ》きされるから」

俺が萎《な》えたのを感じたのか、夢魔は慌てて次を出す。

「これならどう！」

現れたのは……あぁまずいルーシィじゃないか。彼女は真っ赤な唇を開き――。

「王様なんてもうどうでもいいわ。何もかも溶《と》けるまで交わりましょう」

俺はうつ向き、軽く笑い、一応ルーシィの胸に触《ふ》れてから顔を上げる。

「違うな。これは違う。偽物《にせもの》だ」

ルーシィにこう言って貰ってまた一緒《いっしょ》に暮らす。それも夢見たが、絶対に言わないとわかっているのだ。

ガラスが割れるような音が鳴り、男前集団とガキの俺が掻き消える。

「私の夢の中でそんなっ！」

夢魔が驚いて立ち上がり、射精のしすぎでげっそりしたクロルが解放された。

「はう……危なかった」

「……イケメン消えちゃった」

レアはギリギリ持《も》ち堪《こた》え、人妻は残念そうにつぶやく。

「せっかく気持ち良く吸い殺してあげようと思ったのに」

夢魔の目に怒《いか》りが宿る。

「甘い快楽を拒《こば》むならもういいわ。引き裂《さ》いて臓物を食ってあげる」

夢魔が両腕《りょううで》を広げると夜空が歪んだ。

「悪しきモノ、悪夢の象徴《しょうちょう》、来たれや我《わ》が魔《ま》、絶望の爪《つめ》で恐怖《きょうふ》すら引き裂け！」

歪んだ空間から翼《つばさ》を持った魔物が現れる。

「あれはガーゴイル！　悪魔《あくま》が使役《しえき》する呪《のろ》われた像で――」

乱交の余韻《よいん》から復帰した人妻が声を上げる。

「何だか知らんが襲って来るからには戦うしかない！」

俺はこちらに向けて急降下してくる魔物に飛び掛《か》かり、渾身《こんしん》の力で殴《なぐ》りつけた。

「痛てぇ！　石じゃねえか！」

「説明聞かないから！　ともかくここは夢の世界よ。幻覚《げんかく》にも屈《くつ》しなかった貴方《あなた》の強い精神で念じればきっと伝説の剣とか出せるはず！　腹に力を入れて！」

言われた通りにするとデカい屁《へ》が出て時間が止まった。

「くしゃい……」

レアに悲しそうに言われて開き直る。

「もう剣なんかいるか！」

俺は再び迫《せま》るガーゴイルに飛び掛かり、爪で肩を裂かれながら、その足を捕まえる。

「石だからなんだ。王宮の石像だって酔《よ》ってひっくり返せば簡単に壊《こわ》れるんだよ！」

あの時はエイリヒに殺されるかと思った。

俺は掴んだガーゴイルを地面に叩《たた》きつける。

汚《きたな》い鳴き声が響《ひび》くが、邪悪《じゃあく》なフォルムは同情を誘《さそ》わない。もし美女像だったら加減してしまっていただろうに間違《まちが》えたな。

俺は更《さら》にもう一度叩《たた》きつけ、翼を砕《くだ》き、腕を圧《へ》し折り、最後に思い切り踏《ふ》みつけて頭を砕く。

そして砕けた破片《はへん》を掴んで次のガーゴイルに投げつけ、翼が壊れて落ちて来たところを踏みつけまくってバラバラにした。

「どうよ！」

「攻略法《こうりゃくほう》が違う……」

見れば夢魔が地団駄踏《じだんだふ》んでいる。

「こ、こいつ！　許さないわ！」

またも空間が歪み魔物が現れる。

サイズはオークほどだが、紫《むらさき》の肌《はだ》に真っ赤に光る眼、長い爪を持つ四本の腕と邪悪さは比べ物にならない。

「四つ手のデーモン！　これはさすがに剣が要《い》るでしょ！　伝説の剣！」

人妻が言い終わる前に俺はデーモンとやらに飛び掛かる。もちろん素手《すで》でだ。

デーモンは俺に手をかざして魔《ま》法《ほう》のようなものを放つ。

全身が焼け焦《こ》げる感触《かんしょく》があったが、夢だとわかっていればどうってことはない。

俺はデーモンとがっぷり組み合う。

「愚《おろ》かね。四本の腕が見えないのかしら。残りの腕の爪が貴方を引き裂くわ」

デーモンが夢魔の言う通りの動きをしようとした瞬間、俺は口に含《ふく》んでいた砂を魔物の目に吹き付けた。

「うわっ卑怯《ひきょう》！　夢の戦いでそんなことする⁉」

人妻の声は無視、怯《ひる》んだデーモンの腕を圧し折り、飛びついてその顔面に頭突きする。

牙《きば》が折れ飛び、よろめくデーモンの眼孔《がんこう》に指を突っ込《こ》み、眼球を潰《つぶ》しながら引き寄せてひっくり返す。そして遂《つい》に倒れた魔物に馬乗りになって動かなくなるまで顔面を殴り続けた。

「勝った」

「……グロテスク」

「……こっちから悪夢にしてどうするの」

どうだと夢魔の様子を窺《うかが》うと、口に手を当てて絶句していた。デーモンを倒されて動揺《どうよう》して

いるにしては様子がおかしい
「ご主人様……その……出てます。おっきいの」

「うん？」

レアに言われて確認《かくにん》するとデーモンの魔法で焼け焦げた服が脱《ぬ》げてしまい完全に全裸《ぜんら》だ。

まあ夢の中だし戦闘《せんとう》中だからそれどころではないと思うのだが。

「勝負あったわね」

人妻が何故か偉そうに前に出てくる。ちなみに彼女も全裸だ。

「なんでだ。まだ夢魔は無傷だぞ」

言いながら夢魔の方を見ると、俺の方に手を突《つ》き出してワナワナと震《ふる》えている。戦意喪失《そうしつ》のようだ。

人妻が続ける。

「夢魔は淫魔《いんま》に近い種族なの。彼女達《かのじょたち》にとって人間の精は極上《ごくじょう》のごちそうなのよ。ましてこんな立派で精力がギチギチに詰まった貴方のソレはさしずめ伝説の秘宝よ。傷つけることなんて出来るはずないわ」

なるほどと納得《なっとく》しかけたがおかしい。

「なら会った瞬間にモノを放《ほう》り出してればそれで終わってたのかよ」

「たぶんね」

なんだアホらしい。もう帰る。

俺はレアとクロルを――汁まみれで汚いな――ともかく抱え上げる。

「で、アンタは来なくていいんだよな？」

俺は人妻に呼びかけると驚いた様子だった。

「あら気付いてた？」

異様な白装束に、ただの村娘《むすめ》にしてはスタイルの良すぎる体、男前五人相手に慣れた様子で交わっていたとなれば答えは見えてくる。

人妻の姿が歪み、たちまち夢魔と同じ姿となった。

「妹と競争していたの。貴方が負ければ妹が食べる。貴方が勝てば油断したところを私が食べる……どうかしら、二人がかりで食べられてみない？」

「怖《こわ》い奴らだ」

俺はニヤつく夢魔を見ながら目を閉じ、夢の世界から覚醒《かくせい》しようとする。

「でもやっぱりもっこりするんだね」

だからレアは指摘するな。夢魔二人にゲラゲラ笑われているだろうが！

意識が覚醒すると走行中の馬車の中だった。時刻は夕刻、たっぷり昼寝《ひるね》したと考えればまともな時間だ。

「にゅ……もっこり」

「どきなさい。そこは私の場所です。えいっえいっ！　……うぅ何故かすごく臭いです」

俺の腕の中でレアが呟《つぶや》き、セリアがどかそうと引っ張っていた。どうやら俺だけの夢じゃなかったようだな。

止めにイリジナがでかいクシャミをして俺とレアは完全に覚醒した。

「戻って来た？」

「みたいだな。一応クロルは大丈夫……おおう」

馬車の隅《すみ》で寝《ね》ていたクロルを見て俺は絶句した。そして俺の視線を追ったセリアが大きく息を吸《す》い込む。

「このエロガキ――――!!」

クロルはとんでもない量の夢精をしていたのだ。一見寝小便《ねしょうべん》かと思う量だが、立ち込めている臭《にお》いでそれとわかる。

「ちょっとなにこれ！　すごい量だよ！」

「うわぁエイギルさん並に出てるよ。こんなにちっちゃいのに」

「頬《ほお》がこけるほど？　どんだけスケベなの……」

他の女達《たち》も騒ぎ出してクロルも起きる。

「ハァハァ……昼寝したはずなのにすごく疲《つか》れて……体が動かない……え？　え？　なにこれ」

クロルの悲鳴と女達の糾弾《きゅうだん》の声、そしてセリアが飛び蹴《げ》りする音が響いた。

「夢の世界で出したらああなるのか。夢魔を抱《だ》かないで良かった」

クロルならともかく、俺が寝ている間に漏《も》らしては恰好《かっこう》が悪すぎる。

笑いながら馬車の窓をあけ、使用人にクロルの後始末をしてくれるように頼む。

「はーい。ただいま参りまぁす。大変なことになってますよねぇ」

「あんなに出しちゃったら当然ですよねぇ」

俺はやたらニヤニヤする見覚えのない使用人二人の声に首を傾げながら、クロルをボコボコにしようとするセリアを止めるのだった。

第四章　ラーフェン狂騒曲

王都からラーフェンへの道中は至極平穏《しごくへいおん》でトラブルもなかった。

「夢の話はトラブルにならないものな」

俺は肌も髪《かみ》もやたらツヤツヤになった使用人の女を一瞥《いちべつ》してから家族の方に目を向けた。

「わぁ……これはなかなか」

「すごく立派な街ですねぇ」

メリッサとマリアも感心した声を上げる。周辺のど田舎《いなか》具合からもっと朽《く》ちた町を想像していたのかもしれないが、ラーフェンもかなり発展してきているのだ。

まずラーフェン全体がしっかりと完成した街壁《へき》で囲まれ、周辺の原野だった場所には治水がなされて農場が広がっている。

そして街道《かいどう》を北へ向かう荷馬車と頻繁《ひんぱん》にすれ違い、馬車を操《あやつ》る行商人達は突如《とつじょ》現れた軍隊に脅《おび》えたが、俺とわかると帽子《ぼうし》をとって挨拶《あいさつ》する。商業もクレアが店を構えてから急速に発展し、大きな荷馬車がひっきりなしに出入りしているのだ。

俺が街の発展に思いを馳《は》せていると雲ひとつない青い空に何やら異物が見えた。

最初、鳥かとも思ったそれはふよふよ漂《ただよ》いながら確実に向かってくる。時折、風に流されて左右に揺れる白い異物……それは髪を風に漂わせて飛んでくるケイシーだった。

「実に遅《おそ》い……飛んでいるのに俺が歩いた方が絶対速いぞ」

窓から顔を出す俺とセリアに手を振りながら降り注ぐ日の光の中を飛んでくる幽霊にはどうにも霊的《れいてき》神秘感はなく不思議生物の区分だ。

そしてケイシーは生前運動が苦手だったと確信させる鈍《にぶ》さで梃子《てこ》摺《ず》りながらもなんとか馬車の屋根にしがみ付いた。

（おかえりー！）

「「ぎゃあああああ!!」」

馬車の天井《てんじょう》からケイシーの顔が飛び出し、まったりとしていた家族が悲鳴を上げた。特にミティとアルマは転がり回って絶叫《ぜっきょう》している。

そんなに怖いだろうか……一応注意しておくか。

「ケイシー。いきなり顔を出すのはやめろ」

（ごめんねー）

天井を通りぬけ俺の胸元《むなもと》に擦《す》り寄ってくる亡霊《ぼうれい》ケイシー。頭を撫《な》でてやると実体があるのかないのか独特の感触が伝わってくる。

「ご主人様どうしたの？　ミティさんもアルマもなに？　クマさん？」

レアはケイシーが見えない人からもわかるように首から下げているクマのぬいぐるみだけを見て首を傾《かし》げている。レアが見えないとは意外だ、繊細《せんさい》だったり怖がりな人間は見えやすいようなんだが。

「ちょっと事情があってな。幽霊を飼ってるんだ」

（ペットじゃないよ）

「へぇ……幽霊とまでヤっちゃうんだ。やっぱりご主人様はすごいね」

なんで飼ってると言えばヤッたになるんだ。間違っていないが。

「また得体の知れないものが……」

（ケイシーだよ　変なのじゃないよ？）

マイラは見えているらしく顔が強張《こわば》っていた。

それでも声を上げないのはさすがに元将軍で肝《きも》が据《す》わっている。

それとケイシー。気付いてもらうために首からクマのぬいぐるみを下げているのはいいが、使い古して汚《よご》れている上に所々破れて綿が飛び出している。これが飛んでたら余計不気味だから直してもらえ。

俺達は幽霊の勘《かん》なるものが働いて一足先に迎《むか》えに来たケイシーと共にラーフェンへ帰還《きかん》、民衆の大歓迎《かんげい》を受けながら兵を新設された町の広場に集めて解散させる。

しばらくは戦争もないだろうし町の警備隊だけで十分だから軍隊は要らない。戦功確認と褒賞《ほうしょう》の分配を行ってから全員に休暇《きゅうか》を与《あた》えるのだ。

生死をかけた戦争から解放され、がっつりと金も受け取った兵士達は緩み切った顔でバラけていく。

そして兵士とは対照的に鬼気迫《ききせま》る顔をしている一団がいる。

「あぁ忙《いそが》しい！　みんな今日は入れ食いだかんね！　稼《かせ》ぎたい奴《やつ》はお尻《しり》も解禁して三人がかり四人がかりで頑張《がんば》んなさいよ！」

気合いのかけ声を上げるのはラーフェン中の娼婦達《しょうふたち》だ。

死の恐怖から解放され、褒賞で懐《ふところ》の温かい若い男達が町中に溢《あふ》れたのだ。今夜以上に娼婦が稼げる夜はない。

「人手が足りないわ！　姉妹でも母親でも……可愛いなら兄でも弟でもいいから連れてきなさい！」

おいおい大枚はたいて男の尻を犯《おか》す羽目になるのはあんまりだろう。

弓騎兵達《きへいたち》にも解散を伝えて山に返す。しばらくは故郷で体を休めて欲しい。

「それなりに犠牲《ぎせい》も出たからな。長達には悪かったと言っておいてくれ」

「何をおっしゃいます。我ら族長様の弓であり剣。戦い倒れることは戦士の誉《ほま》れ」

ルナはポンと胸を叩いてそう言ってくれる。

「必ずこの埋《う》め合わせはすると伝えてくれ」

「有り難《がた》き幸せにございます」

この連絡役《れんらくやく》となっているルナ、ルビー姉妹とピピも帰してやることにした。近いうち俺の方から山の民の所に顔を出す予定なのでそれまでは里帰りだ。

さてこんなものか。他の雑務はレオポルトやイリジナに任せていいだろう。早く屋敷《やしき》に戻《もど》って女達を抱き締めたい。

「よくぞご無事で」

「エイギルおかえりーー!!」

三つ指ついて迎えるノンナを弾《はじ》き飛ばしてカーラが飛びつく。吹《ふ》き飛ばされたノンナは顔から床《ゆか》に突っ込んだが胸がクッションになったようだ。

リタやカトリーヌも着《き》飾《かざ》った格好で迎えてくれた。

「お帰りなさいませ」

「貴方みたいな男を迎えるには服なんて着てない方がいいんでしょうけど」

カトリーヌめよくわかっている。今日の夜は全員全裸にして遊ぼう。

最後にクウとルウを伴《ともな》ってゆっくりと歩いてくるメル。腹はマリアと同じぐらい大きい。

最近のメルは妊《にん》婦《ぷ》姿しか見ていない気がする。実に孕《はら》み易《やす》い良い女だ。

「ママ～」

メルと俺の娘、スウはもう歩けるようになったらしくトコトコと歩いてきたので持ち上げ肩に乗せる。

「パパ高いーママー」

子供と戯《たわむ》れながら床に突っ伏《ぷ》したノンナを抱き起こす。お前もいつもこんな感じだよな。

「うぅ……バカカーラめ覚えてなさい。いつか天誅《てんちゅう》を、んむぅ」

まずは正妻のこいつにたっぷりとキスをしてやらなければいけない。舌を絡《から》めていると怒りも溶けていったようで、大人しく胸の中に収まって来た。

「ああ……エイギル様の胸の中は本当に落ち着きます」

「俺も最高の気分だよ。やはり夢よりもホンモノがいい」

ノンナの胸のデカさは問答無用だ。しかも胸元の開いたドレスを着ているので、はみ出た胸がひしゃげて張り付いてくる。

ノンナは胸が開いたドレスを好んで着る。カーラは胸を見せびらかしたいからだと言っているが本人には切実な事情があり、胸がでかすぎて全部しまってしまうと苦しくて倒れそうになるそうで巨乳にも悩《なや》みがあるようだ。

この話を聞いたカトリーヌやマリアは無表情になっていたが。

俺はノンナを抱き締めて何度もキスを交《か》わして頭や肩を撫でる。ノンナも胸を押《お》し付けながら、俺の顔を触り胸に頬ずりした。

そして一段落したところで改めてノンナの顔を見る。

本当に美人だ。これほどの美人はルーシィ以外には見たことがない。

奴隷《どれい》商人から奪《うば》った時は美しいながらも子供っぽさが残っていたが、今や完成した美女として圧倒的《あっとうてき》な色気を放っている。少々の無駄遣いも我侭《わがまま》もこの美貌《びぼう》と巨乳を自分のモノにしておくためには仕方ない。もちろん外見以外も可愛い所のあるいい女なのだ。

ノンナの首筋にキスをしながら背中から尻を撫で、膨《ふく》らんできた逸物《いちもつ》を腹に当てる。彼女《かのじょ》はしばらく子猫《こねこ》のようにじゃれていたが思い出したように動きが止まった。

「……無事にお帰りになって何よりと致《いた》しまして、少しお話がございます」

「あー私も流石《さすが》に気になってるわ」

「言える立場じゃないんだろうけど、私もちょっとね」

ノンナとカーラ、カトリーヌも目の光が鈍くなっている。

空気が不穏《ふおん》なものに変わり、メルはお腹《なか》を押さえながら子供達を連れて退避《たいひ》してしまった。

俺は無表情になったノンナに手を引かれて歩いていく。

「寝室《しんしつ》はこっちだぞ？」

「そちらは今夜ちゃんとお相手しますので」

「風呂《ふろ》はここだが……」

「終わったらお背中お流しします」

ノンナは裏口から外に出てしまうと屋敷地《やしきしきち》から出て、隣《となり》の建物に向かっていく。

そこはゴブリンから助け出した女達を保護する為臨時に立てた仮住まいだ。まだ残っていたんだな。

「……どうぞ」

ノンナは入り口の前で立ち止まって俺を先に行かせる。

扉《とびら》を開いて中に入ると、そこにはゴブリンから助け出した後に俺が抱いた三十人の女達が集まっていた。

「「「お帰りなさい!!」」」

全員が一斉《いっせい》に帰還を祝ってくれるのはありがたいが少し気になることがある。これまた立派に膨らんでいるものだ。

「……二十人です。二十人も孕みました！」

一人ずつ数えていく俺を見てノンナが声を張る。。

そんなに怒《おこ》らないでくれ。男女がヤったのだから出来ることもあるさ。

「あの日が孕まない日だった女もおりますし、種が入っていない女もいるのです。それで二十人……どんだけ濃《こ》いのをぶち込んだのですか！」

ノンナが普段《ふだん》は使わない下品な物言いに少し興奮してしまう。

「私……お腹……大きくない……です」

ボソボソと話す赤毛の女は、確かアリスだったか。お前は尻でしかやっていないのだから孕む訳がなかろうが。

するとアリスの周りの女達が俺を咎《とが》めるように言う。

「アリスあれからお尻中毒がひどくなって、箒《ほうき》とかとにかく棒があったら入れちゃうようになったのよ」

「いい加減にしとかないといつか怪我《けが》しちゃう」

「だって……お尻に何か入れてないと寂《さび》しくて……」

アリス変態性癖《せいへき》の話は一旦《いったん》おいておこう。

「お前達の腹の子は全部俺の子だよな？　別に浮気《うわき》してても怒りはしないが」

「「もちろんです！」」

全員の声が揃《そろ》う。

「うーむ」

さすがにボテ腹抱えては他の男もなかなか貰《もら》ってくれないだろう。責任をとって面倒《めんどう》を見てやるしかあるまい。

「エイギル様。領民がこの建物をなんと言っているかご存知《ぞんじ》ですか？」

ノンナがセリアばりにプゥと頬を膨らませながら聞いてくる。

「知らんな」

「『領主様のハーレム』です！　当然ですよね！　こんなに女を集めて孕み腹の女がゴロゴロしているのですから！」

ちなみに俺に抱かれなかった女達はぼちぼち町の男達に貰われていっているようだ。なので空室も多くなっているし、少し改装して噂《うわさ》通り女を囲う建物にするか。屋敷にこれだけの人数を入れてしまうと手狭《てぜま》だし使用人達も大変だからな。

「冷静にならないで下さい！　私はまだお子を頂いていないのにこんな……これでは私が子を産めない妻みたいじゃないですか！」

「落ち着けノンナ、誰《だれ》か茶を入れてやってくれ」

「はい」

尻穴女こと赤髪のアリスが沸《わ》かしたてのティーポットを差し出す。火を使う場所もないのにすっと出て来たな。まあいいか。

「ほら落ち着け」

「……ふぅ」

ノンナが高級な紅茶をティーポットから一気飲みして平静を取り戻す。いや取り戻せてないのかな。ともかく俺に向けられた瞳《ひとみ》は不安に揺《ゆ》れていた。

「大丈夫だ、お前は俺の妻じゃないか。大切にするよ」

「……信じますからね。もしも捨てたら自害してケイシーさんみたいに化けて出ますからね？」

（一緒に幽霊やる？）

「やりません！　エイギル様は私を捨てたりしません！」

（ならなんでそんなこと言うの……面倒くさい女の人だ）

そこに俺達《おれたち》のドタバタ騒《さわ》ぎを聞きつけてかアドルフがやって来る。

町の様子を見るとこいつも留守の間に色々仕事をやってくれていたようだ。

「おぉアドルフ、留守の間は――」

「こちらをご覧下さい」

こいつめ、せっかく労《ねぎら》ってやろうと思ったのに言葉を被《かぶ》せてきやがった。差し出された書類には無数の文字と数字が書き込まれている。

「……どこにサインすればいいんだ？」

「違います。これはハードレット様が留守の間の収支報告書ですので今更《いまさら》サインして頂いても意味がありません。ここをご覧下さい」

アドルフが書類の末尾《まつび》部分を指差した。そこには金貨四百と書いてあり、数字の前に変な記号が書いてある。

「それが最終報告……つまり現在の財になります」

「四百枚か。随分《ずいぶん》減ったが仕方ないだろう」

だがアドルフは首を振った。

「その記号は反転、つまりマイナスです。財政は金貨四百枚の赤字なのです」

赤字だったのか。そりゃ良くはないな。

クラウディアから借りた金貨五千枚は忘れるとしても赤字では色々と滞《とどこお》る。

「誰かから借金したのか？」

「いえ、ラーフェンの資金的に余裕のある者……主に商人に対して複数年の人頭税を一気に納めれば一部を割り引くとして集めました。税の前借りです」

なら誰からも金は借りてないから大丈夫だな。

「楽観的すぎますが、まあ良いでしょう。今回も大変なご活躍《かつやく》だったと聞きます。それで王からの褒賞金《ほうしょうきん》でもって……」

「領土をもらっただけだ。色々あってな現金はない。領土はかなり広くなったからまた宜《よろ》しく頼《たの》むぞ」

俺はあえて明るく朗《ほが》らかに言い放つ。

「……では鹵獲《ろかく》品を売却《ばいきゃく》して」

「売却益《ばいきゃくえき》は兵への褒賞でほとんどなくなりそうだ。何しろ今まで薄給《はっきゅう》でこき使ったからな。気前よく払《はら》ってやらんと次は誰も付いてこないからな」

俺はにこやかに、かつアドルフと目を合わせないように言う。

「ではどうするんですか⁉」

アドルフには珍《めずら》しく声を荒《あら》らげた。それだけまずい状況《じょうきょう》なのだろう。

まぁ落ち着けと再びアリスが持ってきた茶を渡《わた》す。

「失礼ながら言わせて頂きますが、これでも私はハードレット様が戻られるまで綿密に計算して最低限の労役《ろうえき》を維持《いじ》しつつ赤字を避《さ》ける計画を組んでおりました！」

「計算違いか？　なに気にするな、お前の今までの仕事を考えればちょっとしたミスぐらいどうってことは――」

「ノンナ様が私に黙《だま》って劇場建設の話を商人とつけてしまったのです！　材料費等々締《し》めて金貨五百枚！　これがなければ金貨百枚は残っておりました！」

後ろを振《ふ》り返るとノンナがいなかった。カーラが仕草で逃げたと示す。

街の中央広場横に作られていた建物はそれだったのか。

豪華《ごうか》絢爛《けんらん》とまではいかないが、百以上の客席を備えた立派な劇場だった。実用的な物から作っていくアドルフが街のど真ん中に劇場なんておかしいと思っていた。

「しかしそれも含めてお前に任せていたのだが」

「領主正妻が契約《けいやく》してしまえば、私の許可などなくても商人や大工は動いてしまいます！　気付いた時には建設が始まっておりました！」

そりゃそうだ。領主の妻が決めたことを内政官に問い直すなんて無礼が出来るはずがない。

「というわけでこれ以上は私の力ではどうにもなりません。ハードレット様の責任で借金するか、民に臨時増税を課して恨《うら》まれるか、全《すべ》ての労役を止め使用人を首にして亀《かめ》のように収獲《しゅうかく》の時期を待つか選んで下さい」

なかなかに厳しい三択《たく》だ。故にとりあえず先送りにしよう。

「金がない以外になにか問題は起こらなかったか？」

まだ騒いでいるアドルフを置いてカーラに聞いてみる。

「あー……もう一つあったわ。ヨグリのことよ」

「ヨグリはずっとこの家にいたのか」

もちろんいくらでもいてくれて構わないのだが、てっきり同郷の村へ行っていると思っていた。屋敷にいるなら迎えに出てきてくれても良いのに。

「まだ昼過ぎだし、きっと寝てるわね」

「なんだそりゃ」

「とりあえずこっち来てよ」

カーラについて再び屋敷へと戻っていく。ちなみにいつの間にかノンナが戻っていたので、これが終わったら捕《つか》まえて話をしようか。

そしてヨグリが使っている部屋の前までやって来ると、カーラはノックもなしにドアを開け放つ。

「ヨグリいつまで寝てるの！　エイギル帰って来たのに迎えにも来ないなんて!!」

部屋はカーテンが締め切られて昼間とは思えないほど薄暗《うすぐら》い。

「んん……まだ明るいじゃなぁい……あぁ、貴方帰ってきたんだ……おかえり……ぐぅ」

ヨグリはベッドの中にいたらしく、俺に向けて手を軽くあげ、そのまま寝息《ねいき》を立て始める。

「寝るなバカ！」

カーラとリタが布団《ふとん》を掴んでヨグリを放り出す。

「ちょっとぉ寒いじゃないのぉ」

薄《うす》い寝巻《ねま》きだけのヨグリは布団の外の寒さに震えて覚醒したようだ。

「早く部屋着に着替《きが》えて下さい。みっともない」

普段はメイドとして下手に出ることの多いリタの口調がきつい。

「うぇぇ」

ヨグリは俺の目の前で寝巻きを脱いで全裸になり着替える。性器は剥き出しで巨乳も揺れているが、あまりのだらしなさに色気を感じられない。

「だれか温かい飲み物もってきてよー」

「ご自分で持ってらっしゃい！」

リタがピシャリとしかりつけるとヨグリはぶつくさ言いながら、机の上に置いてあるいつ淹《い》れたのかもわからない冷めたお茶をまずそうに煽《あお》る。

「なるほど……これはひどい」

あんなに活動的で村の人間のことを考えていたヨグリがどうしてこうなってしまったのか。

「私、役者とか向いてると思ったのよ」

頭を抱《かか》える俺にヨグリの口から出た言葉はこれだった。

「で、ラーフェンに来る旅芸人とかと一緒に劇とかしたんだけどああいうのって基本夕方以降でしょ？　だからどうしても朝寝《あさね》夕起きになっちゃうのよ」

彼等《かれ》は芸を披露《ひろう》するのが夕方なだけで準備は朝からしてると思うが。

「エイギル様の女だからと言い張って押し込んだんです。旅芸人達からは技術もなにも論外なのでなんとかして欲《ほ》しいと泣きつかれているのです」

ノンナが俺の耳元で補足する。

そうだろうな、あいつらは結構な苦労で芸を会得《えとく》している。こんないい加減な態度でやっていけるほど甘くないはずだ。

「でもやっぱり今ひとつ乗れなくてさ……脚本《きゃくほん》の方がいいかなって」

ううむ……これはなんというか。

「役者を自重させたら次はゴミのような脚本を一座に持ち込み、無下にも出来ず……涙《なみだ》目で私になんとかしてくれと懇願《こんがん》をしてきました」

ノンナもちゃんと民の声を聞いてやっているようだ。

「でも、脚本もなんか違《ちが》うのよね～。劇の脚本だと、どうしても限界があるって言うか……人が演じるって言う制約があるじゃない？　私はそういうものに縛《しば》られたくなかったのよ。だから今は物語を書いてるのよ」

ヨグリは嬉《うれ》しそうに机の上に置いてあった書きかけの本を差し出す。

「どれどれ……」

セリアが受け取って中を見るが一ページ目から顔が歪《ゆが》む。語るに及《およ》ばずか。

「いやぁ村の人達も前よりずっと楽に暮らせてるみたいだし、私も自分の新しい生き方を見つけたのよ」

「ずっとゴロゴロして何もせず、食事と晩酌《ばんしゃく》だけ受け取りに食堂に来られます」

リタも俺に告げ口するほど腹に据えかねているようだ。

「思い出したように町に出ては詩人や語り屋にちょっかいをかけていますね」

カトリーヌも追撃《ついげき》する。

全員の話を総合すると、ヨグリは今や町で、見かけた詩人達が逃走《とうそう》するほどの迷惑《めいわく》女になっているそうだ。

「しかも男遊びまでしてるのよ！」

「なぬ⁉」

カーラが大声を出す。さすがにそれは聞き捨てならん。

ヨグリは正式に愛妾《あいしょう》にした訳ではないが俺の屋敷に他の男を連れ込んでいるとなれば穏《おだ》やかではない。

「ハーネスとはそんなんじゃないわ！　彼も物語を書く同志なのよ。今は詰《つ》まっちゃって生活にも困ってるけど、いずれ歴史に残る名作を生み出すはずよ！」

「どこがよ！　あんなの単に無職のヒモ男じゃない！　あんたの貢《みつ》いだ金で遊び回ってるのよ」

女達には定期的にいくらかの小遣《こづか》いを渡しており、ある程度は自由に買い物出来るようにしている。ヨグリにも同じように渡していたはずだが男に流れていたとは。

「ノンナの馬鹿《ばか》は論外だけどあんたも今日から小遣いなしよ！　お金が足りないんだからね！」

金の話になったと見るや、再びノンナが逃走を図《はか》るが今度は捕まえた。

「そんなの困る！　ハーネスにインク代を貸してあげるって約束なのに！」

「そんなもん全部酒か娼婦に消えてるわよ！　あんたいい加減にしなさいよ！」

結局、無駄飯喰《むだめしぐ》らいのヨグリに味方する者はおらず、押し切られた彼女は拗《す》ねて寝てしまった。よくもそれだけ寝られるもんだ。

「ま、外で遊んでるなら大目に見てやるか……」

妻と言うわけでもなし、男遊びまで口出しすることも出来まい。そのダメ男を屋敷内《やしきない》で見たら首をへし折ってやるがな。

女達を抱こうと思っていたのに問題山積ですっかり萎《な》えてしまった。

なのでノンナを懲《こ》らしめよう。

「あの……これには事情がですね……」

俺《おれ》に掴まれて必死に言い訳するノンナ。そういえばずっと昔、こんな感じで抵抗《ていこう》するノンナの尻に乱暴したことがあったな。

思い出してモノも立ち上がってきた。言い訳はベッドで聞こうか。

そして夜。

「ごめんなさいっ！　私寂しかったのです！　エイギル様はいないし……子もいないし私ずっと一人で……グスン」

「寂しいから劇場を勝手に建設したのか？」

ノンナは仰向《あおむ》けに倒《たお》され、俺の肉棒をねじり込まれたまま言い訳する。

「せめて好きな劇を観《み》て寂しさを紛《まぎ》らわそうと思ったのですっ」

そしてとうとう両手で顔を覆《おお》って泣き出してしまった。

十中八九ウソ泣きだとわかっているが、それでも愛《いと》しいノンナが泣いてしまったならこれ以上責めるなど出来るはずがない。

「まったく仕方のない奴だ」

妻のやったことは夫のやったことだ。こいつが金を使《つか》い込んだなら俺がなんとかしてやらないといけない。

「エイギル様も悪いのです……ずっと私の傍《そば》にいて下されば寂しくないのに」

そういってノンナは顔を覆う手を外し、俺の首筋に抱きついた。

ノンナの巨大《きょだい》な胸が俺の胸板《むないた》に密着し、硬《かた》くなった先端《せんたん》が発情を伝える。

「軍務もあるのに無理なのはわかっているだろう」

「うう……ならせめて子供を下さればよいのです。あの女達を孕ませまくった種……どうして私につかないのか」

それは俺も不思議に思う。ノンナの中には百できかないほど射精しているのに中々出来ない。

「もっと強く抱いて下さい！　私の全てをエイギル様に捧《ささ》げます」

俺は体勢を変えてノンナを上に乗せ、両方の胸を寄せて乳首《ちくび》を吸った。

「この乳……たまらんな……こんな化け乳はお前だけだよ」

「化け肉棒もエイギル様だけです」

俺達は笑い合い、ノンナは体を倒し、甘《あま》えるように俺の胸板に舌を這《は》わせる。

「勝手なことをして御免《ごめん》なさい……どうか許して下さいエイギル様」

俺の体を舐《な》めながらの上目遣《うわめづか》いがとんでもなく可愛《かわい》い。

これを許さずに一体何を許すと言うのか。

「仕方ない奴だ。次からはアドルフにちゃんと相談するんだぞ？」

「勿論《もちろん》です！　やっぱりエイギル様は女の我侭に怒るような器の狭《せま》い方じゃありませんよね」

ノンナは俺に強く抱きつき、俺は彼女を抱えながら体勢を入れ替《か》えて上に乗る。

やがて俺達の会話は喘《あえ》ぎと悲鳴、そして俺の呻《うめ》き声だけになっていった。

「『ノンナに甘い！』」

他の女達はドアに耳でも当てていたのか、不満たらたらの表情のまま部屋に踏《ふ》み込んでくる。

その拍子《ひょうし》にノンナの体が跳《は》ね上がり、鋭《するど》い叫《さけ》び声と共にぐったりとしてしまった。

「いいとこを突いてしまったらしい」

どうやら不意に動きが変わったせいで大きく達してしまったらしい。俺としてはまだまだなので軽く揺すってみるが意識も曖昧《あいまい》だ。

「エイギルのはでっかいから入ってるだけでもすごいのよ。それにノンナは貴方《あなた》に心の底から本気で惚《ほ》れてるのよ？　男に久しぶりに抱かれたらあっと言う間よ」

カーラが口を挟《はさ》む……そんなもんだろうか。

意識を失っている相手を抱いても仕方ないので、ノンナには優《やさ》しくキスをしてベッドに転がしておく。

次はカーラだな。

ベッドの上には乱入した女達全員が仰向けに転がって俺に抱かれるのを待っているのだ。

「あっ、入る……」

俺は挿入《そうにゅう》の合図に髪を撫でつけ、首筋を吸ってからゆっくりとカーラに入り腰《こし》を動かす。

まったく激しさのない穏やかな動きなのでカーラにも話す余裕《よゆう》がある。

「思えば私がエイギルの女の中で最古参よね」

「そうだなぁ」

同時に知り合ったミレイはここにはいない。そしてルーシィは……やめておこう。

「ふふ～私が一番昔からエイギルを知っている～」

しがみついてくる彼女にセリアから異議が入る。

「間が空いてます！　一緒《いっしょ》にいた時間なら私の方が長いです！」

「ふふーん。それでもこの中で一番最初にエイギルのチンポ味わったのは私だもん」

カーラは俺に組《く》み敷《し》かれて仰向けになったままセリアに顔を向けてニヤつく。

「こらこら、挑発《ちょうはつ》するな」

トンと強めに奥《おく》を突き、悪戯《いたずら》を終わらせる。

「あうっ！　エイギルはほんとにおっきいわよね……こんなのがすっぽり入ってる自分の体にも驚《おどろ》きだけど」

「体も俺だけの女になったってことだ」

抱き締めて首筋を数度吸い、最後に軽く噛《か》む。

刺激《しげき》する度に悶《もだ》えるカーラの体を力で押さえつつ、首筋から背中と本来女の弱点とは言い難《がた》い場所を刺激し続ける。

「首と背中だけなのに……うっそ……きちゃいそう」

最後に俺が首筋を跡《あと》が残るほど吸った瞬間《しゅんかん》、カーラは俺の腕《うで》の中でビクビクと震えた。我ながら下半身を刺激せずに女を昇《のぼ》らせるとは上手《うま》くなったと思う。

一旦ぐったりとなったカーラは身を起こすと俺の股間《こかん》に顔を寄せる。

「気持ちよくしてくれてありがとう。これからもよろしくね」

先端にキスして微笑《ほほえ》むカーラをベッドに優しく放ったのだが、力加減を間違《まちが》えてノンナの胸に突《つ》っ込《こ》ませてしまい、ギャアギャアと言い争いが始まった。

裸《はだか》の美女同士が揉《も》み合うのは趣《おもむき》があるのでそのままにして他の女を構おう。

「マリア……いやさすがにな」

「えへへ……ごめんね。妊娠《にんしん》初めてだから無理するのは怖くて」

マリアは少し離《はな》れて椅子《いす》に座《すわ》る。

「代わりにここでずっと見てるよ」

ならばと視線を移すとメル……彼女も孕んでいるのでどうか。

「うふふ、私はエッチなこと大丈夫《だいじょうぶ》ですよ。膨らんでるお腹で擦っちゃいましょうか」

さすがに挿入は出来ないがメルは妊娠に慣れているので余裕があり、臨月と思えるほどに膨らんだ腹で優しくモノを擦って来る。

「この中に俺の子がいるんだなぁ」

「そうですよ。エイギルさんが私に流《なが》し込んだ種なんですよ」

慣れているといっても体重はかけられないので、ベッドの上で膝《ひざ》立ちになったまま、メルの腹から性器にかけて肉棒をゆっくりと往復させて快感を得る。

この程度の動きでは射精するには厳しく、メルも絶頂しないだろうが、体を重ね合っている興奮は十分味わえる。

肉体をぶつけ合い、激しく快楽を貪《むさぼ》る性交も大好きだが、たまにはこうして穏やかに女体《にょたい》を味わうのもいい。

「おっと動いたぞ」

「あらあら……パパを感じたのかもしれませんね。今度は男の子かも」

メルはもう三十九歳《さい》で腹にいるのは五人目の子供だ。

「どうにも俺は最近お前の妊婦姿しか見ていない気がする」

「産んだ端《はし》から孕まされていますから。三十も後半になってから三人も産むとは思いませんでした」

メルは自分のことを常に三十後半と自称《じしょう》する。はっきり三十八だの三十九などと口に出すと一気に不機嫌《ふきげん》になるし、御用聞《ごようき》きにやってきた商人が間違えて四十と呼んだ時には剣《けん》を抜《ぬ》かんばかりの剣幕《けんまく》で蹴《け》り出したらしい。彼女に年齢《ねんれい》の話はタブーなのだ。

「でもメルさんは、さすがにその子でやめた方がいいんじゃないでしょうか？　体にも負担になりますし」

「そうね……さすがにね」

ノンナとカーラが口を揃える。やっかみではなく本当に心配しての口調だった。

女にとって妊娠出産は一大事件だ。若い女でも産後に命を落とす話は珍しくない。それがメルの歳では命がけの行為《こうい》のはずなのだ。

「確かにそれはわかっているんですが。実は前回の出産はクウとルウを産んだ時よりずっと楽だったんですよね」

「そうなのか？」

クウを産んだ時のメルは二十歳《はたち》程度、一番体力もある年齢なのに。

「ええ、少しいきんだだけで……こうスポンっと出てきましたよ」

なんだそりゃ。

「きっとこの暴《あば》れん坊《ぼう》のお陰《かげ》ですね。私の中をガバガバに広げてくれたのです」

メルは体を動かして俺のモノを両手で持って口に含《ふく》む。

臨月のような腹をした妊婦にモノを咥《くわ》えさせるのは最悪感が半端《はんぱ》ないが、それが背徳感となって興奮を誘《さそ》う。

「本当はこのまま口に出して頂きたいのですけど……それでは他の方が怒ってしまいますね」

メルは適度に奉仕《ほうし》し、俺の肉棒が最高硬度《こうど》になった所で口を離した。

「これからも体の許す限りエイギルさんの子供産み続けたいです。一人でも多くの子供に命を与えてあげたいの」

「そうか……」

そして今にも産まれそうに見える腹を軽く撫でた。

「もし何かあってもクウもルウもいますし、皆《みな》さんもきっと面倒見《めんどうみ》てくれますから赤ちゃんの未来に何の心配もありません」

仮定であってもメルがどうにかなる話など聞きたくもないので、キスで口を塞《ふさ》ぐと彼女はにっこり微笑んだ。

「これからもドンドン孕ませて下さいね」

メルが妊婦専用のベッドに退いたところで次はメリッサの番だ。

「はいどうぞ。一本様ご案内～」

メリッサは仰向けの俺にまたがり、愛撫《あいぶ》もなしにするりとモノを受け入れる。彼女の性器は過去の非道で壊《こわ》されてしまい、実は穴にほとんど締《しま》りがない。並程度の男なら挿入しても互《たが》いにほとんど刺激を得られないだろう。

「ん、入った。ごめんね緩《ゆる》くて」

「ふふふ、本気で言っているのか？」

俺は上に乗ったメリッサの腰のくびれに手を添《そ》え、少しずつ引き寄せる。

すると壊れて締まらないはずの穴が俺の太さの前に軋《きし》み、メリッサが苦しそうに眉《まゆ》を寄せる。

「い、いつもながらすご……壊れてるはずなのに……きっつう……破れそう」

苦しさを訴《うった》えながらメリッサは足を一層大きく開いて少し腰を浮《う》かせると、決して軽くはない彼女の体重が全て結合部にかかり、鉄のように硬くなった俺が音を立ててメリッサの中に分け入っていく。

メリッサへの本気挿入は子袋《ぶくろ》まで入れて完成するのだ。

「よっと」

俺は最後の一歩のところで動きの止まったメリッサを一気に引き寄せた。

「がはっ！」

ごりゅんと肉の音が鳴り、男根がメリッサの子袋の奥まで入り込む。

「……今の音聞こえた？」

「はい、メリッサさんの子袋が犯された音……ですよね」

喧嘩《けんか》をしていたカーラとノンナが顔を見合わせている。もし二人にこれをやるとしたら余程《よほど》ドロドロになっていないと激痛しかないだろう。

だがメリッサは最初だけ苦しげだったものの、すぐに気持ち良さげな表情になって腰を揺らす。彼女が過去に受けた非道は悲しむべきことだが、今となっては他の女には出来ない特別な行為が出来ると割り切ってしまえばいい。

「なぁメリッサ。お前子供欲しいか？」

「ん……大丈夫だよ。クロル達《たち》もいるし寂しくないから」

メリッサは俺の上で喘ぎながら一瞬《いっしゅん》表情を暗くするも、すぐに笑って答えた。

もちろんクロル達を自分の子供のように思っているのはわかっている。だがメリッサの歳ならば、もっと小さな子供がいてもいいだろう。

「うーん……こればっかりはどうにもならないしね」

以前、メリッサの胎を医者に見せたことがある。傷ついたばかりならともかく十年近くも前の傷は最早《もはや》いかなる良薬でも治せないそうだ。

「今後も良い話をする医者がいたら診《み》せるつもりだが……それよりも養子はどうかと思ってな」

ちなみにラーフェンは人の需要《じゅよう》が多いこともあって職につけずに物乞《ものご》いをして生きるような一家はほとんどいない。

更《さら》に一旗揚げようと流入する男の数も多く、少々歳がいっていようが連れ子がいようが構わず嫁《よめ》に貰われていくので、食えない子供は多くないがゼロでもない。

特に娼婦の子供などは仕事に差し支《つか》えるからか、孕んでも流されたり産んでも省《かえり》みられないことが多い。

また、売れっ子の娼婦は欠かさず避妊薬《ひにんやく》を使うので、子供を抱えているのは売れない貧しい娼婦が多く、厄介者扱《やっかいものあつか》いされてしまうことが多いのだ。

「赤子のうちに貰ってくれれば子供も上手く馴染《なじ》めるだろ」

話が適当な寝物語《ねものがたり》でないと気付いたメリッサは困ったように視線を泳がせる。ただ『子供』という言葉を聞いて明らかに喜色を浮かべている。

ちなみに様々な感情で表情を変えながらも、腰が前後左右に加えて上下とうねって俺を絞《しぼ》り続けるのはさすがの技量だ。

「でも……やっぱりエイギルさんと血が繋《つな》がってないってなると、家の中で可哀相《かわいそう》なことにならない？」

「俺がそんなことすると思うか」

言葉を遮《さえぎ》る。

「思わない……。そっか子供……赤ちゃん抱《だ》けるかもなんだ……あ、でもお乳」

「ははは、俺の周りには女が多い。妊婦もこれからひっきりなしに出るだろうから母乳なんてそこら中から噴《ふ》き出るさ」

「エイギル様言い方……」

「最低ね」

ノンナとカトリーヌが白い目で見て来る。カトリーヌは母乳噴射機《ふんしゃき》かと言うぐらい大量に出してたじゃないか。

「子供を抱いて、散歩とか出来るんだよね」

メリッサの中が一層うねり始める。赤子と過ごす想像で母性と子宮が反応しているようだ。

「あぁ、なんだったら沢山《たくさん》引き取ってもいいぞ。騒がしいぐらい部屋いっぱいに」

優しく面倒見の良いメリッサなら何人引き取っても幸せにしてやれるだろう。

期待に満ちた顔をして、その光景を想像していたであろうメリッサが小刻みに肩《かた》を震《ふる》わせる。

幸せな妄想《もうそう》だけで昇ってしまったようだ。

「あ、あれ？　なにこれ……うそ……止まらない……ええ⁉」

メリッサ本人も困惑《こんわく》している。肉体による快楽ではなく精神的な悦《よろこ》びで達してしまったようだ。

「ははは、これじゃ男の子を引き取ったら心配だな。こんな色っぽい母親がいたら性癖が歪んでしまう……では考えておいてくれ」

「そんな爛《ただ》れた親子関係にはならないよ！　……ありがとう」

メリッサは今までのどんな絶頂後よりも満ち足りた顔で俺の上から降りた。

「いらっしゃーい」

「子育てなら五人の母がいますよ」

「私はエイギル様の実子が良いです！　子ーー!!」

カーラ、メル、ノンナの姦《かしま》しい声は置いて次はカトリーヌだ、
なにしろ待ちきれないとばかりに自分の指で穴をかき回していたのだから。

「そら手をどけろ。これが欲しかったんだろ？」

メリッサにも射精しておらず、音がするほど勃起《ぼっき》した男根を添える。

だがカトリーヌは歓迎《かんげい》もせず悪態も吐《つ》かず、ただ定まらぬ目で涎《よだれ》を垂らして肉棒を見つめていた。

「どうした？　えらく反応が薄いが……っと」

俺は正上位でカトリーヌに覆いかぶさり、両膝《りょうひざ》を掴《つか》んで腰を突き出した。

既《すで》にシーツを濡《ぬ》らすほど愛液を垂らしていた穴に腰を合わせて奥まで挿入する。その瞬間だった。

カトリーヌの体が弓のように反り返り、手が俺の肩に回って爪《つめ》がざっくり突き立つ。赤い唇《くちびる》は限界まで開き、白い綺麗《きれい》な歯が覗《のぞ》き……咆哮《ほうこう》した。

文字通り咆哮、喘ぎや嬌声《きょうせい》などではなく低くて長いメス獣《けもの》の吠《ほ》え声だ。

カトリーヌはただ挿入されただけでメスになるほど深い絶頂をしたのだ。

「どれだけ溜《た》まってたんだ」

俺は腰を止めてカトリーヌの全身を撫《な》でながら笑う。

ケダモノの咆哮を上げたカトリーヌだが、体内に入った俺を万力のように締め上げながらもなんとか話の出来る状態まで戻《もど》って来た。

「ふぅふぅ……仕方ないじゃない。何ヶ月も男なしだったのよ」

カトリーヌはかなりの淫乱《いんらん》で男がいないと生きていけない女なのだ。

「だから……とりあえず動いて。とにかく中を擦《こす》ってくれないと狂《くる》うから……あぁいい。逞《たくま》しいのが中抉《えぐ》ってる……久しぶりの男ぉ……」

俺は全身を擦りけてくるカトリーヌを抱き抱え、彼女が焦《じ》れて狂わない程度に強く、かつ性感で意識が吹《ふ》き飛ばない程度に緩く突く。

俺の下腹部には挿入と同時にカトリーヌが吹き続ける潮が当たっている。

今のカトリーヌはもう女の皮をまとった性欲の塊《かたまり》だ。

「こんなになる前に張り型でも使わなかったのか」

「もちろん毎日極太《ごくぶと》イボ付き右曲がりのを使ってたわよ！　あれがないと一週間で狂っちゃうから……それでも男の腕に抱かれないとおかしくなってきちゃうの」

酷《ひど》い淫乱……もとい男好きだ。

「先に告白しちゃうけど……浮気しかけた」

それは捨てて置けないぞ。

「どういうことだ？」

カトリーヌは俯《うつむ》き言葉に詰まり、俺は彼女《かのじょ》の目を見つめ続ける。

「真剣《しんけん》な空気出してても下半身動いてたら締まらないから……いやすっごい締まってそうだけど」

カーラが解説してくるようだ。

「出入り商家の店主が病気になってさ。代わりに来たのがまだ若い息子《むすこ》でね。カトリーヌったらそいつを見るなり、真っ赤な顔してふらふら部屋に引っ張り込もうとしてね……危《あや》うく服脱《ぬ》ぎそうになってるとこをあたしが止めたのよ」

「……悶々《もんもん》としているところに若い男を見てわかんなくなっちゃって」

カトリーヌは俺に貫《つらぬ》かれたまましょぼんとうなだれる。もちろん腰はヘコヘコと動いているが。

「まったくカトリーヌはどうしようもないドスケベだな」

とは言え彼女を色狂《ぐる》いにしてしまった一因は俺にもある。

なので責めるのは可哀《かわい》そうだが、他の男に抱かせる訳にもいかない。

「よし、あれで行くか」

俺はポンと手を打ち、腰はドカンと打ち付ける。

「はぎゅ！」

話しながらの唐突《とうとつ》な一撃《いちげき》にカトリーヌの両足が跳ね上がる。そして体を放すなり、噴水《ふんすい》が始まった。

「うわ、人間噴水ですね」

「水飲ませてあげて、脱水《だっすい》しちゃうわ」

慌《あわ》ててカトリーヌを介抱する女達を尻目《しりめ》に俺は王都から運んできた荷物を漁《あさ》り、メリッサ対応型特注の双頭《そうとう》張り型を取り出す。

「そ、それは!?」

「いやぁぁぁぁぁ！」

困惑するメリッサと悲鳴を上げて顔を覆うマリア。

二人にとってはお馴染みで、とても使用感のあるソレを俺はメリッサに手渡《てわた》す。

「こいつでカトリーヌを可愛がってやってくれ」

カトリーヌとメリッサは顔を見合わせてから声を上げる。

「い、嫌《いや》です。女同士のメリッサさんに抱かれるなんて！」

「私も職業柄《しょくぎょうがら》そういうことも出来ただけで別に女の子好きでは……」

そこに横合いから一段と大きな声が上がる。

「駄目《だめ》ぇ！　メリッサは私と愛し合っているのにぃ！　エイギルさんは大丈夫ですけど他の女の人と関係を持つのはダメです～」

大きな腹を抱えたマリアが激昂《げきこう》している。腹の子供に悪いから落ち着け。

「ちょっとマリア！　こっちの人はそれ知らないから……」

だがもう遅《おそ》い。

「愛し合って？」

「まさか女同士で本気になったの？」

「なんて背徳的なっ！　続きを聞かせなさい！」

ベッドの上で暇《ひま》をしていたメル、カーラ、ノンナが次々と反応する。

「ま、待ってよ違うんだってば！　私だってエイギルさんが一番……」

「メリッサ私に飽《あ》きちゃったの⁉」

言い訳するメリッサに縋《すが》りつくマリア。もう滅《め》茶《ちゃく》苦《ち》茶《ゃ》だ。

こんな珍妙《ちんみょう》な修羅場《しゅらば》は力技で終わらせよう。

俺とメリッサは目と目で通じ合い、俺は自前のモノを。メリッサは職人の手で作り上げられ、幾度《いくど》も使い込まれて迫力《はくりょく》の増した張り型を構えてカトリーヌに襲《おそ》い掛《か》かる。

これにはドスケベカトリーヌとてひとたまりもなく、たちまち人には見せられない顔と声で敗北する。

そして俺とメリッサ連係プレイの迫力にノンナ達も部屋の隅《すみ》でただただ震えるだけとなったのだった。

「ふう。これからは欲しくなったらメリッサに可愛がってもらうんだぞ？」

自慰《じい》ではなく肉体の温かさがあれば大分違うはずだ。

「そ、そんな……あうっ！」

何か言おうとするカトリーヌの尻《しり》をメリッサが掴み引き寄せる。

「よそ見しない！　カトリーヌさん。ここはどうなの？」

「そこも……いいっ！　そ、そっちはダメ！　ダメよ！」

「なーにがダメよ。体は喜んでるじゃない。大人しくしていれば気持ち良くしてやるわ！　ほーら、もっと良くなるわよ！」

まるでスケベ親父《おやじ》のように笑いながら攻《せ》め続けるメリッサ。もうヤケクソ気味だ。

「だめっ!!　あぁぁーーー!!」

その気になったメリッサは張り型を使って巧《たく》みにカトリーヌを攻め、彼女は俺に抱かれている時と同じかそれ以上に悶え叫んでいる。

これでカトリーヌが発情しても男と浮気《うわき》するのではなくメリッサの元に向かってくれるだろう。

「全て完璧《かんぺき》、問題はない」

「あ、ありますよ……女同士でこんな……うわぁ」

「大丈夫なのあれ……見たこともない体位になって……ひゃーあんな体勢でエッチとか出来るんだ」

ノンナとカーラは仲良く並んでキャアキャア言っている。やっぱり仲良いよなお前ら。

メリッサがカトリーヌを攻めながら上気した顔を向ける。

「エイギルさん。後で肉棒の型……取らせてもらえませんか？　張り型が小さく感じますから」

「あぁいいぞ」

「聞いたカトリーヌさん⁉　次からはもっと大きな張り型が入るのよ！　こんなので音を上げてちゃだめ！　ほらもっと深くいくからね！」

「メリッサ！　メリッサぁ‼　好きっ！　貴女《あなた》のこと好き！　いくぅぅぅ‼」

色々振り切ったメリッサは案外に強引《ごういん》なようだ。

そしてカトリーヌはもう落ちたのか。

「まあ全員まとめて俺の女なんだ。誰《だれ》とでも好きに絡《から》めばいいさ」

交わり続ける女三人を置いて次に移る。

「次はリタだ。さあ来るんだ」

「忘れられているかと思いました」

まさか、お前のムチムチの尻は戦場でも良く思い出したぞ。

「さあ尻を出すんだ」

リタだけはなんとしても後背位で抱きたい。でかい尻に叩《たた》き付けたいのだ。

「はい。どうぞお召《め》し上がりを」

リタは躊躇《ちゅうちょ》なく後ろを向き、尻を向けて尻たぶを広げ、糸を引いた性器だけではなく尻の穴までも開いて見える。

「やっぱりでかくていい尻だ。形が良いのに軟《やわ》らかい」

頭を近づけて尻穴と女穴に舌を入れて十分に潤《うるお》し、ここまで一度も射精していない逸物《いちもつ》を突《とつ》入《にゅう》させる。

「あぐっ！　ふ、太い……」

リタの大きな尻をかき分け、俺のモノはメリメリと音を立てて入っていく。

「そういえばお前は巨根が好きだったな」

リタの好みはわかりやすく大きければ大きいほどいいらしい。

「俺のはどうだ？　お前が満足できる巨根か？」

「勿論です。太い……長い……しかもかたい……完璧です!!」

茶番だとはわかっていても女にサイズを褒《ほ》められて嬉しくない男などいない。

「そんな嬉しいことを言われたらもっと膨張《ぼうちょう》してしまうぞ」

俺はリタのデカい尻を掴み、腰を前に押《お》し出す。尻を突き出させて後ろからやるのは征服《せいふく》感がすごい。特に普段《ふだん》から従順なリタだけに、女を支配したがる男の本能を存分に満たしてくれる。

「さあ突くぞ。でかいケツをもっと突き出すんだ」

「は、はいどうぞいくらでも……あっ……うぐっ！　あぁ……ぶっといい！」

腰を動かす度に中がこすれ、一番奥に肉棒が当たると体全体が揺《ゆ》れる。

激しくしている訳ではないのに尻がでかいせいでバチンバチンと音がなる。

「腰を下げろ。乗るぞ」

リタを四《よ》つん這《ば》いからベッドに完全にうつ伏《ぶ》せにして全身で乗る。こうすれば柔《やわ》らかい尻全体を感じることが出来るのだ。

「大きなお道具が奥まで……たまりません……」

この体位では必然的に俺達《おれたち》は全身で密着して体を揺することになる。傍目《はため》には地味な動きに見えるが、実際には奥の奥まで入っている上に、全身を密着させるので互いの刺激はかなり大きい。

「このまま行為に集中してもいいんだが……今日はみんなと話したい気分だ」

俺はリタと完全に重なって体を揺すりながら、その耳元で囁《ささや》く。

「リタ、お前はどうしてメイドをやっているんだ?」

リタは明確に俺の女にしたはずだから家でゆっくりしてもいいのだ。なのに彼女は使用人を統括《とうかつ》して日々家事に勤《いそ》しんでいる。

「私は個性が尻しかありませんから。お役に立たなければエイギル様に忘れられてしまいますわ。それにメイド服のお尻、お好きでしょう?」

「そんなことあるわけないだろ。いやメイド服の尻の方は確かに好きだが」

「うふ、冗談《じょうだん》です」

リタは振《ふ》り返ってにっこりと笑う。

「私は他の方のように美しくありませんし年増《としま》でもあります。お情けで置いてもらっているのにだらけるわけにはいきません。使用人を使うのは慣れていましたから、そちらならお役に立てますから」

なるほどリタは俺に惚れ込み、頼《たの》み込んで女にしてもらったと思っている。捨てられる危機感は他の女よりも高いらしい。

こういう時はどうすればいいか。

「お前避妊《ひにん》はしているのか？」

「はい？　もちろんですわ。孕《はら》んでは家事が出来ませんし、中への精を拒《こば》むなんて非礼ですから」

なるほど、ではこうしよう。

「これから避妊薬は使わなくていい。出来たら遠慮《えんりょ》なく休んで産め」

リタは驚いた顔でこちらを見る。

「お前は俺の女だろ。子を産むのも仕事だ……嫌か？」

「とんでもありません！　光栄です！」

リタは俺を抱き締《し》めようとするが後ろから乗られているので出来ない。体位を変えてやるとぎゅうとしがみ付いてきた。

「夢のようです……愛する人の腕に抱かれ……傍で生活し……子供までなんて」

「巨根も味わえるしな」

茶化《ちゃか》してみると、リタは笑いながらこつんと頭をぶつけてきた。

「でもお仕事は続けて構いませんでしょうか？　働いていないと落ち着きませんし、お役に立ていることが嬉しいのです」

リタは厳しいメイド長として使用人達に恐《おそ》れられているらしいが、それでも困った時に頼《たよ》りになるので人望は高いそうだ。彼女に使用人をまとめて貰《もら》うのは俺としてもありがたい……というより抜けられると困る。

「勿論《もちろん》頼《たの》む。ただし子が出来たら遠慮なく休め……それと」

リタの耳へ口を近づける。

「これからは仕事中も常にいやらしい下着をつけるんだ。股《また》に穴が開いたようなすごいやつをだ」

リタは顔を赤らめてこちらを見る。

「仕事中のお前を後ろから捕《つか》まえてスカートをめくり上げて、そのまま……」

「そ、そんなことをしましたらメイド達に見られてしまいますわ……」

リタの頭の中では既に俺の言葉が映像になっているのだろう。

「お前のでかい尻から俺のでかい肉棒が出入りするのをメイド達は顔を真っ赤にして見ているだろうな。お堅《かた》いメイド長は仕事中に主人に抱かれて喜ぶ変態だ」

「だめです……次どのように顔を合わせれば良いのか」

リタの耳を軽く噛む。

「メイド達にはあくまで『なんでもない』と言い張るんだ。股から足首まで種を垂れ流しながら、脚《あし》を生まれたての仔馬《こうま》みたいにガクガクさせて……そして俺に肩を抱かれ『旦那様《だんなさま》と打ち合わせ』なんて言いながら空き部屋に入っていくんだ」

「ああ……そんな、バレバレです……みんなが聞き耳を立て……あああっ！」

リタが仰《の》け反《ぞ》り、両足が腰に絡む。彼女もまた激しく攻めてはいないのに言葉と妄想で昇ってしまったようだ。

今日は女の新しい攻め方《かた》を発見した気がする。これからも活用していこう。

絶頂したリタはそのままベッドに倒れ込んだが、頭のすぐ近くでメリッサとカトリーヌが激しく絡んでいるのが気まずいのか、あえて転がって床《ゆか》に落ちた。

「次はミティだな。今後は優しく……」

（わたしもー）

ミティに手を伸《の》ばそうとするとベッドの中からにょきっとケイシーが生えた。屋根でも壁《かべ》でも、その顔から出てくるのは皆が怖《こわ》がるからやめとけよ。

「幽霊《ゆうれい》なのに抱かれたいのか」

ケイシーと会話するだけなら心で思うだけでいいのだが、見えない女にはわからないのであえて声に出す。

（うんエッチで繋がると安心するの　生きてるって実感が湧《わ》くんだよ）

根本的に間違っている気がする。

それでもふわふわした独特の感触《かんしょく》のケイシーを抱き締めてベッドに倒す。流れるように性器を合わせると、中もやはり今まで感じたことのない感触だ。

（あっ入る　気持ちいい）

「それは良かった。お前は生きている時、どこが弱かった？」

（入り口の上と　あとは一番奥かな）

「ここか？」

入り口周辺を肉の傘《かさ》でこするとケイシーは心地《ここち》よさげに声を上げて目を閉じる。

肩を押さえて思い切り肉棒を捻《ね》じ込む。ケイシー相手なら遠慮しなくても怪我《けが》する心配はないと思ったのだが
「次は奥だな」

（ぎゃーー!!　だめぇぇ！　奥過ぎりゅ！　子袋《ぶくろ》突《つ》き破《やぶ》って内臓まで入ってるからぁ！）

「内臓なんてない……全身フワフワの不思議物質だろお前は……」

彼女の体は独特のふわふわだが余り力を入れると体の中までめり込んでしまう。特に怪我するわけでもなく、抜くと元に戻るのだが。

仕方なく力を弱めて引き抜くとケイシーはふぅと息を吐《は》く。

（びっくりした　死ぬかと思った）

もう何も言うまい。

「あのぉ……エイギルさん？」

メルがおそるおそる話かけてきた。

「クマのぬいぐるみを見るに、ケイシーさんがいるのでしょうけど……見えない私にとっては

エイギルさんがうつ伏せで腰を振っているように見えていまして……少々格好が悪いです」

実はケイシーが見える人間と見えない人間がいる。細かく神経質な人間は見え易《やす》いらしい。

セリアやノンナはばっちり見えるがカーラやメルは見えていないらしい。イリジナに至っては気配すらわからず、普段から大雑把《おおざっぱ》なので目印のぬいぐるみにも気付かずに足を踏まれたとケイシーが怒《おこ》っていた。

さて見えない人間から見ると俺は一人でへこへこ腰を振っていたことになるのか。さすがにそれは格好悪《わる》いな。カーラも微妙《びみょう》そうな顔でこっちを見ている。

「ならこうしよう。ケイシー上に乗ってくれ」

(はーい)

これで少しはマシだろう。

そして女が浮くというのは実に画期的で、人間の女では到底《とうてい》不可能な体位を楽しむことが出来る。

見えない女からはただ肉棒がそそり立っているだけだが……。

「な、なんて変態的な遊びをするのですか……」

見えるノンナからは苦言を呈《てい》されてしまった。

色々やって満足したケイシーは汗《あせ》だくになった体を扇《あお》ぎながら水を一気飲み、そのまま壁を突き抜けて自室へ戻っていった。

「さてミティ、あの時の埋《う》め合わせだ」

ミティは胸と性器を手で隠《かく》して少しだけ脅《おび》えている。初体験が少し無理やりになってしまったから無理もない。今回こそは楽しませてやらないと。

「ほら、股の手を外すんだ。痛くしないよ」

「ほ、本当ですか?」

ミティはちらちらと逸物を見ている。彼女の体には大きなそれが怖いのだろう。

「まだ入れないさ。まずは舌だ」

股を開かせて顔を入れ、性器を丹念《たんねん》に舐める。新品のように綺麗だが、既に俺《おれ》が強引に開封《かいふう》してしまった女の穴だ。

俺は穴に謝罪するように優しく丁寧《ていねい》に舐め、内部に唾液《だえき》を送《おく》り込んでドロドロに変えていく。

同時に肉豆にも鼻をこすりつけて刺激する。

「ひゃっ! くすぐったい!」

「それだけか?」

今度は優しく豆を口に含んで舌で転がし、軽く吸う。

「うにっ……気持ちいいよぉ」

そうだろう。この間のお詫《わ》びも兼《か》ねて徹底的《てってい てき》に愛撫してやるからな。

延々と続く股間への舌攻撃《こうげき》にミティの体は上気し、自然と足が大きく開いてきた。中もひくひく付いてきて、そろそろ上までいけそうだな。

「おいで」

ミティを膝立ちにさせて正面から強く抱き締める。

そして右手を穴の中で暴れさせながら最後にぎゅっと肉豆を摘《つま》む。

「はうっ！　あぁぁ……あぁぁぁ!!」

ミティは快感にどう反応していいかわからなかったのか鋭く悲鳴を上げた。マリアとメリッサが心配そうに見るが、ミティの蕩《とろ》けた顔を見て苦笑《くしょう》した。

鋭い絶頂が終わると、ミティは俺の右手を汁《しる》だらけにしてゆっくりとベッドに横たわった。

さて、他の女と同じように言葉をかけてやろう。

「絶頂は初めてだったろ？　どうだった？」

「気持ちよかった……です」

仰向《あおむ》けにして正面から抱き締めて頭を撫でる。

「この間は悪かった。酷いことしたな」

謝罪しながら言葉の間にキスを降らせる。

「私、本当は旦那様に焦《こ》がれてましたし。ちゃんと雰囲気《ふんいき》を作って抱いてくれればきっと受け入れたと思います。この大きいのはまだ少し怖いですけど」

ぷうと膨《ふく》らむミティを撫でながら、片手を性器に伸ばして指を激しく動かす。

「んんっ！　そこは……んあっ!!」

そして喘《あえ》ぐミティの口を吸い、首筋を舐《な》めて薄《うす》い胸を擦るように撫でる。

「これからは気をつける。ミティを泣かせることはしないさ、もうお前は俺の……女だからな。

入るぞ」

「ああっ！　え⁉」

ミティが驚いた顔でこちらを見る。

その時にはもう俺はミティに挿入《そうにゅう》していた。

「ほら入ってしまった。痛いか？」

「うそ……痛くない。あんなに痛かったのに」

前は愛撫も碌《ろく》にしなかった。

今回は俺の唾液とミティの愛液で股間は大洪水《だいこうずい》な上に、前の狼藉《ろうぜき》で大分緩んでいたから当然だ。

「これからはいっぱいしような。たっぷり甘《あま》やかしてやるぞ」

「はう……」

俺は甘い言葉を囁きながら体を揺らし、ミティは恥《は》じらいながらそれを受け止め高まっていく。

「ラーフェンの近くに綺麗な池があるんだ。夏にはそこに行って一緒に泳ごう」

「泳ぐ？」

ミティの表情には恐怖《きょうふ》も痛みもなく、ただ性感に蕩けている。

「そうだ。お互い全裸《ぜんら》になって水遊びだ。泳いで笑って……お互いにムラッと来たら陸に上がって繋がるんだ」

ミティの中からモノを引き抜き、彼女の汁でドロドロのそれを握《にぎ》らせ、水場での情事を連想させる。

「で、でも私泳げないし……」

言いながらもモノをさする手は止まらない。

「なら俺が抱いて入ってやろう。なんなら繋がったまま水に入るのもいいぞ？」

「繋がったまま……そんな……変態さんだよ……」

ミティの中が締まり始めた。やはりみだらな想像をさせるのは効果《こうか》覿面《てきめん》だ。

「それまでに俺の肉棒に慣れておくんだぞ」

「は、はい！　私……頑張《がんば》りま……って激しい！　激しすぎ……あああっ！」

ミティは俺の胸の中で絶頂し意識を失っていった。

「マリア。ミティを頼む」

「約束は守ってあげて下さいね」

幸せそうに気を失っているミティをマリアの隣《となり》に寝《ね》かせると妹のように頭を撫で始める。


「さて、これで全員抱いたかな」

「ヨグリは？」

カーラの突《つ》っ込《こ》みでヨグリのことを思い出したが、俺より先にリタが反応する。

「あの怠《なま》け者は昼間からお酒を飲んで寝ておりますわ。もう放《ほう》り出してはいかがです？　エイギル様の女でもなし」

リタの言葉は棘《とげ》だらけだ。

あれでも前は村の為に気を張っていた奴《やつ》だから大目に見てやりたい。

「それでその……一度も発射なされてない種の件なのですが」

そういえば雰囲気と会話で絶頂させていたから俺の方は精を出せていない。男根は爆発《ばくはつ》しそうなほどパンパンだし玉もずっしりと重い。

「ここに胎の空いている正妻がおります」

「そうだな。久しぶりにパンパンに注いでみるか」

ここぞとばかりに立ち上がったノンナはそのまま横になろうとするが許さない。

「へ？　立ったままですか？」

俺は答えずにノンナを正面から持ち上げ、立ったままノンナの一番奥《おく》まで膨張しきったモノを捻じ込む。

「ひゃああ!!」

ノンナが仰け反り、俺の目の前で巨大《きょだい》な乳がブルンと揺れた。これが見たかったから正面から抱き上げたんだ。

「無駄遣《むだづか》いの罰《ばつ》よ。こうしてやるわ！」

悪ノリした女達も次々とノンナに愛撫と言う名の悪戯《いたずら》を行っていく。

「こらっ！　やめなさいっ！　ああっ！」

ノンナは抵抗《ていこう》しようとするが性器に俺のモノが深々と刺《さ》さっているので身動きが取れない。

もちろん俺もせっかく入った妻の穴から出ていくつもりはない。

しばらく好き放題に嬲《なぶ》られたノンナだがメリッサが張り型をつけたまま迫《せま》って来た所でとうとう悲鳴を上げてしまった。

「まさかそれをお尻に……い、いやです!! エイギル様助けて！」

俺はノンナに優《やさ》しくキスをする。ノンナはほっと息をつく……。

「よしメリッサ。やってしまえ」

「いくよ～」

「いやぁぁぁぁぁ!!」

ズブズブと尻穴に張り型が沈《しず》みノンナが声にならない悲鳴を出す。女穴も激烈《げきれつ》に締まり両手両足がピンと伸びた。

「ひゃぎぃぃ！ にゅいてぇぇ！」

なんとも舌足らずで可愛《かわい》らしい声を出しながら、ノンナが俺にしがみ付く。

「大丈夫《だいじょうぶ》、エイギルさんのよりは全然細いから」

メリッサの声も聞こえているのかどうか、涙《なみだ》と涎で崩《くず》れてしまったノンナの美貌《びぼう》だがこれはこれで愛《いと》おしい。

溜まりに溜まった上に、目の前には愛する妻のスケベ顔と特大巨乳……あぁもう限界だ。発射させてもらおう。

「行くぞノンナ。大量に噴き出るから覚悟《かくご》してくれ」

「あぁぁ……種……赤ちゃん……」

俺の動きが激しくなったのを見てメリッサは張り型を引き抜《ぬ》き、他の女達も離《はな》れる。絶頂の瞬間《しゅんかん》だけは二人きりにしてくれたようだ。

「ノンナ……流《なが》し込むぞ」

「エイギル様……来て下さい」

見つめ合ってのキスと同時に精が噴き出る。

溜まりに溜まっただけあってすごい量と勢いなのが自分でもわかる。

抱き締め合って絶頂する俺達を見ながらカーラが呟《つぶや》いた。

「ねぇ、私ってエイギルしか経験ないからわかんないんだけどさ。男の射精で音が鳴るのっておかしいのよね？」

「そりゃねぇ」

「有り得ませんよね」

元娼婦《しょうふ》のメリッサと既婚子《きこん》持ちだったメルが答える。

「出された時にびゅってのを感じることはあるけど……」

「こんな部屋中にびゅるびゅる音が響《ひび》くような射精音なんて有り得ないですよ……」

悪いな、まだ半分も出てないいんだ。

「それと聞くまでもないと思うけど」

「「有り得ません」」

カーラの疑問を二人は先回りで否定する。

「射精で腹が膨らむなんてそんな非現実的な……ことが起きてますねぇ」

「モコモコ膨らんでますよ……あれが全部精液……うわぁ」

ドン引きする女性達を前に俺は五分余りたっぷり射精し、ノンナを擬似的《ぎじてき》に妊婦《にんぷ》にしてやって解放する。

これで屋敷《やしき》組は全員相手したな。

次に行こう。

「お願いします」「可愛がってね」「叩き込んでくれ！」「私は別に……」

セリアとレア、イリジナにマイラが裸《はだか》で並ぶ。

戦場に同行した女は戦争の間、俺と一緒《いっしょ》にいたので淑女《しゅくじょ》協定によって後回しになったのだが、屋敷組が全員満足したしもういいだろう。

「さあ、みんなで楽しませてくれ」

男根に再び血が入り、立ち上がって行く。

そして四人を抱き寄せてベッドに倒《たお》れ乱交が始まるのだ。

「ちょっとノンナが種噴いたわよ！　こらっ腰《こし》振《ふ》らない！　飛び散るから！」

「こんな量タオルじゃ無理だね！　桶《おけ》持ってきて！」

「ああっおしっこまで漏《も》れてる！　もうグチャグチャです！」

「目隠《めかく》しもしてあげましょ。これ……正妻どころか女がしていい顔じゃない」

あちらも大騒《おおさわ》ぎだ。

こうして俺は楽しく女達《たち》を抱く。次への波乱の気配を感じながら。

あとがき

読者の皆様お久しぶりです。湯水快でございます。無事8巻を世に送り出せましたこと、嬉しい限りです。これも本を手に取って頂きました読者様のおかげであり、改めて感謝申し上げます。

さて、8巻は前回から続きトリエアとの戦争から始まり、ユレストとの戦い、マグラードとの海戦と、戦いに次ぐ戦いとなっております。

その中で主人公属するゴルドニア王国は「悪の帝国の侵略に立ち向かう正義の国」という立ち位置ではありません。それどころか難癖をつけて戦争を仕掛けて回っている悪役に近い存在ともいえます。

しかし世界を乱す絶対的な悪役かと言えばそれも違います。敵方のトリエア王国も大概なことをやっておりますし、マグラードもまた自国の利益の為に動いております。地域の国々が善も悪もなく己の正義と利益の為、利用できるものはなんでも使いながら死力を尽くして争い合う。そんな戦乱の時代こそ作者が書きたかったものなのです。

そんな乱世を生きる主人公個人も決して正義の味方ではなく、善行を成すつもりもありません。気分が乗らなければ誰かが困っていても見捨てますし、私欲の為に特に悪人でもない相手を斬り捨てたりもすることでしょう。一本筋が通っているのは女性を助けることぐらいですが、これも助けた後でたちまち食べてしまうので困ったものです。

このように、間違っても品行方正でない男が成り上がるには世界が大いに乱れないといけないだろう。などと考えた作者の私が絶対悪かもしれませんね。


次に女性達について書こうと思います。

まずはレアです。彼女は非常に過酷な環境にあり、それ故に卑屈な性格になってしまいました。主人公の言うことはなんでも聞き、捨てられないよう必死で縋りついてきます。一方でマイラは敗北によって捕縛されて主人公に従うことにはなりましたが、自分の能力に自信がありプライドも高い女性です。強気でよく怒り、たまに追い詰められるくっころ騎士候補でもありますね。二人は今後、セリアの友達・ライバルとして活躍してくれることでしょう。

ここまで新登場の女性について書きましたが、作者は前巻登場のケイシーがとても気に入っていたりします。物理攻撃まったくの無効、壁でも天井でもお構いなしに突き抜け、相手によっては見ることもできません。ともすれば作中最強のチートキャラになってしまいそうな彼女なのですが、暗闇苦手で、風には飛ばされ、お化けも怖い。ついでにイリジナには踏まれるとネタ要素を満載した結果、可愛らしいマスコットに落ち着きました。彼女には日々有意義に生きて貰いたいものです。

そしてパメラ。遂にやってしまった感のあるヒロインの母親登場は主人公の懐と守備範囲の広さを示すことができていればと思います。

続いてオリジナル要素である夢魔の話です。ラーフェンへの移動時間に起っていた本編には全く影響しない余談的な話なのですが、実は構想する際に展開として最初に決まったのはクロルの暴発オチでした。女性ばかりの馬車の中で暴発することが定められていたとは、なんとも可哀そうで羨ましいことですね。

肝心の夢魔達についても今後に含みを残すような終わりとなっております。面白く書けそうならば次巻以降にもちょくちょく顔を出して来るかもしれません。果たして現実世界の彼女達はうら若き美女なのか、それとも小悪魔的美少女なのか、はたまた熟れに熟れた艶やかな熟女なのか、楽しみにして頂けたなら幸いです。

最後に素晴らしいイラストを描いて下さいました日陰影次様、編集者様、製作に関わって頂いた全ての方々、そして読者の皆々様へ感謝を申し上げます。どうか今後とも宜しくお願い致します。

TVアニメ第2期制作決定!!
フォンとともに。28
2023年春頃発売予定！

弟子入りした工芸神の下で、
神器作りに励む冬夜。
製作に苦戦している一方で、
邪神の使徒は本格的に動き始めており――。
異世界はスマート
冬原パトラ
illustration■兎塚エイジ

小説第⑦巻は2023年5月発売!
信じていた仲間達にダンジョン奥地で殺されかけたがギフト『無限ガチャ』でレベル9999の仲間達を手に入れて元パーティーメンバーと世界に復讐&『ざまぁ!』します!
週刊少年マガジン公式アプリ
「マガポケ」にて
好評連載中!!
コミックス最新第⑦巻
2月9日(木)発売!
作画:大前 貴史
原作:明鏡シスイ キャラクター原案:tef

信じていた仲間達にダンジョン奥地で殺されかけたが
ギフト『無限ガチャ』で
レベル9999の仲間達を手に入れて
元パーティーメンバーと世界に復讐&
『ざまぁ!』します!
「小説家になろう」
四半期総合ランキング
第1位
(2020年7月9日時点)
①〜⑥巻
好評発売中!!
レベル9999で
圧倒的無双!!!!!!
明鏡シスイ
イラスト/tef

Anytime I can!
いつでも自宅に帰れる俺は、異世界で行商人《ぎょうしょうにん》をはじめました
霜月緋色 著
Hiiro Shimotsuki
ill. いわさきたかし
①〜⑥巻 好評発売中!
⑦巻 今冬発売予定!

「小説家になろう」
四半期
第1位
異世界転生・転移
ファンタジー部門
（2019年8月19日時点）
いつでも自宅に帰れる俺は、異世界で行商人をはじめました
vol.1
漫画：明地雫
原作：霜月緋色
コミック単行本
①～③巻 好評販売中!!
漫画：明地雫
原作：霜月緋色
キャラクター原案：いわさきたかし

著／保利亮太
イラスト／bob
ウォルテニア半島に
居を据えた
御子柴亮真の
躍進は続く――。
2023年春発売予定！

コミック版も好評連載中！
漫画：八木ゆかり
原作：保利亮太
キャラクター原案：bob
コミックス
①～⑨巻発売中!!
ファイアクロス公式サイト
firecross.jp
ウォルテニア戦記XXIV

コミカライズも連載中の
スナイパー英雄譚！
著／かたなかじ
イラスト／赤井てら
漫画：瀬菜モナコ
原作：かたなかじ
キャラクター原案：赤井てら
発売予定!!

魔眼と弾丸を使って
異世界をぶち抜く!
第16巻 2023年春

HJ NOVELS
HJN14-08

王国へ続く道8

2023年1月19日　初版発行

著者――湯水 快

発行者―松下大介
発行所―株式会社ホビージャパン
〒151-0053
東京都渋谷区代々木2-15-8
電話　03(5304)7604（編集）
03(5304)9112（営業）

印刷所――大日本印刷株式会社

装丁――木村デザイン・ラボ／株式会社エストール

Printed in Japan

ISBN978-4-7986-3052-6　C0076

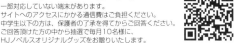